CB078058

SE CONTO NINGUÉM ACREDITA

RAFAEL PEDROSA

SE CONTO NINGUÉM ACREDITA

RAFAEL PEDROSA

1ª IMPRESSÃO

PandorgA

2018

Todos os direitos reservados

Copyright © 2018 by Editora Pandorga

Direção Editorial
Silvia Vasconcelos
Produção Editorial
Equipe Editora Pandorga
Preparação de texto
Aline Graça
Revisão
Martinha Fagundes (CS Edições)
Diagramação
Cristiane Saavedra
Capa
Gisely Fernandes (CS Edições)

Texto de acordo com as normas do Novo Acordo Ortográfico da Língua Portuguesa
(Decreto Legislativo nº 54, de 1995)

Dados Internacionais de Catalogação na Publicação (CIP)
Bibliotecária responsável: Aline Graziele Benitez CRB-1/3129

P414c Pedrosa, Rafael
1.ed. Se conto ninguém acredita / Rafael Pedrosa. – 1.ed. – São Paulo: Pandorga, 2018.
200 p.; 16 x 23 cm.

ISBN: 978-85-8442-298-2

1. Literatura brasileira. 2. Conto. 3. Ficção. I. Título.

CDD 869.93

Índice para catálogo sistemático:
1. Literatura brasileira: conto
2. Ficção

2018
IMPRESSO NO BRASIL
PRINTED IN BRAZIL
DIREITOS CEDIDOS PARA ESTA EDIÇÃO À
EDITORA PANDORGA
AVENIDA SÃO CAMILO, 899
CEP 06709-150 – GRANJA VIANA – COTIA – SP
TEL. (11) 4612-6404
WWW.EDITORAPANDORGA.COM.BR

À minha esposa, pela
paciência incondicional.

À minha mãe, por nunca
ter deixado de acreditar.

Ao meu irmão, pelo
apoio de todas as horas.

E a todos da família, amigos e
seguidores da página que me aguentaram
e me aguentam até hoje.

SUMÁRIO

Os monstros existem, e os fantasmas também;
eles estão dentro de nós, e às vezes eles vencem.

Stephen King

INTRODUÇÃO

O inesperado é um dos maiores prazeres da vida. Não sei para você, mas, para mim, nada supera a sensação de ser pego de surpresa. Um abraço repentino. Um beijo roubado. Uma facada no meio das costas vinda daquele que sempre foi o mocinho da história. Calma, isso nunca aconteceu comigo e espero que não aconteça contigo é claro. Mas o "inesperado" que eu adoro é aquela reviravolta que nos faz ficar pensando e repensando no que acabou de acontecer, sabe? Um sentimento surpreendente que você vai saborear à exaustão nas páginas desse livro.

O AMOR SEGUNDO ALICE

Ela já nem se lembrava há quanto tempo conhecia Maria. Em sua mente, apenas aquela recordação doce de quando sua vida mudou completamente.

Alice estava no fundo do poço. De um jeito que, mesmo se lhe lançassem uma corda, ela bateria em alguma parte do corpo cansado, e continuaria lá inerte no meio da água. Ela não tinha mais razões para continuar vivendo. Nem forças. Mas, de alguma forma, Alice sabia que aquele não seria o seu fim. Que a vida voltaria a lhe sorrir.

E voltou. Um riso lindo, de uma pessoa que estava disposta a encarar tudo para vê-la bem. Foi então que Maria entrou em sua vida, e a conexão entre as duas era inegável: comidinha na boca, carinho pra lá e pra cá, beijo no cangote, cafuné. Pareciam ter sido feitas uma para a outra.

Porém, as coisas não duraram e as verdades começam a aparecer. De brincalhona e alegre, rapidamente tornou-se temperamental e possessiva. Alice se irritava com facilidade. Por exemplo, chateava-se quando não podiam sair juntas para algum lugar. "Lá não é permitido, a gente não pode ir", ou "As pessoas não entenderiam", eram alguns dos discursos de Maria.

Alice desconfiava que ela estivesse tentando escondê-la da sociedade, o que era uma atitude terrível. *Não consigo acreditar que em pleno Século vinte e um ainda exista esse tipo de preconceito,* refletia Alice, com um semblante sempre cabisbaixo. Quando os amigos as visitavam era uma festa, mas, na rua, parecia que Maria ficava constrangida.

O tempo passou e a sensação só fez aumentar. O amor entre as duas estava ficando abalado. Alice não era mais a mesma. Agora, bastava Maria virar-se em direção a ela para que Alice ficasse desconfiada, achando que o jeito do olhar dela era de cima para baixo, em uma postura arrogante e superior. Estava cada vez mais difícil chamar a atenção de Maria. Nem na mesma cama elas dormiam mais. Alice já não suportava vê-la dando atenção a outras pessoas e isso a fazia ter crises de ciúmes, querendo atenção a todo custo. Foi então que as coisas começaram a mudar.

Era um sábado de inverno, com o sol se mostrando embaçado por entre nuvens cinzentas de uma manhã não tão fria quanto de costume. Maria estava na sala e sorria feito criança ao ver pela milésima vez o episódio de *Friends* no qual Rachel descobre que o jeito de Phoebe correr é, digamos, peculiar. Elas estavam bem naquele dia. Alice procurava alguma coisa para comer na cozinha e, entre uma risada e outra na sala, ouviu o som da campainha.

De onde estava, Alice escutou uma voz que não era de Maria, muito menos de nenhuma das personagens da série de TV. *Ah, não. Mais uma visita surpresa de Clara?*, pensou, irritada. Clara era uma prima de Maria e, para infelicidade de Alice, também era a melhor amiga dela. Franzindo levemente a testa, Alice foi tomada por outro pensamento, dessa vez mais intolerante: *Essas visitinhas já deixaram de ser surpresa faz tempo.*

Antes que pudesse se dar conta, ela correu numa explosão instintiva. Tão rápida quanto um aluno tentando impressionar a sua professora. Chegando perto das duas quase sem fôlego, e com uma falsa expressão de alegria no rosto:

— Olá, tudo bem? Quanto tempo, como vai a família? — perguntou.

Dando um leve sorriso e desviando o olhar, Clara voltou a conversar com Maria.

Tá vendo? É sempre assim, ela não me dá atenção e depois ainda quer que eu seja simpática, Alice pensava. *E o pior é que Maria não faz nada, não repreende essa descarada, mal-educada e megera.* Dessa vez o pensamento quase se materializou num comentário ácido.

Não dá para obrigar uma pessoa a gostar de outra. A ciência e o poder da persuasão ainda não avançaram a esse ponto. Entretanto, quando se está na casa dos outros, o mínimo de respeito deve ser demonstrado, ou a pessoa deve arcar com as consequências que, no caso de Clara, não foram muito agradáveis.

Enquanto Alice se deliciava com um pedaço de pizza da noite anterior, se forçava a assistir àquela reprise. Ao seu lado, estavam as duas amigas, às gargalhadas. Aquilo a irritava de uma maneira quase incontrolável.

Entre uma risada e outra, que já durava o dia inteiro, Clara entrou sem querer num campo minado, fazendo uma pergunta que mudou a vida de todos irreversivelmente.

— Amiga, posso ficar pra dormir hoje?

— Mas é claro, né? Que tipo de pergunta é essa? — Maria respondeu, sorridente.

— Tá, mas eu nem trouxe nada. Vou lá em casa buscar — Clara comentou se ajustando no sofá para se levantar.

— Que nada, fica e usa alguma do meu guarda-roupa. Deixa de ser fresca — falou dando um tapinha no ombro da amiga. — E eu até ando meio pra baixo mesmo, é bom que você fique.

Surpresa com a resposta de Maria, em especial a última parte, Alice ficou irada, mas tentou a todo custo não demonstrar. Uma luta travada com todas as forças. Uma guerra interna na qual normalmente todos saem perdendo. A verdade é que essa situação foi o estopim para Alice fazer o que fez.

Embora não conseguisse mais imaginar sua vida sem Maria, também não gostaria de continuar tudo daquele jeito insuportável. *O que eu faço? O que eu faço?* Ela estava mais perdida que cão que caiu de mudança, como dizem por aqui.

E foi exatamente na manhã seguinte que a vida de Alice mudou pela segunda vez.

Clara estava deitada no sofá – ou, pelo menos, o que havia sobrado dela. Seu tronco encontrava-se completamente dilacerado, com músculos, tendões e ossos formando um jantar apetitoso para qualquer canibal que se preze. Pareciam pedaços de carnes recheados com queijo derretido.

O rosto, antes tão delicado, agora estava desfigurado com uma expressão de horror. Seus braços haviam sido arrancados, assim como uma de suas pernas. A sala se transformara num açougue, um estabelecimento para uma clientela peculiar.

O quarto não estava muito diferente, porém, as manchas nas paredes e no teto eram poucas. Já o chão estava completamente tomado por sangue, que escorria também pelo lençol. Uma grande poça rubra que transbordava pelas laterais e agora fazia a vez de colcha na cama de um quarto carmesim.

Deitada num lago vermelho, horrendo e gelatinoso, Maria agonizava com a garganta inteiramente destroçada, no limite entre a vida e o que quer que esteja depois dela.

Você deve estar se perguntando sobre a Alice, certo? Bem, a verdade é que ela tinha a convicção de que nunca dariam certo juntas. Pelo menos não daquele jeito fantasioso. Não naquele conto de fadas. Afinal, apesar de linda e amável, Alice era uma *Doberman* demasiadamente ciumenta.

NÃO FOI CULPA DA HELENA

— Caramba, Helena, pensei que você não fosse conseguir escolher uma casa. Fala sério — Mari comentou soltando baforadas nervosas entre uma risada e outra, no estilo porquinha roncando. Elas estavam em três, as amigas inseparáveis: Nala, Helena e Mariana.

— Você sabe que não pode ser num prédio ou dúplex. Tem que ser casa, e ela tem que parecer abandonada — Helena retrucou, com uma voz que misturava cinismo e grosseria.

— Eu sei, mas já tô sem paciência, cacete.

— Pronto... essa aqui, o que acha?

— Ótimo! Finalmente, né?

— Sem resmungar, beleza?

Esse tempo todo, Nala estava calada, parecia a mais nervosa das três. Helena havia convencido as amigas a fazerem uma brincadeira de invocação numa casa assombrada. Coisa de quem não tem o que fazer numa sexta-feira à noite.

— Caramba, esqueci as instruções no carro. Vamos voltar.

Das três, Helena era a mais metódica. Seu um metro e setenta e seis a tornava a mais alta do grupo. Naquele momento ela estava com os braços abertos entre as amigas tentando convencê-las a voltar e pegar as tais instruções.

As amigas haviam pesquisado em um fórum de bruxaria na internet, e o tutorial era suficientemente claro: tem que ser uma casa (nada de apartamento ou dúplex); numa rua escura; todos os participantes precisam estar de acordo com a escolha; ninguém deve levar celular ou aparelhos eletrônicos e devem seguir a lista de ingredientes à risca. Essa última recomendação com letras vermelhas e em negrito.

— Vamos voltar — Helena repetiu.

— Não precisa. Pelo que lemos ontem, essa casa se encaixa direitinho. Vamos entrar. Parou a frescura! — Nala quebrou o que parecia ser um voto de silêncio temporário, falando com a voz firme. Ela era a mais quieta e também a de menor estatura entre as três. Vestia-se com calças folgadas e camiseta preta, no melhor estilo Sarah Connor.

— Ok, Nala. Entremos, então — Helena afirmou, chateada.

Helena sempre se via como uma líder quando as três estavam juntas, fosse para uma loucura como aquela, ou mesmo numa simples ida para o *shopping*. Nala não gostava muito da postura, apesar de parecer bastante natural, como se a amiga tivesse nascido para isso. Já a Mariana não se incomodava. Ela era a mais diferente entre as três, vestia-se sempre com estampas coloridas e alegres. Naquela noite, usava seu vestido florido favorito.

As três se entreolharam, todas anuíram com a cabeça, convictas de que essa era a casa perfeita. Helena puxou Nala pela mão direita e Mariana pela esquerda, formando um trio lado a lado.

A rua estava deserta. Era estreita e conectava duas outras igualmente abandonadas, mas que davam em avenidas principais. De longe dava pra ver as luzes dos veículos passando, embora a iluminação fosse precária. Havia carros estacionados, mas nenhuma movimentação. O único ser vivo ali era um gato que, de vez em quando, corria atrás de alguma coisa – desse ou do outro mundo.

A casa era um breu, com as duas janelas frontais, a porta e o que parecia uma entrada para cachorro, fechadas. As garotas pararam de frente para o capacho. E Helena, numa reação súbita, como se tivesse conseguido coragem para enfrentar um medo, seguiu em direção à maçaneta. Deu dois giros com a ponta do dedo indicador direito ao redor da peça metálica e parou. Não forçava, apenas ensaiava o movimento.

Cheia de confiança, ela a girou. A porta trepidou, mas não saiu do lugar. Tentou mais uma vez e nada. As amigas observavam. Nala ameaçava dar uma risada pela decepção de Helena, tão confiante um minuto atrás até que, num empurrão com o ombro, Helena conseguiu abri-la num solavanco e retornou à sua postura anterior.

A batida da porta na parede do lado oposto foi seguida de poeira caindo da estrutura de madeira, como se ela não tivesse sido aberta havia anos. Embora parecesse velha, a casa continha uma mobília relativamente moderna. Um sofá verde escuro. Na frente dele, um pufe grande com duas latas de refrigerante e um controle remoto. Na parede oposta, um móvel com pequenos vasos de decoração, caixas de DVDs, notas fiscais velhas, chicletes, um aparelho de DVD, um receptor de TV a cabo e uma TV grande, tudo bastante empoeirado.

— Vão e deem uma olhada na casa, só por precaução, pra que a gente possa fazer isso logo.

— Ok, Helena, vou pela direita, acho que aquele corredor dá nos quartos. Nala, vai na cozinha e depois na área de serviço. Enquanto isso, você vai preparando a mesa da sala pro ritual, certo?

— Tranquilo. Vamos fazer assim, então. Rápido! — Helena comentou sem conseguir esconder uma leve irritação por outra pessoa ter dado ordens.

Nala e Mariana pararam por um segundo e depois seguiram cada uma para um canto da casa. Helena continuou na sala.

Na mesa, cercada por quatro cadeiras e um banquinho, havia alguns livros, um caderno e um carregador de celular, empoeirados. Helena pegou um por um, fez uma pilha e colocou num aparador que ficava na parede da esquerda, debaixo de um quadro com uma paisagem. Aquela arte a distraiu por um silencioso instante, que foi interrompido por um grito estridente de Nala, seguido de barulhos de panela e coisas de vidro se espatifando no chão.

— Tô bem! Tô bem! Tinha um gato aqui, ele se escondeu na despensa. Eu acho. Vou verificar! — gritou.

— Se a gente não morrer pelo que veio fazer aqui, Nala vai matar a gente de susto — Helena falou revirando os olhos, tentando se concentrar novamente no que estava fazendo.

Esforçando-se para se acalmar (e não transparecer que estava morrendo de medo), ela virou-se para a mesa e usou as mãos para tirar toda a poeira da superfície. Depois bateu uma na outra para tirar o excesso entre os dedos. Cuidadosamente, pegou a bolsa, abriu o zíper e retirou um embrulho vermelho de tecido.

— Tudo ok nos quartos e banheiro. Janelas fechadas e nada de estranho — disse Mariana ao voltar e parando os olhos no que estava agora no centro da mesa, sem conseguir disfarçar o nojo que aquilo lhe causava.

— Ei, Mari não vem não, *visse*? Você sabia o porquê de a gente vir aqui — Helena comentou, reprovando a reação da amiga.

— Tirando aquele gato miserável, está tudo tranquilo na cozinha e na área de serviço. Não vi nem ouvi nada de esquisito. A porta que dá na lateral da casa já estava fechada. Acho que está abandonada mesmo — Nala assegurou, ainda nervosa.

— Certo, meninas, vamos começar então. — Helena ajustava a trouxa e puxava a cadeira para se sentar. Ela olhava firme para as duas amigas, esperando que fizessem a mesma coisa.

— Espera, vocês estão ouvindo esse barulho? — Nala perguntou, com os olhos arregalados. — Parece o motor de um car…

VRRRRRRR…

A luz dos faróis dianteiros entrou na casa como um *flash* assustando as amigas, que ficaram sem reação. O som foi aos poucos diminuindo, assim como a tensão na sala.

— Se alguém descobre a gente aqui, qual desculpa daremos, hein? Pelo amor de Deus, fecha a porra dessa porta da frente logo antes que outro carro passe e ferre com os nossos planos.

— Tá bom, senhora Helena, vou fazer isso Não sei qual a razão do mau humor.

— Nala, não provoca, fecha lá e volta logo — Mari gesticulava com a cabeça em direção à porta enquanto falava, como quem diz "vai logo e evita confusão".

Depois de estarem as três novamente sentadas ao redor da mesa, Helena abriu o embrulho vermelho. Um coelho morto. Três framboesas. Uma taça de vinho e quatro velas.

O tecido que os envolvia agora tomava quase toda a extensão da mesa. A aparência aveludada daquele pano vermelho dava um toque de seriedade ao ritual. Pareciam experientes no assunto. Só pareciam.

Tentando evitar os pontos com sangue coagulado e carne exposta, Helena colocava delicadamente o coelho no centro da mesa, com o focinho perto do rabo, formando um arco.

No centro, Nala colocou a taça.

Enquanto as amigas faziam a sua parte, Mariana pegou as velas e colocou uma em cada canto da mesa, as acendendo. A sala estava agora parcialmente iluminada e as amigas, novamente sentadas, com as mãos dadas.

A visão das três já havia se adaptado ao escuro. As formas, as sombras e as perspectivas eram vistas uniformemente. Porém, agora com a luz das velas, as garotas não conseguiam enxergar nada além da mesa. O resto da casa estava ofuscado pelo brilho incandescente das chamas.

— Ok, vamos começar.

— Espera. Preciso falar uma coisa desde o começo achei esses itens do ritual muito estranhos. Não sei por que não falei na hora, mas tô falando agora. Sei lá, gente, o que vocês acham? — Mariana estava trêmula.

— Realmente isso não é mais hora para discutirmos isso. Vamos seguir o que dizia o site e ponto final — Helena falou rispidamente e apertou as mãos das amigas, sem sequer deixar Nala expressar sua opinião.

As três colocaram as framboesas na boca, mastigaram e em seguida cuspiram nas taças. Uma a uma. Helena foi a última. E ao colocá-las de volta na frente do coelho morto, fechou os olhos, orientando as amigas a fazerem o mesmo, então iniciou:

— Olá. Tem alguém nessa casa?

O silêncio era absoluto. Só a respiração nervosa das três e o crepitar do fogo das velas que quebravam a quietude.

— Estamos tentando fazer contato. Queremos saber se existe algum espírito nessa casa — ela continuou.

Outro carro passou, assustando-as, embora se esforçassem para continuar de mãos dadas e de olhos fechados.

— Se há alguém entre nós, por favor, fale. Trouxemos luz, carne, tecido e suco silvestre.

Ruídos surgiram da cozinha. Eram sons de coisas sendo arrastadas no assoalho, por entre os vidros e as panelas.

— Fale. Fale agora. Nós exigimos que se apresente. — Helena estava com a voz trêmula, mas tentava se manter calma.

— Ahhhh Então foi você que fez essa bagunça na cozinha? — Uma voz feminina surgiu de lá, acompanhada de uma gargalhada. — Era só o que me faltava — concluiu.

— Não abram os olhos. É isso que o espírito quer. Precisamos saber o nome dele antes de olharmos. Vamos continuar — Helena falava baixinho. E, com um aperto mais forte de mão, as amigas concordaram.

— Eu vou te pegar e você vai ver só! — Mais uma vez a mesma voz, seguida de outra gargalhada. E então, uma panela bateu com força na pia de *inox* e o tilintar ecoou por toda a casa.

— O que você faz aqui? É a dona da casa? — Helena perguntou.

— Vocês sabem que não podem ficar aqui, né? Essa é a MINHA CASA! — A voz estava mais alta, se aproximando da porta entre a cozinha e a sala.

Ela tá aqui do nosso lado. Meu Deus! Não acredito no que a gente se meteu! Nala só queria estar em casa agora.

— Meu marido está voltando. Quando ele vir vocês aqui...

— Caramba! Então uma família inteira morreu aqui? Como pode? — Mariana cochichava consigo mesma. — Cristo! No que a gente foi se meter?

— Qual é o seu nome, responda! — Helena era puro nervosismo.

Mais barulho, dessa vez na direção dos quartos. Portas fechando. Coisas caindo. E nenhuma das três ousava abrir os olhos, apesar da luz que agora entrava pela porta da sala.

— Amor, a gente precisa consertar essa porta. Você está onde? — uma voz masculina falou.

— Oba, ainda tem refri — disse um garotinho.

— Oba! — Agora a voz era de uma garotinha. Sons de passos rodeavam as amigas. Uma tontura coletiva possuiu as garotas enquanto buscavam uma resposta para aquela loucura.

— Não abram os olhos — Helena repetia.

— O que está acontecendo aqui? — Nala perguntou.

— Isso tá aí desde de manhã. Não bebam — o homem falou.

— Ahhh, pai — as duas crianças responderam em uníssono.

— Vão tomar banho. — A voz masculina novamente.

— Será que o espírito está nos fazendo ouvir essas coisas? Nos perturbar para irmos embora? — Mariana comentou. — Vou abrir os olhos.

— Não faça isso. Espere alguém falar um nome. Daí a gente abre. Espere! — disse Helena.

— Meu amor, onde você está? Sofia, você está em casa? — o homem perguntou.

Ao ouvir o nome da mulher, as três amigas foram tomadas por uma dor de cabeça acompanhada de uma náusea. Um desconforto quase sobrenatural.

— Preciso te contar uma coisa que descobri no caminho pra casa — ele disse, agora mais perto delas.

— Pronto. Vamos abrir. Temos um nome — afirmou Helena.

— Vocês sentiram isso? Essas dores e enjoos? — Nala perguntou.

— Sim — Mariana e Helena responderam.

O que elas viram foram vultos. As luzes da casa estavam acesas. Não havia mais poeira. Uma casa absolutamente normal. A mulher, que há pouco seguia na direção dos quartos, agora estava voltando para a sala, andando em direção ao homem e dando-lhe um beijo. As crianças passavam correndo para o banheiro e as três amigas estavam perplexas com a transformação do lugar.

— Eles parecem não enxergar a gente. Não pensei que espíritos fossem assim — Nala falava sem conseguir acreditar no que via. Nenhuma das três conseguia.

— Vamos sair daqui. Foi bizarrice demais pra uma noite. E não estou aguentando minha cabeça — Helena disse andando em direção à porta.

— Não, espera. A gente já tem um nome. Nala, nós vamos falar o nome, certo?

— SOFIA! — gritou Nala. Mas eles continuavam a ignorá-las.

— É, acho que não deu muito certo. Melhor esquecer o que aconteceu aqui, Nala.

— Mas essa mulher estava respondendo às nossas perguntas. Como você explica isso, Mari?

— Não sei, pode ter sido coincidência. Sei lá. Olha, estou morrendo de dor de cabeça, quero sair daqui. Isso parece um sonho ruim — Nala falou, caminhando em direção à saída. Helena esperava na entrada da casa com cara de culpa.

— O que foi, Helena?

— Nada, Mari é que não lembro direito se era pra termos mastigado as framboesas ou simplesmente colocado elas na taça. Acho que erramos aí.

— Se o erro foi esse, a gente tenta outra vez.

— É, né? Vamos indo então.

— Vocês vão ficar aí, é? Porque eu quero ir embora. Parece que meu estômago vai estourar — Nala falou com um certo rancor.

Todas saíram da casa, mas não sem antes Helena bater a porta com toda a força.

— Você viu aquilo? A porta fechou sozinha de repente — falou a mulher, que, nesse instante, se assustou.

— Liga pra isso não, amor, deixa eu te contar uma coisa estranha... — disse o marido.

— Antes, deixa eu te pedir uma coisa vamos dar um jeito nesses gatos de rua, viu? Eles entraram de novo na casa e fizeram uma bagunça — ela comentou, parecendo realmente preocupada.

— Claro, amor, a gente resolve. Mas olha, a polícia encontrou na avenida um carro todo destroçado — o homem falava como se estivesse contando uma cena de filme.

— Meu Deus, sério, amor? — a esposa perguntou.

— Uhum... E o pior, tinha sangue por todos os lados. Aparentemente três vítimas presas nas ferragens. E uma delas segurava um embrulho estranho com velas, taça e um coelho morto dentro.

— Credo! — a esposa exclamou.

O BICHANO DE UM TAL ESTEFANO

Ele era um cara alto, magro, que aparentava ter lá seus trinta anos. Todos os dias Estefano se levantava da cama às seis em ponto, dava uma coçadinha na cabeça de Poeira, um gato *chartreux* gordo e preguiçoso, e depois andava em direção ao banheiro da suíte para os rituais cotidianos.

Naquele cubículo minúsculo tomado pelo cheiro de pasta de dente e desinfetante à base de eucalipto, ele lutava contra a ereção matinal para conseguir esvaziar a bexiga, depois lavava as mãos, o rosto, se olhava no espelho e em seguida caminhava até a cozinha para colocar água no fogo e fazer café.

Enquanto aguardava a fervura na chaleira, buscava as notícias matinais. Com o jornal na mão, lia de tudo: manchetes locais, resenhas esportivas, boletins globais e até horóscopo.

O dia estava quente, mais do que o de costume, e Estefano terminava de arrumar-se para o trabalho. Sabe quando você instintivamente nota que há algo de errado acontecendo? Aquele era o sentimento dele quando deu pela falta de Poeira. Procurou no quarto, na sala, no banheiro, na cozinha, e nada de achá-lo. Foi até olhar na rua, embora soubesse que aquele bichano medroso nunca iria sair de casa, ainda mais sozinho. E o que ele viu o fez entrar em desespero.

Poeira estava na rua correndo atrás de uma borboleta. Isso, por si só, já era bastante estranho, aquela bola de pelo não era de fazer isso. Mas lá estava ele, completamente distraído pela leveza do bicho e pela riqueza de cores daquelas asas. Um animal gordo e cinza, delirando no meio do trânsito pedindo para ser atropelado.

Da calçada oposta, Estefano tentava chamar a atenção do gato, que não estava nem aí para nada. Só queria caçar aquele objeto mágico e colorido. Foi então que o pior aconteceu. Estefano correu feito louco e se jogou para salvar o seu companheiro mirim, sofrendo um atropelamento por um carro em alta velocidade.

Por um golpe do destino, salvação divina, intervenção do sobrenatural ou qualquer outro tipo de crença que possa fazer você se sentir confortável em acreditar, ele sobreviveu e já estava de alta no dia seguinte. Só uma coisa não impressionava muito, o seu retorno à antiga rotina: levantar-se cedo, acariciar o bichano, ir ao banheiro, urinar com dificuldade, lavar as mãos e o rosto, checar sua aparência mórbida e ir até a cozinha para fazer o café.

Nesse meio tempo, lá estava ele se atualizando, e logo após alguns minutos de leitura, Estefano se depara com uma manchete sobre um acidente de trânsito. Mal começa a ler, quando Poeira inicia uma sessão de esfrega-esfrega nas suas pernas ossudas. E isso significava, com cem porcento de chances de acerto, que a vasilha de leite estava vazia. Sem conseguir se concentrar na leitura, ele largou o jornal e foi providenciar o abastecimento do buraco negro que era a barriga do bichano inquieto.

É justamente nesses momentos em que é possível perceber o quão seletiva é a atenção de pessoas como Estefano, que, em vez de continuar a leitura, preferiu concentrar-se na chaleira que começava a assobiar loucamente avisando que a água já estava fervida. Feito o café, terminou de se arrumar e partiu para mais um dia de trabalho.

Nos dias que se passavam, tudo se repetia. Quer dizer, quase tudo. Ele levantava na hora de sempre, dava os mesmos passos até o banheiro, urinava, lavava as mãos e o rosto, olhava seu reflexo no espelho e ia até a cozinha para aprontar o café. Então, como de costume, buscava as notícias.

Curiosamente, no instante em que liga o rádio, percebe que na emissora também se falava sobre um acidente de trânsito. E mais uma vez lá estava ele sem conseguir descobrir nada sobre o caso porque algo surge repentinamente para atrapalhar.

Na porta alguém toca a campainha.

— Mas quem foi o desgraçado que tocou e saiu correndo? Pelo amor de Deus, as pessoas ainda fazem isso? Não é possível! — exclamou, transparecendo um aborrecimento inquietante. Não tinha ninguém à porta, a não ser Poeira que entrara furtivamente. *Como esse danado saiu e eu nem percebi? Que coisa estranha*, pensou.

Ao voltar para a sala, escutou o assobio da chaleira, avisando que o café só estava esperando para ser feito.

A rotina parecia agradar tanto Poeira quanto Estefano, dois amigos que quase não se desgrudavam. No dia seguinte, nada parecia mudar na vida sem graça daquele rapaz pouco peculiar. A mesma disposição horrorosa ao levantar, ir ao banheiro, urinar, lavar o rosto, olhar-se cansado no espelho, acender o fogão para pôr a chaleira e buscar notícias. Que dessa vez, era no jornal de uma emissora de TV local.

Quando a repórter começou a falar sobre a trágica história, estranhamente o canal da TV mudou sozinho. A verdade é que de estranho isso não tinha absolutamente nada. O Poeira que, inquieto como sempre, pulou na mão de Estefano, fazendo a TV mudar de canal. Mas quando ele terminou de reclamar com o bichano e pegou o controle para voltar a assistir ao jornal, a chaleira assobiou e lá foi ele fazer o café para sair de casa e trabalhar.

Essa era a curiosa rotina de Estefano e Poeira, o gato *chartreux* morto que não queria deixar seu dono acordar do coma.

CAZMOT E O REINO DO LADO DE CÁ

Os pedaços de metralha começavam a se tremer no chão, quando ele se virou e presenciou um acontecimento sobrenatural. O buraco, que há pouco serviu de entrada para Jônatas, estava agora se reconstruindo. Tijolo por tijolo.

— Mas é claro que isso está acontecendo contigo. Só poderia ser contigo. Você é muito i-di-o-ta, Jon! muito! — Aquelas palavras, incluindo a pausa dramática em cada uma das sílabas da antepenúltima, preencheram o terreno baldio e voltaram para os ouvidos de Jon como uma onda que recua depois de se chocar com arrecifes. — Ok, agora é tentar manter a calma e encontrar outra passagem para fora deste lugar.

Jon já observava o enorme buraco na parede havia pelo menos três anos, desde quando o ônibus que costuma pegar para ir ao trabalho mudou de itinerário, e ele teve que passar a descer a dois quarteirões do escritório.

Naquele dia, em especial, ele sentiu que algo estava diferente. Jon não sabia se eram os casos recentes de desaparecimento de pessoas, ou se os problemas de convívio em casa com a irmã e o cunhado que estavam tirando o seu sossego. Porém algo inexplicável o inquietava.

Ele costumava seguir o seu caminho até o prédio empresarial pelo outro lado da calçada, entretanto, um brilho vindo da escuridão daquele lugar inóspito chamou sua atenção e o fez atravessar as duas faixas até a calçada oposta: "Procura-se calopsita" dizia um cartaz colado na parede. *Pelo amor de Deus, quem perde uma calopsita e coloca um cartaz tentando encontrá-la?* Ele andou até atravessar o portal de tijolos e cimento velho; avistou outros cartazes, mas os ignorou.

Jon parou e observou. Apesar da claridade daquela manhã de verão, o lugar estava escuro. Era uma cena tão atípica que ele estava se sentindo em um *set* de filmagens. O azul do céu se quebrava abruptamente por uma escuridão. Não parecia uma imagem real, assemelhava-se a uma cena editada, com recorte brusco e aplicação grosseira. Silhuetas de vários objetos também chamavam a atenção dele.

— Seja bem vindo, estranho. — Uma voz aguda e arranhada surgiu perto dele, uma fala pronunciada com dificuldade por um ser magro e baixo. Jon ficou perplexo, abriu a boca, mas nenhuma palavra saiu.

— Não quero te deixar assustado; ainda *mais* assustado, é claro — o homem falava tentando esconder um riso. Dentes pontiagudos e protuberantes insistiam em ficar no caminho dos seus lábios todas as vezes que ele parava de falar e tentava fechar a boca. Suas orelhas pareciam élficas.

Como se Jon já não estivesse espantado o suficiente, esse pequeno homem apresentou mais uma de suas características peculiares e asquerosas: ao virar-se, foi possível ver suas costas parcialmente descobertas, com uma protuberância horrenda, que poderia ser confundida com uma corcunda, mas que era diferente. Um caroço pulsante, que tomava mais da metade das costas.

— Meu nome é Cazmot e sou o cuidador do Reino do Lado de Cá.

— Cazmot e o Reino do Lado de Cá? Ok, meu amigo, já que você é o cuidador, ou o que quer que seja desse lugar, me ajude a sair, beleza? — ele falou tentando não olhar as deformidades e depois continuou: — Uma reunião com o meu chefe está pra começar e não quero faltar — quando terminou, Jon observou o céu ficar ainda mais escuro perder completamente o brilho.

— Mas você já faltou — o homem falou enquanto acompanhava Jon olhando para o céu.

— Como assim eu já faltei?

— Hoje já é amanhã — o homem afirmou, sorrindo e forçando os lábios contra os dentes para conseguir fechar a boca novamente.

— Que palhaçada é essa? Como assim hoje já é amanhã?

— No Reino do Lado de Cá, o sol nasce e se põe a cada dez minutos.

Jon deu uma gargalhada irônica. E depois outra, e outra em seguida, mas o homem não esboçou reação alguma, apenas observou Jon em pé com as mãos

nos joelhos recuperando o fôlego. Sua risada começou a sumir gradativamente, e a pergunta surgiu inevitavelmente:

— Então vinte e quatro horas lá fora equivalem a míseros dez minutos aqui?

— Isso mesmo.

— Tá bom — falou tentando conter outra risada. — Vou acreditar. Mas que lugar é este, afinal?

— Eu já falei, o Reino do Lado de Cá.

— Certo. E se eu ficar aqui por mais dez minutos, já vai ser sábado?

— Sim. Não sei por que é tão difícil para você acreditar.

— Fique tranquilo. Eu acredito. Mas como é que faço pra sair daqui?

— Você só precisa escutar uma história que tenho pra contar.

A visibilidade não era das melhores, mas seus olhos já estavam se adaptando. Por entre aquela escuridão, Jon tateou as plantas em busca de algo para se sentar. O local era um quintal, que mesmo sob cuidados desse pequeno homem, parecia abandonado. Havia palmeiras, samambaias, troncos de árvores desconhecidas e espécies diversas por todos os lados, colocadas em vasos de concreto e postas uma perto da outra de forma desordenada.

Fora de seu juízo normal, Jon não estava se dando conta de como a vida naquele lugar funcionava. É sabido que plantas precisam de luz para sobreviver, mas esse recurso natural não existia no Reino do Lado de Cá.

Ele continuou procurando. Seus pés faziam barulhos. Uma mistura de coisa orgânica e *crecks* de pedaços de objetos se transformando em partes ainda menores.

Mais à frente, outra coisa o assustou. Um gnomo asqueroso fazia uma careta rabugenta. Ele era uma coisinha pequenina e frágil, de louça, um ornamento de jardim. Seguiu observando através da escuridão e percebeu vários outros do mesmo tipo.

Ele viu minhocas que saíam e entravam na terra. Baratas gordas que andavam para lá e para cá, passando por cima do seu sapato. Buracos na parede, dos quais surgiam lagartixas e animais menores, como grilos e caramujos. Dava para ouvir ratos resmungando entre si sobre quem ficaria com o último pedaço dos restos mortais de um animal que já não era possível identificar.

E, pela escuridão, seguiu até esbarrar em uma estrutura de poço com tijolos soltos em cima, então pegou um deles e voltou para perto do homem.

— Eu escuto, mas, antes, quero que me responda uma coisa. Quer dizer, duas. O que você é? Porque não é um anão, eu acho. E que brilho foi aquele que me fez vir até aqui?

— Eu sou uma criação do meu mestre. Um rei que vive até hoje aqui e sonha em reconstruir o seu reino. E esse tal brilho que você falou eu não sei nada sobre ele.

Criação do mestre reconstruir reino puta que pariu. Onde foi que eu me meti? Jon pensava com os olhos fechados, sem coragem de olhar o homenzinho e dar outra gargalhada. Ambos estavam à mesma altura, ele sentado no tijolo e o outro de pé, com o corpo encurvado para frente, encarando Jon e lutando para deixar os dentes dentro da boca.

— Quando eu estava do outro lado da rua, vi um brilho vindo daqui. Um brilho que nunca tinha visto. Até então eu pensava que esse lugar era um terreno baldio.

— O Reino do Lado de Cá só é visto por quem ele quer que veja.

— Entendo — falou por fim. *Que droga é essa?*, pensou. Jon não estava acreditando em nada do que aquele homenzinho corcunda dizia. O esforço era visível, mas nada era verossímil aos seus olhos. Pouco a pouco ele conseguia ver melhor as feições de Cazmot. Nos dez minutos de noite, sua vista se adaptava e ele conseguiu perceber as formas do rosto e do corpo. Formas que deixavam Jon perturbado.

A cor do céu voltou a mudar, clareando em segundos, e ele foi forçado a fechar os olhos. A claridade do céu não afetava a escuridão e Jon ficava cada vez mais intrigado.

Jon voltou a observar o homenzinho, agora sem conseguir vê-lo direito, e falou:

— Bom, conte logo essa história que eu não quero me atrasar ainda mais.

— Mas hoje é sábado, você não trabalha aos sábados, trabalha?

— Tá, tá de novo com essa história que hoje já é amanhã? Conta logo isso — Jon disse, irritado, mudando o pé de lugar e pisando em algo rechonchudo, que fez um som abafado. — Droga, o que foi isso?

— Deve ter sido o Lorenzo, meu rato. Ele é moribundo, não vai fugir pra longe.

— Seu rato? Ok, já deu pra mim — Jon afirmou, se levantando.

— Você não vai conseguir sair daqui se não ouvir a minha história.

— Ah, é verdade — Jon deu uma risada e tentou ficar sério, voltando a olhar para Cazmot.

— Pronto?

— Sim.

Muito tempo atrás existiu um rei que detinha o poder de conseguir tudo o que queria. 'Mas todo rei tem esse poder.' você deve estar pensando. Sim, tem razão, contudo, quando se tratava de Tom Zac, O Eterno, tudo era diferente. Todas as conquistas do Reino de Cadedola eram obtidas exclusivamente com magia, um segredo de vida e morte mantido entre ele e Oz'Nerol, seu braço direito, conselheiro de guerra e mestre das artes ocultas, o bruxo que realizava todos os seus desejos.

A amizade entre eles começou quando o rei ainda era um príncipe e comandava um dos exércitos do pai. Estavam no quarto dia de uma invasão mal executada que dizimou mais de quinhentos homens, deixando apenas os dois sobreviventes.

Escondidos entre corpos e membros dilacerados, Tom Zac e Oz'Nerol viveram dias de agonia em campo inimigo, sem poder reagir. No sexto dia, o exército inimigo recuou e, para o desespero dos amigos, nenhum sinal de resgate foi avistado. Dias e mais dias, e o filho do rei seguia como morto. Um efeito colateral da guerra.

Desapontado com o abandono do pai, Tom e Oz'Nerol passaram semanas tentando voltar para o reino.

Mesmo sem saber como estava sobrevivendo quase sem comida e água, Tom persistiu e continuou até encontrar o lar novamente. Parado na entrada, observou com rancor as letras velhas que formavam a palavra Cadedola, quando Oz'Nerol disse:

— Tom Zac, antes de você entrar, preciso falar uma coisa. Nós só sobrevivemos porque usei energia para manter nossos órgãos funcionando.

— Eu sabia que algo estava influenciando na nossa sobrevivência, e agradeço, mas você sabe que não seremos bem recebidos no palácio do meu pai devido ao fracasso, não é?

— Sim, eu sei — Oz'Nerol afirmou, abaixando a cabeça.

— Há muitas coisas sem explicação, e essa prefiro que continue sem. Não quero saber de onde vem a sua energia ou bruxaria. Exijo apenas que prove a sua fidelidade a mim, e assim eu o farei meu braço direito e chefe de guerra do reino.

— O que você quiser, Tom.

— Use sua magia para destronar o meu pai.

— Toda magia tem um custo — ele falou, sem acreditar no pedido do príncipe.

— Não importa! Destrone o meu pai agora mesmo e irei arcar com as consequências — Tom bradou, com fúria nos olhos.

— Sim, senhor.

Oz'Nerol sentou-se no chão de terra com pedregulhos minúsculos, onde havia ainda marcas de ferradura de cavalos nos dois sentidos da entrada do vilarejo que cercava o palácio. Tom o observava: as mãos do feiticeiro giravam; a esquerda no sentido horário e a direita no anti-horário, intercalando movimentos lentos e rápidos, abrindo e fechando.

O príncipe estava surpreso, pois até o momento não havia colocando muita fé no que Oz'Nerol dizia, entretanto, quando uma sombra negra começou a surgir entre os dedos em movimento, a sua expressão mudou. Seu semblante estava mais assustado do que quando seu pai o levou para caçar pela primeira vez.

— Oz'Nerol, pare com isso! — ele falou, mas o bruxo estava em transe. — Oz'Nerol, eu ordeno que você pare! Era uma brincadeira. Não pensei que tivesse falado sério.

Tom Zac não sabia mais como fazê-lo parar, e o movimento dos seus braços começava a acelerar. As mãos cada vez mais ágeis e, de repente, as sombras seguiram em direção ao solo.

— Pare, ou ordenarei que prendam você! — Tom estufou o peito e falou com postura de rei. Sua primeira vez. Um silêncio gritante deu sequência ao ocorrido e surgiu um alvoroço nos arredores do palácio. Pelo som do trompete real, significava o anúncio de morte.

— E agora o que vou fazer?

— Recomendo que você se esconda, pelo menos por hoje.

— Você matou o meu pai! — Tom gritou.

— Sorte sua não ter ninguém por perto para ouvir essa sua asneira — Oz'Nerol retrucou.

O príncipe não acreditava no que estava acontecendo. O seu pai, o rei, estava morto ao seu desejo.

— Você me pediu com bastante convicção. Não venha dizer que a culpa é minha. E o custo desse feito vai chegar até você, quer você queira ou não.

O príncipe não ousou ficar longe do bruxo. Havia medo em seus olhos e, em especial, nas suas atitudes. Ele sabia que a culpa daquilo tudo era dele. Oz'Nerol só fez o que ele ordenou.

Um dia se passou e ele decidiu voltar definitivamente para o palácio com o companheiro. Oz'Nerol e Tom estavam de volta, depois de quase um mês afastados e tidos como mortos.

Do clero à vassalagem, dos nobres aos plebeus, todos ficaram espantados com o ressurgimento. Somado a esse sentimento, a pena, afinal, o homem havia perdido o pai. E, sem experiência suficiente para assumir o trono, gerava dúvidas sucessórias.

Porém, à custa das sombras, o príncipe se tornou rei.

Dias, meses e anos se passaram. O rei Tom Zac, O Eterno, e seu braço direito Oz'Nerol trouxeram prosperidade ao reino. Vantagens inimagináveis em negociações. Exércitos se expandindo; pesca, agricultura e pecuária progredindo, contudo, como bem advertiu Oz'Nerol, toda magia tem um custo, e a hora estava chegando.

Desgraça não costuma anunciar a chegada, e não demorou para animais começarem a morrer, plantas deixarem de crescer e pessoas começarem a adoecer. A ruína do reino estava à espreita, e o rei não sabia o que fazer.

— De onde ele está agora, o seu poder é ilimitado. O seu pai, Tom, quer recuperar o reino que você roubou dele. E da pior maneira possível — Oz'Nerol revelou ao rei, enfim, o que deveria ter sido falado há muito tempo. — Regicidas nunca saem impunes. Você não quis me ouvir e agora todos sofreremos as consequências.

— Há algo que possamos fazer? — indagou o rei.

— Sim, existe. Mas, antes de mais nada, a verdade deve ser revelada — Oz'Nerol respondeu.

— Jamais! — Tom retrucou.

Para sua infelicidade, o bruxo não estava blefando. A magia não poderia mais ser usada e o segredo não estava mais seguro.

A cada dia a escuridão se aproximava e o império definhava. Tom Zac foi ingênuo em achar que a maldição pudesse ser desfeita com a morte do conjurador, então apunhalou o bruxo pelas costas e se desfez do corpo, e esse foi o último grande erro do rei, pois agora estava desesperado e seu fiel companheiro, morto. Escuridão. Trevas. Dor.

O castigo caiu sobre seus ombros e respingou em todos ao seu redor.

Até hoje ele busca o perdão do pai, entregando-lhe almas como uma maneira de se redimir. Almas que vão para o seu reino de trevas, mas vão limpas, puras. Toda a maldade e a consciência ficam aqui presas no Reino do Lado de Cá.

Completamente sozinho, hoje ele usa o único poder remanescente do seu bruxo, que lhe foi passado no momento do covarde assassinato. Uma das formas que Oz'Nerol encontrou nos últimos instantes da sua existência de amaldiçoar ainda mais o rei.

Um silêncio invadiu o terreno baldio e o sol nasceu novamente. Domingo havia chegado.

A visão de Jon voltou a ficar comprometida, foi então que ele falou:

— Que poder? Mas que poder, Cazmot?

— Transformação da matéria — respondeu. — Com o uso da sua energia, ele era capaz de modificar a forma das coisas. Com um porém, a degradação de quem a conjura, nesse caso, o rei, seria constante e irreversível.

Por alguns segundos os dois se entreolharam. E então, Jon comentou:

— É uma fábula interessante, Cazmot. Mas duas coisas eu não entendi. A primeira é sobre a diferença na passagem do tempo aqui e do outro lado do muro.

— Lembra do que falei? Esse poder foi "uma das formas de amaldiçoá-lo". Já a outra foi essa. Para que ele nunca pudesse sair do reino. Cadedola definhou, e o que restou foi o Reino do Lado de Cá. Uma inversão nessa dimensão, que não permite o retorno de quem ousa sair, e o rei nunca conseguiria viver longe do seu reino.

— Entendo. — Jon continuava sem acreditar naquilo, mas uma pequena luz de curiosidade estava se acendendo em seu peito. — A segunda coisa que não entendi está me deixando intrigado. Afinal, onde está o rei? Como ele é? A existência dele e esse tal poder são metáforas ou o quê?

Antes de ouvir a resposta, Jon começou a sentir uma vertigem. O céu voltou a ficar escuro, só que dessa vez seus olhos não se adaptaram à escuridão como antes. Ele os abria e fechava, mas não conseguia enxergar nada. O seu corpo tremia e um vento frio envolvia toda a sua pele. Ele tentava falar, mas sua boca não se movia.

— Ele existe até hoje e continua tentando cumprir a promessa que fez ao pai — Cazmot esclareceu.

Aquela agonia perdurou por mais alguns segundos, porém, na percepção de Jon, parecia uma eternidade. Pouco a pouco seus sentidos começaram a voltar ao normal.

— O que está acontecendo comigo? — questionou, mas Cazmot apenas sorriu.

Ok, ou eu estou delirando ou esse homenzinho está ficando maior. Jon observava os dentes e orelhas pontiagudas de Cazmot crescerem. O grande caroço pulsante de suas costas ficava maior e ainda mais vibrante. Até seus olhos, que eram bem pequenos, agora pareciam duas lâmpadas de poste amarelas e disformes, embaçadas como a lua quando alguém passa horas numa piscina e depois tenta olhar firmemente para ela.

Jon não controlava mais o próprio corpo, e em sua mente surgia uma lembrança recente. Ele sabia de onde vinha o brilho. Vinha dos olhos do tal homenzinho.

O frio seguia aumentando gradativamente. Assim como o som das risadas de Cazmot. Jon via os dentes enormes abrindo e fechando entre gargalhadas.

Palavras, letras e sílabas se misturavam diante dos olhos. Oz'Nerol se desconstruía e formava Lorenzo. Cadedola virava Lado de Cá e Tom Zac, Cazmot.

Jon já não conseguia falar mais nada. Apenas observava o homenzinho se agigantando à sua frente. Ele não estava delirando, porém, os seus sentidos pregavam-lhe outra peça.

O que estava acometendo aquele homem era a distorção de uma percepção universal. Tudo o que fica maior, fica maior em relação a uma outra coisa. E essa, como tal, pode estar, na verdade, ficando menor. Pequenina e frágil, de louça. Um ornamento de jardim.

O OUTRO QUINTO ANDAR
PARTE I

Ele havia acabado de pegar o morto, mas sabia que suas chances de vencer eram quase nulas. Edgar olhou com firmeza para o amigo, como um pistoleiro arrogante que não acredita que fora desafiado, mas que sabe da inevitabilidade da sua derrota, e soltou um suspiro. E só então, falou:

— É, não foi dessa vez, meu velho.

Eles estavam jogando canastra havia pelo menos uma hora e as parciais não lhe eram favoráveis. Caso você não esteja familiarizado, a canastra, também conhecida como buraco, é um jogo no qual o objetivo é fazer o maior número de pontos através dos valores somados pelas cartas baixadas, considerando uma sequência de um a catorze. O "morto" ou os "mortos" são jogos de onze cartas viradas para baixo, colocadas de lado para serem usadas assim que algum jogador tiver colocado na mesa todas as que estavam em suas mãos. Edgar havia acabado de pegar esse tal jogo reserva e ainda assim estava perdendo. Seu celular tocou.

Houve uma pausa entre eles.

— Você não vai atender? — o seu amigo Tomás perguntou.

— Deve ser minha tia ou algum parente. Não tô a fim de sermão hoje.

Número desconhecido.

Tomás deu uma olhadela e falou:

— É um número desconhecido, cara. Tem certeza que não vai atender?

— Mas que saco. Vou dar é um fora em quem quer que seja. Prepare-se alô? — Edgar falou querendo fazer graça, mas sua expectativa de se divertir fingindo ser um atendente de telemarketing ou um personagem de desenho foi por água abaixo. A sua expressão e a sua voz mudaram na hora.

— Tá! Tá, ok. Eu já vou. Sim, sim — Edgar falou se levantando da cadeira. Gotículas de suor começaram a brotar em sua testa e ele, instintivamente, passou as costas da mão esquerda para enxugá-las. — Eu eu chego aí em quinze minutos. Não demoro. — E desligou.

— Cara, quem era? Você está bem?

— Um... — Ele passou um momento olhando para o nada. — Um amigo, o Téti, você deve conhecer, ele estava muito doente e parece ter melhorado, ou não, não sei. Vou ver o que está acontecendo, e aquele escroto que me aguarde. Na volta te explico melhor. — Edgar recolheu suas coisas da mesa, com um riso nervoso no rosto, e rapidamente já estava na frente da sala. — Cara, eu não acredito, finalmente! — ele falou e saiu correndo.

— Finalmente o quê, cara? Que histór...

Edgar não escutou o restante da frase porque já estava perto da porta dos fundos do condomínio. Soltou a bicicleta do poste de iluminação interna e seguiu em direção ao hospital, chegando lá tão rápido quanto uma má notícia quando não é esperada.

— Confesso que não consegui processar direito o que você me disse na hora, porque fiquei nervoso, mas... mas, como assim ele acordou e voltou a dormir, menina? — Edgar perguntou à enfermeira ainda no corredor do quinto andar, do lado de fora do quarto.

Ele não era a pessoa mais polida da face da Terra e, às vezes, falava com intimidade com pessoas que nem conhecia direito, mas sempre que terminava uma frase como essa com "menina" ou algum palavrão, tipo "porra", ele sorria ou colocava a mão na cintura para quebrar o gelo. Naquele momento, travava uma luta pessoal para retomar o fôlego, e tinha o coração batendo forte no peito como passos de um soldado marchando ao sol.

— Edgar, vou contar mais uma vez o que aconteceu. — Rebeca tentava acalmá-lo. Ela era uma enfermeira de olhos azuis, muito bonita, que sempre chamava a atenção de pacientes, visitas ou quaisquer seres humanos que estivessem por perto. — Eram sete e meia quando entrei para fazer os procedimentos que a gente sempre faz e percebi que havia esquecido o celul... Uma coisa no balcão e voltei.

— Entendo.

— Mas quando entrei novamente no quarto, encontrei a prancheta toda rabiscada e o corpo dele estava ligeiramente fora do lugar.

— Quanto tempo você demorou pra voltar? — perguntou, com um riso contido.

— Uns quinze minutos no máximo — a enfermeira respondeu desviando o olhar para baixo.

— Isso tudo só pra pegar o celular... digo, a coisa que você havia esquecido?

— Isso mesmo, Edgar — ela respondeu sem conseguir esconder a preocupação que, naquele momento, não era apenas com o paciente, mas sim com a desconfiança que ela mesma poderia ter plantado na mente de Edgar.

— De acordo com o que disse, ninguém fez essas anotações? E, com toda certeza, foi ele que acordou, do nada, e as escreveu?

— Veja, não sei se foi ele... mas não foi ninguém daqui — ela respondeu, desviando o olhar novamente. Dessa vez, ela mirava os sapatos de Edgar, um par de All Star cinza com cano alto. A barba por fazer, o cabelo castanho-claro, a camisa preta de malha, os fones de ouvido caindo pela gola e a calça jeans surrada no estilo roqueiro não conseguiam atrair os olhares dela naquele momento. A pergunta a havia deixado constrangida.

Edgar achava que ela gostava dele. Não que aquele um metro e setenta e cinco e a aparência desleixada fossem destacá-lo numa multidão, mas ele era um cara bonito. Sobre o estilo roqueiro, era só o estilo, porque por trás daquela aparência e daqueles fones passavam todo estilo de música. Inclusive, tocava Adele no momento antes de se encontrarem, quando ele os tirou dos ouvidos e deixou caídos na gola.

Não sei se essa é uma impressão padrão que algumas pessoas têm quando outras são muito simpáticas (e bonitas, diga-se de passagem, porque ela era uma mulher bastante atraente) e falam de forma eloquente e atenciosa, mas isso acaba sendo facilmente confundido com "estar dando em cima". A verdade é que sempre que os dois se encontravam, tal pensamento se agarrava à sua mente tão forte quanto a aliança no dedo anelar da mão esquerda da enfermeira constrangida. *Mas vai que ela e o noivo não estão bem, não é mesmo?*, ele costumava refletir.

Porém, naquele dia, ele não estava interessado nela. Quer dizer, estava. Sempre estava, mas a única coisa da qual gostaria (e estava se esforçando para tal, talvez até demais) era saber o que havia acontecido com o seu melhor amigo.

— Você já se ouviu falando, moça? Ele acordou, escreveu essas coisas e voltou a dormir? "Eba! Cansei do coma, vou acordar agora e escrever qualquer coisa sem sentido numa prancheta e depois voltar para a caminha." — ele falou em tom de ironia, mas estava sério. — Hein, Rebeca? É Rebeca o seu nome, não é?

— Sim.

— Rebeca, ele está em coma há meses e você diz que ele pode ter acordado só para anotar coisas e voltado ao estado anterior?

— Edgar, eu não sei. Apesar de absurda a ideia, nós já chamamos um médico e em poucos minutos ele deve analisar a situação — ela disse, e usou as mãos para girar a prancheta no sentido horário. — Enquanto isso, você poderia dar uma olhada? Por que nós não entendemos nada do que está escrito. Um porteiro preso, três amigas perdidas nada faz sentido, sabe? E tem uma frase no final que ninguém conseguiu decifrar o que é — completou.

— Posso, deixa eu ver a prancheta.

— Aqui, tome. Diga o que você acha. — Ela o entregou.

Edgar pegou a prancheta e logo de cara se assustou. Realmente era uma caligrafia muito semelhante à de seu amigo, mas era impossível ter certeza. *Seis meses atrás você estava bem, cara e agora nessa situação.* Edgar olhava para a mensagem, mas não lia nada, ainda estava tentando aceitar a possibilidade de seu amigo ter acordado para escrever aquilo e ter voltado a dormir.

— Porteiro, bruxa, monstro no quarto... de fato, isso não faz o menor sentido. Bairro amaldiçoado, amigas presas, amigo em coma, reino maldito. Cão possuído número um e cão possuído número dois viciado um e viciado dois? CARA, se foi você mesmo que escreveu isso, você deve estar numa viagem louca aí nesse coma, hein? — Edgar falava olhando para o amigo, sem conseguir entender nada do que aquilo significava. Pareciam anotações aleatórias. Coisas absurdas. Eram onze nomes, com setas que os interligavam à frase "o outro quinto andar". Já outras setas, essas escritas com tanta força que criaram um efeito de baixo relevo, surgiam de lugares vazios (com parênteses em cada ponta) para a frase "o antigo estacionamento". Eram onze espaços em branco no total. Onze lugares para nomes que só aguardavam serem preenchidos.

— "O outro quinto andar" e "o antigo estacionamento" De onde ele tirou isso, pelo amor de Deus? — refletiu. — A morte é o que dá sentido à vida, meu chapa.

Ao terminar de ler, com uma certa dificuldade pela grafia dessa última frase, Edgar percebeu uma mudança no quarto.

Observou o teto e notou uma alteração na luminosidade, como se o dia estivesse virando noite, em uma velocidade anormal, como se uma grande nuvem tivesse coberto os raios do sol.

— Meus olhos estão estranhos — disse, coçando-os com o polegar e o indicador de uma das mãos, em movimentos circulares. Com a outra, ele continuava segurando o papel. Rebeca não ouviu a última frase, parecia distraída com o celular na mão. Ela balbuciava e soltava grunhidos. Edgar continuou olhando em sua direção e viu que agora ela estava acocorada.

— O que houve, Rebeca? Você também perce... be... u — a frase saiu em câmera lenta e quando se deu conta, não estava mais no quarto – pelo menos não do jeito que ele conhecia.

Era um lugar escuro, mas não por completo. Assemelhava-se a um cômodo que é iluminado pela luz de outro lugar. Uma luz azulada, que por si só já causava calafrios. A temperatura também estava diferente, agora fazia um frio incomum, diferente de um ambiente com ar-condicionado. Ele causava um certo desconforto na pele, mas por dentro o corpo estava quente, queimando em febre.

As paredes todas descascadas; as camas desforradas e os lençóis em frangalhos pendurados pelas beiradas dos colchões; as máquinas pareciam que não eram ligadas havia muitos anos, embora algumas luzes ainda dessem sinal de vida, sabe-se lá como. Edgar estava paralisado. Aquele era o mesmo quarto, porém, abandonado e em outra realidade. Um inferno inconcebível e quase fantasioso.

Enquanto tentava colocar as ideias no lugar, ele ouviu um barulho. Era um som intermitente que vinha de longe, mas que parecia familiar. Um chiado, talvez? Era como se uma panela ou máquina industrial soltasse fumaça por uma brecha que resultava em um barulho agudo. *Mas como pode num hospital? Que caralho é isso? Eu devo ter enlouquecido!* Pensou saindo do quarto, e vendo um longo corredor à sua direita. Na frente, um quarto com uma fita de interditado com o número 501 na porta e à esquerda, o elevador com a porta aberta e a luz piscando.

O quarto de onde acabara de sair era apenas mais um de vários outros. E ele ficava de frente para outras portas em sequências em ambos os lados. Cada uma mais horrenda que a outra. As madeiras delas já nem se sustentavam direito, mantinham-se lado a lado precariamente com a ajuda de placas de ferro chumbadas de uma ponta à outra. O corredor era estruturalmente igual ao do hospital, entretanto, destruído e ensanguentado. Ele não entendia se aquilo era um vislumbre do futuro ou se era um tipo de delírio... Ou pior, se estava realmente imerso em uma atmosfera desconhecida.

As paredes do corredor eram asquerosas. Tinham marcas de sangue por toda parte, algumas incrustadas nos tijolos que ainda exerciam penosamente sua função, já outras, recentes. Algumas pareciam terem sido resultado de cortes grandes em carne (e que ele torcia para não ser humana), outras estavam lá porque algo ou alguém as havia colocado lá, com as mãos, talvez? O chão seguia à risca aquele cenário horrendo, igualmente repugnante. E, por mais incrível que parecesse, não havia nenhum resto de animal ou de ser humano por perto, apenas as manchas e marcas de coisas arrastadas pelo chão. Algumas pareciam ter ido para o elevador ou saído de lá.

Ele olhou uma última vez para o quarto e o que chamou sua atenção era que ele não tinha porta alguma. Como uma antessala. O portal parecia ter sido arrancado com ela, havia tijolos expostos e pedaços de cimento. Aquele deveria ser o quarto 502.

Edgar andou devagar e seguiu à direita para onde o som parecia estar vindo. Seu humor aos poucos mudava. Ele não estava mais vendo graça nenhuma em nada daquilo e estava, acima de tudo, assustado. No caminho, havia várias portas fechadas, e só agora percebera que antes dos números tinham um sinal negativo. Ou seja, o quarto onde ele surgiu não era o 502 (igual ao que seu amigo estava internado), mas sim o -502, e assim por diante. O interditado era o -501 e ao lado dele o -503.

Continuou andando. Leves rajadas de vento sopravam no sentido contrário aos dos seus pés, como se algo estivesse liberando o ar constantemente. *Esse lugar está respirando.* O pensamento cruzou sua mente. E realmente parecia. Mas o ar chegava fraco nas suas pernas. Continuou andando na esperança de encontrar uma saída e acordar ou, no mínimo, fazer aquele barulho parar.

Além dos seus passos e do chiado, não se ouvia nenhum outro som. Até mesmo as rajadas de vento eram muito silenciosas. Edgar ficava mais nervoso e assustado a cada passo que dava naquele que era o único caminho possível, exceto pelo elevador que ele não estava muito empolgado para checar. E o chiado continuava perturbando, ficando mais e mais próximo.

Outra rajada nos seus pés. E em seguida outra e outra. Ficando mais forte e empurrando-o para trás. Dessa vez ela veio acompanhada de uma sensação de bloqueio. Na medida em que ele se aproximava do lugar, era como se um escudo ou um campo invisível o estivesse empurrando no sentido contrário. Uma sensação parecida com a de um ímã repelindo o outro da mesma polaridade. Repelindo, assustando, avisando que era melhor ficar longe. Quanto mais força ele fazia em direção à porta, maior era a força no sentido contrário.

Seus sapatos começaram a ceder na lama de sangue, que subia pela perna da calça em resposta ao esforço. Edgar movia-se lateralmente até uma porta e forçava o corpo com a ajuda das mãos no portal dela. O silêncio continuava e, além do chiado, agora ele ouvia a própria respiração. Um arfar barulhento, um esforço extenuante que acompanhava o ritmo do chiado, até que os dois se tornaram um só e a porta se abriu, levando o corpo de Edgar à frente num solavanco violento, e depois se fechou com o impacto na parede contrária. Ele caiu de joelhos e deslizou alguns metros. O medo foi tanto que o fez fechar os olhos.

Com as mãos ainda no rosto, ele forçava o tórax para retomar o fôlego, buscando coragem para abrir os olhos. *Calma, Edgar, lembra que isso é só um sonho.* Ele tentava se convencer de que nada daquilo era real e enfim decidiu olhar o que havia lá.

Ele abriu a porta vagarosamente. O ruído era tão assustador que ele sentia como se as dobradiças estivessem afastando as duas partes do seu tórax, pelo meio, expondo seus pulmões e coração.

Adentrando o cômodo, percebeu o quarto tão escuro quanto o restante do hospital e, no canto da parede, uma mesa branca com dois objetos que ele não conseguia identificar.

De um deles vinha o som que havia atraído Edgar até lá, e aquilo tremia como um cervo morrendo de hipotermia parcialmente submerso num lago congelado. Contudo, o tremor não era de frio. Ao aproximar-se, conseguiu identificar que se tratava de uma chaleira e o outro objeto parecia um prisma triangular.

Estranhamente, essa chaleira chiava, embora não houvesse contato com fogo ou fonte de calor por perto, pelo menos não à primeira vista. Fazia um minuto que ele estava na porta e já notava um aumento gradativo do barulho, como se a qualquer momento ela fosse explodir e jorrar água, ou qualquer que fosse o líquido fervente, no lugar inteiro. A chaleira parecia ter vida própria. *Já está na hora de acordar desse sonho, Edgar. Isso está ficando cada vez mais estranho, cara.* Pensou, olhando agora para o prisma, um objeto rústico que continha desenhos e palavras, com letras semelhantes às que estavam no papel.

Ele observou o resto do quarto. Uma cadeira perto da mesa, ambas com os pés ensanguentados até pelo menos a metade. Ao lado da porta, um quadro de aviso e aproximando-se, mesmo no escuro, era possível ler: "Paciente 1.492 ainda está em tratamento. Manter a observação e relatar à enfermaria qualquer mudança." Ao lado desse aviso, havia outros rabiscos. O vidro que ficava na frente dele estava com manchas de dedos, todas avermelhadas e ressecadas. Seguindo com a vistoria no ambiente, Edgar notou uma cama sem colchão, com aparelhos em ambos os lados, uma poltrona velha, um balcão e uma janela.

Essa sim, chamou a sua atenção.

Ela estava aberta e uma espécie de névoa adentrava. Da borda, ela fazia uma curva para baixo, tal qual uma cachoeira em uma noite escura e sua queda d'água em câmera lenta. O lado de fora estava tomado por uma escuridão avermelhada, como se várias camadas de nuvens negras impedissem que a luz do sol poente conseguisse passar.

Tomado pela curiosidade, Edgar deu um passo à frente e aos poucos foi se aproximando. A sensação era de um leve aquecimento, trazida por aquela fumaça que entrava no cômodo. Ao chegar mais perto, percebeu algo atrás daquela neblina rubra que parecia se deslocar, afastando as nuvens do centro para as laterais. O movimento se repetiu duas vezes e, de súbito, tomou a forma de uma elipse cada vez mais nítida com grandes barras laterais que pareciam asas. E então o quarto foi invadido pela noite que vinha do lado de fora. Uma onda de ar quente entrou violentamente, passeando por sua pele, que sofria com a temperatura interna daquele lugar. Ao recuar alguns centímetros, viu uma coruja-do-ártico com sua fascinante plumagem branca e poucas penas pretas. Era inacreditável.

Ela parou na beirada e o fitou; ele também a observava à distância. Quer dizer, tentava, pois o chiado ainda desviava sua atenção.

"O que você faz aqui?"

A pergunta surgiu em sua cabeça como se a coruja estivesse se comunicando. O homem deu um passo para trás e voltou a observar desconfiado, porém, curioso. Ela fuçou o bico nas penas debaixo da asa direita e fixou novamente os olhos em Edgar, encolhendo a pata esquerda como um flamingo relaxando em um lago, girou o pescoço para um lado, para o outro e voltou a olhá-lo.

"Você não vai me responder?"

— Não sei se devo, pois assim eu estaria confirmando a minha insanidade — respondeu.

"Pare de gritar. Você não acha que já basta esse chiado sem fim, Edgar?"

— É, eu devo estar num manicômio tendo um sonho lúcido. E, cacete, como você sabe meu nome?

"Não fale, apenas pense. O jeito de se comunicar no mundo de vocês é muito barulhento. E sobre o seu nome... bem, eu o li nos seus olhos."

O que você mais leu? O meu horóscopo?, pensou, mas logo se arrependeu. Aquele lugar era assustador demais para ele ficar fazendo piadas. E, antes que se "arrependesse profundamente" como quando ainda estava na escola e sofria com colegas pegando no seu pé, ele ficou quieto. *O que merda está acontecendo aqui?*

"Você é bem engraçadinho, não é?"

Eu, eu... AI, MEU DEUS*!* Esse pensamento surgiu instintivamente em sua cabeça e a partir daí os dois iniciaram um diálogo, discutindo sobre o que era ou não possível de estar acontecendo.

Tudo aquilo parecia um sonho. Um sonho ruim. Daqueles que você tem consciência do que está fazendo, sabe que aquele universo é inconcebível no mundo real, mas, por mais que tente ou deseje, não consegue despertar.

A conversa já levava alguns minutos e eles não conseguiam chegar a lugar algum. Quer dizer, Edgar não conseguia acreditar em nada do que estava acontecendo. Não sei se acontece com você, mas, às vezes, o desejo de provar um ponto de vista é tão grande que você não consegue ver o que está diante dos próprios olhos. Edgar estava discutindo com uma coruja, e foi exatamente por essa constatação que o diálogo chegou ao fim.

Estou discutindo com a droga de uma coruja. Mereço ou não aplausos?

"O que você disse?"

— Estou discutindo com a droga de uma CORUJA! — Edgar não só a contrariou usando a forma "do nosso mundo" de se comunicar, como também soou arrogante e sarcástico.

"Ok, humano, então se vire para descobrir sozinho o que veio fazer aqui." Esse pensamento invadiu sua cabeça violentamente, acompanhado de uma dor nos ouvidos que beirava o insuportável. O deslocamento de ar seguido

da dor o fez cair de joelhos. Ele olhou para a chaleira e viu que a tremedeira estava aumentando e que agora o prisma estava com as letras e os desenhos acesos em um vermelho vivo que parecia conter brasa dentro.

No mesmo instante, ele virou o rosto em direção à coruja, que não estava mais lá. Nem a névoa. Nem a janela. Apenas uma parede como todas as outras daquele quarto.

A dor aumentava à medida que o chiado parecia querer estourar-lhe os tímpanos. Edgar estava desnorteado. Ajoelhado numa mistura gelatinosa e rubra que lhe causava ânsia. Embora gritasse, o som da sua voz não conseguia sobrepor o barulho da chaleira.

Num ímpeto desesperado, ele avançou contra a mesa e deu um tapa violento na chaleira, fazendo-a rolar pelo chão e parar no batente lateral da porta. O tilintar foi igualmente doloroso, mas agora haveria silêncio, finalmente. Um líquido tão negro quanto o óleo mais puro capaz de ser encontrado no subsolo terrestre saiu pela tampa e se espalhou pelo mar gelatinoso de sangue, formando um lago borbulhante. Mas, enfim houve silêncio. E o alívio em seus ouvidos superava qualquer horror que aquele acontecimento poderia ter lhe causado.

Ele aproveitou aquele silêncio enquanto pôde, visto que a quietude começava a ser quebrada por sua própria respiração ruidosa e ofegante. Edgar olhava para a cena com os olhos quase saltando do rosto. Seu pulmão era um motor desenfreado que ele agora lutava para desaquecer e fazer voltar ao funcionamento normal.

Seus sentidos começaram a voltar e o arfar se transformou em uma respiração mais tranquila. Quando percebeu que o quarto voltara ao normal, Edgar vasculhou os quatro cantos em busca de algo fora do lugar e focou no prisma, que agora estava apagado no chão, ao lado de seu pé direito. Havia manchas de sangue cobrindo parcialmente a superfície do objeto.

A percepção do ambiente também havia voltado ao que era antes. O ar estava pesado e o chão, com aquela gelatina rubra e nojenta, parecia pulsar. Ou eram seus olhos e sentidos? Não conseguia distinguir. A mancha negra aos poucos deixava de existir. De alguma forma a mistura estava ficando homogênea, e ele sentia que a qualquer momento o piso iria ceder e ele cairia no andar de baixo ou no mundo de baixo. No quarto andar, ou no sexto. Não dava pra entender a lógica daquele inferno, especialmente por ele estar no quinto andar, ou no quinto andar negativo. Havia uma infinidade de possibilidades. As piores possíveis.

Edgar colocou as mãos nas coxas e exalou com força. Fez isso repetidas vezes e quando seus olhos voltaram a identificar as formas das coisas, ele notou uma luz no cômodo, uma claridade que transformara o tom azulado em carmesim. Era o prisma que havia voltado a brilhar. As letras e as formas se mexiam como se houvesse algo dentro dele, como uma luminária de lava.

Uma curiosidade quase infantil se sobrepôs entre todos os seus pensamentos e forçou Edgar a pegar o prisma nas mãos. Ao tocá-lo, ele foi transportado pela segunda vez. Agora ele estava em uma sala e não mais no ambiente asqueroso e sem porta. Era uma sala comum com televisão, sofá e outros móveis e objetos convencionais. Uma alucinação dentro da insanidade.

Correndo de um canto para o outro, havia um gato gordo e cinza. Ele parecia uma bola de feno rolando à mercê do vento e ia do corredor que dava acesso à saída ou a algum cômodo, e seguia em direção à entrada da cozinha.

Espera aí, eu conheço esse gato, Edgar pensou. E, como se tivesse escutado o pensamento em alto e bom som, o bichano freou e se desequilibrou, batendo de lado na parede, que cedeu um pouco e se desintegrou na parte amassada. Era como se seus átomos fossem do tamanho de bolas de gude, mas com a mesma textura do cimento e dos tijolos. Elas caíram no chão e se transformaram em partes menores e menores, até quase desaparecerem. Mas o resto da parede continuou do jeito que estava. O animal o encarou com olhos que pareciam querer penetrar-lhe a alma. Seus olhos perguntando com ódio transbordando "o que você pensa que está fazendo aqui?". O bichano olhava em sua alma.

"RaaaaaAAAAAAHHH!"

Ele começou a ficar arisco. A presença de Edgar não era bem-vinda.

Ao redor do gato surgia uma aura escura e a expressão dele ficava cada vez mais agressiva.

"Psssssssssssss!"

Um som veio da cozinha.

Era a chaleira avisando que a água estava fervida. E aquilo foi como se um feitiço tivesse se desfeito. *Que sensação horrível foi essa?* Edgar sentiu uma agonia no peito. Não era uma dor. Não era físico, mas parecia querer arrancar-lhe o coração.

O animal seguiu para a cozinha no mesmo instante em que a parede começou a se reconstituir vagarosamente.

"Como esse danado saiu e eu nem percebi? Que coisa estranha." Outro pensamento tomou a mente de Edgar e, dessa vez, não era dele ou da coruja

de outrora, mas de uma outra pessoa, que neste momento já estava na sala. Era um cara alto, magro, que aparentava ter uns trinta anos.

Téti? É você mesmo, meu chapa?, Edgar pensou, dando um passo à frente e observando o jeito sempre "arrumado" de seu amigo se vestir. Um jeans escuro, camisa social e sapato social. Deveria estar pronto para ir trabalhar. Edgar parou e olhou novamente para ter certeza.

E era ele mesmo, Estefano, o seu grande amigo. Mas havia algo de errado. Terrivelmente errado. Ele parecia usar uma máscara do próprio rosto.

O CASEBRE DO GATO BRANCO

— Pois é, velho. Eu disse que não queria mais ficar com ela, dei meia-volta e fui andando pelo corredor até sair da casa.

— Cara, você é doido. Eu não teria essa coragem. Explosiva do jeito que ela é? Poderia ter caído num choro histérico ou começado a te bater, sei lá. — Ambos começaram a rir.

— É verdade!

— Sabia que algumas pessoas acham que ela faz parte de um grupo de bruxas?

— Bem-vindo à Idade Média, meu caro. — Mais risos. — Mas a gente não estava mais dando certo, entende? Eu não aguentava mais aquilo.

— Saquei. Olha, Rique, vou indo, tá? Tô atrasadíssimo. Depois a gente conversa mais sobre esse teu grande feito.

— Valeu, Vitor, até amanhã, cara!

Despedimo-nos e andei pela calçada até chegar em casa. Acendi a luz da sala (meus tios ainda não tinham chegado), tirei os sapatos e me estiquei todo para passar do carpete que fica na porta para o tapete entre o sofá e a estante da TV. Depois coloquei a mochila de lado, peguei o controle e liguei a TV. Ah, como adoro esse momento de calmaria no meu dia!

Estou escrevendo essa carta como tentativa de alerta para o que me aconteceu. Quem estiver com ela em mãos nesse momento, eu só posso dizer uma coisa: bruxas existem.

Seguindo com o relato, continuei preguiçosamente mudando de canal para tentar achar algo de bom na TV... novela, programa de fofoca, cobertura de campeonato de futebol, jornal local, jornal estadual, jornal nacional, jornal 24h, só notícia ruim. Continuei mudando... *Padrinhos Mágicos*, leilão de gado, *Cemitério Maldito*, *Criminal Minds*, *As Aventuras de*... opa.

Voltei dois canais e estava na cena em que Louis Creed termina de varrer a frente da casa e entra, dando de cara com o gato ressuscitado. O animal, arisco que mais parecia um demônio, olha para o Louis e fica enfurecido de repente. O homem, coitado, cai pra trás e sai andando.

Gostava tanto dessa cena que seria capaz de voltar e assistir de novo. Adorava a possibilidade da TV digital de poder voltar e rever uma cena. E realmente voltei e voltei e voltei... Ficando surpreso com a cara que o gato fazia.

"MrrowwwW!... meeeeeaOOOWW!"

Engraçado, na hora não me toquei que o tio João não tinha um *home theater* e estava convicto de que o som vinha mesmo da TV.

"RaaaaAAAAAAAHHH!"

O miado do gato estava muito próximo. Tão próximo quanto real, e me assustei.

— Sai daqui, porra! Que susto!

Era o gato do sr. Paulo. Como ele entrou lá em casa era um mistério. Quase me matou do coração. Foi só eu tentar colocar a TV no mudo pra testar se o som vinha dela, e essa coisa apareceu me assustando. Xinguei aos quatro ventos e à medida que os xingamentos ecoavam pela casa, a sensação de infarto sumia devagar. Lembro de ter jogado a minha meia em direção àquele monte de pelo branco cheio de pulga, e ele enfim foi embora!

Em seguida me assustei novamente, mas era só o celular.

— Diz aí, Vitor, tudo tranquilo?

— Cara, acho que deixei meu caderno contigo... dá uma olhada aí, por favor?

— Tá, tá sim, acabei de pegar ele aqui. Ficou comigo pra eu poder copiar o assunto da última aula, lembra?

— Eita, é verdade, então deixa... valeu.

— Tchau!

Deixei o caderno dele e o meu na mesinha do telefone e coloquei a bolsa no chão. Naquela hora lembro de a minha barriga tentar se comunicar comigo com aquele barulho característico. *Engraçado, tio João e tia Carla não me avisaram que iriam demorar*, pensei. Eu morava com eles desde que meus pais morreram. Eu devia ter uns dez anos na época. O acidente foi fatal para eles e para um casal de amigos, menos pra mim, que tive apenas ferimentos leves.

Agradeço por ter tido a oportunidade de viver com eles.

Quer dizer, passei um tempo morando com a minha esposa também. Pouco tempo, mas prefiro nem considerar isso como vida.

Com a fome apertando ainda mais, decidi comer sozinho e não esperá-los naquela noite. Meu primeiro erro, bem estúpido, diga-se de passagem.

Queijo prato, coalho, muçarela, presunto *Eles fizeram compras*... requeijão, oba, patê de peito de peru, o meu favorito.

Enquanto selecionava os ingredientes para um jantar improvisado, a porcaria do gato apareceu novamente.

— O que é que você quer? Se estiver com fome, pode voltar pra sua casa. Eu não divido comida, especialmente com gatos — lembro de ter falado com ele. Isso mesmo, falei com um gato.

"Meeeaoow?!?", ele perguntou.

— Nem venha — respondi.

Saí da cozinha com uma leve desconfiança de que aquele gato ainda me daria outro susto. E estava certo. O saco de pulgas magrelo estava fuçando feito louco a minha bolsa. Não sei como ele chegou à sala antes de mim, mas o infeliz já forçava o zíper.

E foi só eu me aproximar do bichano para ele disparar pela janela. O filho da mãe pulou e levou a minha bolsa. Não tinha muito o que fazer a não ser correr atrás dele. Meu segundo erro da noite. Cruzei a esquina e esbarrei com meus tios, que se assustaram e perguntaram para onde estava indo.

— Tô meio ocupado agora, já volto e explico melhor — lembro de ter respondido rapidamente e de ter seguido correndo, tentando alcançar o gato.

Era para ele ter entrado na casa de sr. Paulo quando passou por ela, entretanto, não me dei conta disso na hora, só pensei que eu poderia ter confundido a casa. Continuei pulando cercados de madeira, pisando em poças d'água, tropeçando em meios-fios e ainda quase fui atropelado por um senhor numa bicicleta, quando, finalmente, alcancei o bicho.

Contudo, a poucos centímetros da alça da minha bolsa ele escapou e conseguiu entrar na brecha da porta que dava para um quintal. Parei e brechei o desgraçado fazendo a curva uns três metros adiante. Olhei para um lado e para o outro, respirei fundo e coloquei um dos pés na madeira que fechava precariamente o acesso.

Se eu tivesse percebido na hora, nem estaria numa situação em que sou obrigado a escrever isso. O acesso lateral era para o quintal de uma casa macabra. Um casebre que você encontraria facilmente na rua Neibolt, em Derry. Aquela casa mesmo em que os piores pesadelos se tornam reais em *It: A Coisa*.

Visto que o meu único interesse naquele momento era recuperar a minha bolsa, eu ignorei completamente a aparência do lugar.

Eu me armei pra subir, saltei e escorreguei.

— Mas que merda! — explodi de raiva, mas, em seguida, tentei me acalmar e subi mais uma vez: — Calma, Rique, você vai achar esse filho da puta.

Quando terminei de falar, abrindo os olhos para ver o que tinha naquele beco, algo me assustou e me fez cair sentado no chão que acabara de saltar.

— Olá, posso ajudar com alguma coisa? — uma mulher perguntou.

— Cacete, é hoje que eu tenho um ataque cardíaco — lembro de ter falado isso e em seguida continuei: — Desculpa, moça, é que seu gato pegou minha bolsa e preciso dela de volta.

De onde essa mulher surgiu, caramba?, pensei. Eu mal havia atravessado a cabeça por cima e lá estava ela, olhando pra mim, com o rosto quase grudado no meu. Caí pra trás e não sei como não me machuquei.

— Mas é claro. Deixe-me ajudá-lo a se levantar. Vamos, por aqui, pode entrar.

Nossa, rápido assim? Na hora eu não desconfiava de nada, fui um idiota.

— Sente-se, fique à vontade — ela completou.

— Obrigado.

O lugar parecia um cemitério. *Como alguém conseguia viver ali?* Era a pergunta que eu me fazia. Ainda mais uma mulher tão linda: longos cabelos negros, pele branca, olhos claros e formas sinuosas.

— Qual é a importância que você dá ao que contém nela?

A pergunta me pegou de surpresa, é claro:

— Como é? Eu acho que não entendi.

— O que tem na sua bolsa... o quão valioso isso é pra você? — ela explicou, reforçando a pergunta anterior.

— Bem, nela guardo coisas da faculdade, alguns aparelhos eletrônicos, nada de mais.

Enquanto eu falava, ela andava ao meu redor. Aquela velha sala oval, tão decrépita quanto um cemitério urbano no inverno, agora parecia um puteiro, e se acendia de canto a canto. Não sei o que ela fazia, mas as luzes mudavam e, com elas, o ambiente também. O tom azul se transformava em carmesim. O frio ficava quente. Muito quente. Estava suando. Era uma sensação estranha, que mesmo de onde estou não consigo descrever.

Senti que a situação estava começando a sair do meu controle – se é que em algum momento eu a tive em minhas mãos. Foi então que perguntei:

— Está bem, o que você propõe?

— Não sei... coisas aleatórias surgem na minha mente, mas não consigo me decidir.

Nesse momento eu já estava nas mãos dela. Seu sobretudo caía lentamente no chão enquanto as palavras saíam da sua boca, revelando uma exuberância que nunca tinha visto na vida: uma pele branca, suave e claramente macia. Seus cabelos brilhavam ainda mais do que minutos atrás. Eu não estava conseguindo conter minha excitação e ela já tinha notado.

A essa altura ela sabia que eu estava disposto a fazer qualquer coisa. Qualquer coisa mesmo, mas não pela minha bolsa. Não mais. Minha intenção agora era adentrar todo aquele esplendor de mulher. Ela era fascinante.

Como é possível que eu nunca tenha te visto na vida? Quase perguntei, mas ficou só no pensamento. Eu não podia baixar a guarda, pois ainda estava numa disputa com ela. Precisava da minha bolsa de volta.

— Rique, Rique... eu quero muito te devolver o que o meu gato pegou, só que você precisa provar que realmente deseja recuperá-lo.

Falando daquele jeito ela conseguia tirar minhas forças, contudo, como ela sabia meu nome? Eu já não conseguia parar de olhar para aquele corpo maravilh...

"Clic."

Sim, o sutiã dela fez um "clic". O som mais agradável que eu poderia ter ouvido naquele momento. Em câmera lenta, lá estavam seus seios caindo levemente, acompanhando o sutiã, embora fossem firmes e macios. Então começaram a balançar conforme as passadas da mulher pelo salão. Perfeição.

Sutiã, dignidade, vergonha... tudo agora estava no chão, assim como meu cinto, minha calça e todo o resto. Eu estava sob seu domínio.

Enquanto terminava de tirar a minha roupa, ela me olhava. Penetrava meus sentidos. Cerrava os olhos, sorria, mordia os lábios. Num piscar de olhos, sentou-se no sofá, abriu os braços, massageou as almofadas, cruzou as pernas e levantou a cabeça, deixando à mostra uma nudez impecável. Seu pescoço implorava meu toque. E assim eu o fiz. Dominei aquela deusa. E me arrependi logo depois.

De volta ao mundo real, percebi o cemitério outra vez. O lugar inteiro transformou-se novamente no mausoléu de quando entrei. Aquilo tudo tinha sido sensacional, mas, e a minha bolsa? Não me arrisquei a perguntar, ela estava linda demais pra eu estragar o momento. Ainda não acreditava no que havia acontecido. *Foi a melhor noite da minha vida*, pensei. E não percebi na hora que também era a última.

Ela acordou e se virou para mim.

Olhando diretamente nos meus olhos, sem hesitar, ela disse que me amava. Assim mesmo, na bucha. Senti um arrepio profundo. Um tremor por todo o corpo. Uma gota solitária de suor surgiu no meu cabelo e seguiu escorrendo pela lateral esquerda da testa, passando em câmera lenta pela têmpora e descendo pela bochecha.

Minha cabeça começou a ficar pesada e confusa. Pensamentos tempestuosos e aleatórios passavam e passavam e passavam. Pisquei duas vezes e me vi num restaurante. Um lugar muito requintado no qual dava para sentir o cheiro das delícias que estavam sendo preparadas. Olhei para os lados e vi meus pais, minha tia e a afilhada dela. Naquela noite, eles tinham me levado pela primeira vez ao Seu Lucciano, O Melhor Rondeli da Região. Eu deveria ter uns oito anos.

Os olhos piscaram mais uma vez, e outra lembrança surgiu. Lá estávamos uma amiga e eu num cinema assistindo a *Constantine*. Nossas mãos estavam por toda a parte, transpirávamos tesão.

Outra memória, sendo essa a mais prazerosa das três, o momento do meu casamento. Apesar de divorciado, eu ainda tinha aquela como uma das melhores lembranças da minha vida. Estava no altar olhando a minha noiva, estonteante, vindo em minha direção. Seu rosto, belíssimo. Olhos negros, pele morena, levemente ruborizada. Seu corpo, torneado como a mais deslumbrante latino-americana do mundo. Porém, notei uma diferença em sua expressão.

O que antes era meigo, agora estava insinuante. Sua pele mudava, ficando mais clara.

Senti uma tontura, a vista embaçou.

Keanu Reeves pegou um cigarro e se preparou para mais um exorcismo enquanto eu tentava investir na parte interna da coxa da minha amiga, que olhava para mim com desejo. Tal expressão que não demorou muito, transformando-se em malícia. Notava também uma mudança na cor da sua pele, que ficava branca como a neve. Aquela não era mais a minha amiga. Outra mulher tomara seu lugar. Até seus olhos ficaram mais claros, semelhante à transformação na lembrança da minha noiva no altar. Olhei bem nos olhos dela pra tentar reconhecê-la, mas uma escuridão tomou conta do lugar novamente. Meus olhos tinha a impressão de estar ficando cego. Nem sabia o que verdadeiramente estava acontecendo comigo.

O breu foi passando e se transformando em embaçado e a visão voltando aos poucos. Eu ouvi meus pais e minha tia conversando. Estava de volta à primeira lembrança. E materializando-se bem na minha frente estava a garotinha que acompanhava a gente. Não lembro o seu nome, só que era uma japonesinha linda de cabelos curtos. Ela tocava em meu ombro e falava "Tá com você", depois saía correndo ao redor da mesa. Ela estava sorridente e esperando que eu a seguisse. Confesso que me senti meio zonzo, mas me levantei e corri. A gargalhada dela era contagiante. Todos se divertiam.

Aquele rosto encantador começou a mudar. Sua pele foi ficando branca. Seus olhos puxadinhos e negros foram ganhando formas mais arredondadas e o tom da pele mais claro. O cabelo curto foi se alongando. E eu novamente estava diante do que parecia mais uma alucinação. A terceira transformação.

Dezenas de outras reinterpretações do meu passado vieram à tona. Senti-me exausto. Que tipo de loucura era aquela que estava me dominando? Eu não sabia e nem nunca saberei.

Nesse momento eu estou preso, escrevendo esse que provavelmente será o meu último contato com o mundo real. Vejo ao meu redor cadernos e canetas, que uso para escrever, aparelhos eletrônicos e, como se estivesse fora desse mundo, fora do meu alcance, consigo escutar um gato, talvez aquele mesmo gato – que me atraiu para a casa, para algo pior do que a morte – à minha espreita.

— Eu disse que não queria mais ficar com ela — falei essa frase sem querer. Como se eu não tivesse mais controle sobre o que fazia. — Bem-vindo à Idade Média, meu caro — falei novamente. Lembrei-me que havia conversado essas coisas com o meu amigo pouco antes do que aconteceu. Essa conversa agora fazia sentido, Vitor estava certo afinal.

— Eu também te amo — mais palavras saíam da minha boca, essas em resposta ao comentário da mulher deslumbrante. Palavras que foram seguidas de uma forte dor de cabeça. Era uma estafa mental. Uma sensação engraçada e terrível ao mesmo tempo, como se todo o meu passado estivesse sendo refeito, substituído pela presença desta pessoa. De longos cabelos negros, olhos claros e pele branca como a neve.

NÃO VOLTE TARDE PARA CASA

Aquela era a segunda noite em claro que ele passava virando de um lado para o outro da cama, numa agonia intermitente.

Não bastasse o sono descontrolado por causa da mudança, Miguel ainda tinha que lidar com a campainha tocando sem parar às cinco da manhã.

— Chegamos há tão pouco tempo e já tô a fim de voltar. Quem é que toca às cinco da manhã na casa dos outros? — ele conversava consigo mesmo. — Pode ficar aí tocando que eu NÃO VOU ATENDER! — terminou a reclamação em voz alta.

Miguel estava de férias do trabalho. As tão esperadas férias. Finalmente ele teria descanso, que, do seu ponto de vista, se resumiria a filmes, cama, séries, cama, leitura, cama e, claro, uma saída de leve para algum lugar legal uma vez ou outra. Mas quem disse que ele estava aproveitando isso? A mudança repentina dos pais para um bairro mais tranquilo frustrou completamente seus planos.

Sentado à mesa, ele tomava o seu café. Tédio absoluto. Os pais dormiam e sua irmãzinha bebê já perturbava no berço. Naquele momento, só conseguia pensar que ela era a causa de sua dor de cabeça matinal. *Eu te adoro coisinha fofa, mas você tem que ferrar com todas as minhas noites de sono?* Ele pensava olhando na direção do quarto improvisado dela. Depois olhava para cima como se estivesse fazendo um pedido a Deus. *Porque ela não dorme à noite e brinca de dia?* Um desejo que não se tornaria realidade pelo simples fato de contrariar a lei universal dos bebês.

Era sábado e eles estavam impossibilitados de arrumar a casa por conta das paredes ainda por pintar. O rapaz, indicado por um amigo da família, havia ficado de passar no dia anterior, mas nem deu as caras.

Bip. Bip.

"Sem querer te assustar cara, mas lembra o que te falaram sobre esse bairro. Vê se não vai fazer merda", dizia Cauã, seu amigo, em uma mensagem nada encorajadora.

Ele respondeu à mensagem e os dois continuaram conversando por mais algum tempo. Logo depois combinaram de se ver na semana seguinte. Essa foi a deixa para Miguel deitar-se no sofá e continuar admirando a simplicidade do teto da sua nova casa.

— Toque de recolher — falou baixinho. — Que porcaria é essa?

Ele sabia que aquilo não era oficial. Deixaram bem claro que era só uma recomendação: "Não circule pelo bairro tarde da noite. Não importa se acompanhado ou sozinho. Se for sair para algum lugar antes do horário e tem planos de voltar durante a madrugada, é preferível que o faça ao amanhecer".

Mas que saco! Eu ignorei esse "detalhe" sobre o bairro porque achei que fosse uma invenção dos meus amigos só pra me assustar, e só assim eu não me mudaria, refletiu. *Mas acho que pode ter alguma verdade nisso tudo. Será?* Ele agora olhava para todas as coisas espalhadas na sala: malas de todos os tipos e tamanhos, caixas idem... tudo isso misturado a sacolas lotadas de almofadas que sua mãe adorava usar para decorar os sofás e as poltronas.

Depois do almoço com seus pais, ele voltou para o sofá, um dos únicos lugares disponíveis para ficar confortavelmente esperando o tempo passar. E, no caso daquela tarde, Cujo fazia companhia. Mas, pelo menos, Miguel não estava trancado num Ford Pinto no sol do meio-dia, com um cachorro raivoso, para não dizer endiabrado, à espreita.

Entrou a noite e Miguel continuou entediado. Ele tinha acabado de concluir o curso de Administração e não via a hora de renovar o contrato com a empresa de um amigo. Sonhava com a mudança de status de estagiário para funcionário contratado.

Eu não vou morrer de tédio aqui. Levantou-se do sofá que, àquela altura, era como um abrigo para sua hibernação.

— Mãe, vou dar uma saída pra conhecer melhor esse lugar. Mas relaxe que ficarei pela praça mesmo. Avise ao papai.

Antes mesmo que sua mãe pudesse terminar de falar as recomendações de qualquer mãe coruja que se preze, ele saiu apressado, ouvindo apenas a parte do "Não volte tarde pra casa".

Depois de uma longa caminhada, ele chegou. A praça não era muito diferente das que ele frequentava onde morava: árvores intercalando bancos longos de cimento onde os moradores sentavam pra passar o tempo; uma escadaria que dava para uma capela; canteiros de rosas murchas cercadas por todo tipo de mato que você possa imaginar, tudo muito denso e úmido; e, claro, uma clássica fonte desativada no meio, cuja única função agora era de criadouro de mosquitos. Poucas diferenças, mas uma delas preocupante: nenhum policial por perto.

Ao chegar propriamente ao local, Miguel cuidou de não deixar transparecer que era novato, já foi se sentando na ponta de um dos assentos e colocando os cotovelos nos joelhos, olhando calmamente para os lados.

Observou os transeuntes por um tempo. Mulheres segurando seus filhos, avós brincando com seus netos, tios correndo atrás de seus sobrinhos, amigos jogando conversa fora, enquanto velhos amigos jogavam o tempo fora, discutindo quem havia colocado gato por lebre no dominó.

E tinha também essa garota. Miguel só precisou fitá-la uma única vez e não conseguiu mais tirar os olhos. Ela estava sozinha e parecia esperar por alguém, olhava para os lados inclinando o pescoço como um colega de trabalho esperando alguém para contar a última novidade que o estagiário havia aprontado.

Miguel reparou o quanto ela era bonita e aparentava ser simpática. Uma garota que não tinha mais do que vinte e cinco anos, vestindo uma saia curta e florida com camiseta branca, sandália rasteira, cabelos mais negros do que a noite que os cercava e uma pele branca, quase pálida. Seu rosto era belíssimo, tinha traços finos, olhos grandes e claros, bochechas rosadas e uma expressão de leve preocupação.

As pessoas passavam para lá e para cá, e Miguel continuava tentando arrumar coragem para se aproximar dela. Seu interesse era inegável. Ele não conseguia tirar os olhos daquela garota. Na verdade, nem estava tentando.

Finalmente tomou impulso naqueles joelhos trêmulos e ficou de pé, espreguiçando a coluna disfarçadamente. Deu os primeiros passos Estava agora a dez metros do assento onde seu objetivo da noite se encontrava. Caminhou mais um pouco olhando para o nada, fazendo cara de paisagem, quando um alvoroço assustou-o repentinamente. Crianças brincando de pega-pega passaram correndo por ele, fazendo Miguel rodopiar umas três vezes.

Tonto, ele parou. Pôs as mãos nos joelhos e depois ergueu o corpo, girando novamente em direção à garota, que se encontrava agora à sua frente, encarando-o. Ele franziu a testa e piscou para tentar acreditar no que estava vendo. Ela o estava ajudando a levantar perguntando se ele estava bem, com uma cara assustada, mas ainda assim encantadora. Nesse instante, outra onda de tontura o atingiu, mas ele disfarçou e agradeceu pela ajuda. Ambos sorriram nervosamente e começaram uma conversa quase despretensiosa que duraria boa parte da noite.

Mary e Miguel estavam se entendendo. A cada assunto novo, uma surpresa agradável, os gostos eram quase os mesmos: de preferências gastronômicas a estilo musical; de programas de fim de semana a filmes e livros. O papo foi tão bom que nem perceberam o tempo passar. Quando Miguel se deu conta, estavam completamente sozinhos na praça.

— Sim, quase esqueci de te falar, mas também sou novata aqui no bairro e tô adorando esse lug...

— Ei, ei! — ele falou baixinho, interrompendo-a. — Você percebeu que, de repente, ficamos sozinhos aqui?

Bip. Seu relógio alertou que eram duas da manhã.

Ela olhou para os lados e, terrivelmente assustada, retesou-se no banco.

— O que está acontecendo aqui? Estava cheio de gente! Como pode? Será que a gente se distraiu a esse ponto?

— Bom, um amigo me falou sobre um tal de toque de recolher, mas não dei muita atenção porque pensei que fosse brincadeira — ele falou e olhou assustado para ela, esperando alguma resposta, mas sua única reação foi devolver o olhar amedrontado.

Ele balançou os ombros dela como que para acordá-la, mas só depois de alguns segundos ela recobrou a consciência, comentando que também fora alertada sobre o toque de recolher, mas achou a ideia absurda.

— Vamos tentar manter a calma. A gente não sabe do que se trata. A primeira coisa a fazer é sair da praça. Vem comigo — enquanto falava, Miguel puxava Mary pelo braço e ambos saíam correndo para uma rua lateral e escura.

Mesmo sabendo que o mais provável era que esse toque de recolher não fosse tão sério assim, Miguel sentiu um medo crescente.

— Precisamos ir para casa. Agora! — exclamou. — Vem comigo, moro aqui perto. — Mesmo assustado, Miguel seguiu com ela pela mesma rua que chegou à praça mais cedo, só que no sentido contrário. Com o passo apertado, adentraram a escuridão. O rapaz se sentia perseguido por algo ou alguém, não sabia descrever.

Bip. Agora eram três da manhã.

E pra piorar, ainda ficou escuro de repente, refletiu. Até então, a lua e as estrelas estavam servindo como guia para seus passos, contudo, uma chuva se aproximava. Os dois foram obrigados a procurar abrigo na marquise de uma padaria fechada. Enquanto esperavam que a chuva desse uma trégua e permitisse que a rota fosse retomada, ouviram um barulho estranho de algo rachando.

— O que... o que será isso? — Aos prantos, Mary tentava encontrar refúgio nos braços de Miguel. A chuva continuava castigando o bairro.

— Não sei, mas eu tinha certeza que a gente estava sendo perseguido. Meu Deus, o que vamos f...

Interrompendo a lamúria de Miguel, mais dois estalos que pareciam estar quebrando seu crânio.

— Acho que vem de cima de nossas cabeças, é melhor que a gente saia logo daq...

Não deu nem tempo nem de ele terminar a frase. Mary saiu correndo, puxando-o pelo braço. Por pouco os escombros não caíram sobre os dois: a estrutura inteira foi ao chão. Os estilhaços e cacos de tijolos e cimento se espalharam por todos os lados, ferindo suas pernas e coxas. Estavam molhados e, agora, sangrando.

— Você está bem? — ele perguntou preocupado.

— Sim, sim. São só cortes superficiais, vou sobreviver. E você?

— Estou na mesma merda que você, uns cortes pequenos, e puto da vida.

Estranhamente, a chuva durou apenas o tempo do incidente, permitindo que retomassem o caminho para a casa dele.

Bip. Quatro da manhã.

Enquanto andavam por uma estrutura velha ao lado de um casebre abandonado, alguém passou correndo bem à frente deles, como uma sombra.

— Você viu isso? — ele perguntou. — Você viu? — insistiu.

— Vi o quê? — ela respondeu. E novamente a sombra passou por eles.

— Alguém. Ou alguma coisa. Passando bem na nossa frente — ele falava assustado.

— Você deve estar imaginando coisas. Todo mundo por aqui deve saber do toque de recolher. É impossível ver alguém na rua a essa hora — a moça disse, forçando-se a acreditar naquilo, como se existissem duas dela dividindo o mesmo espaço em sua mente.

— Ok, se você está dizendo. — Mesmo sem acreditar em nada do que ela falava, ele continuou andando ao seu lado.

Depois de alguns minutos de uma caminhada nervosa e sorrateira, escutaram outro barulho. Diferentemente do anterior, esse som era de algo orgânico, uma respiração barulhenta e pesada. Os pés dessa coisa arrastavam-se pelo asfalto. Pedaços de carne roçavam-se uns nos outros, resultando num som asqueroso.

— Para, para... e isso aí? Vai me dizer que não está escutando também? — ele perguntou olhando-a nos olhos, enquanto a segurava pelos ombros.

— Como assim, cara? Eu não escuto nada.

Era difícil para Miguel acreditar em toda aquela baboseira de Mary. *Não é possível, ela só pode estar mentindo... caramba, esse som é real e está próximo!*, refletiu desconfiado enquanto a observava.

Não demorou e os sons ficaram com intervalos mais constantes, pois, aos poucos, essa pessoa ou coisa se aproximava. A sensação de perseguição ficava mais forte. Tão forte quanto a que Miguel sentia de que estava andando em círculos. Ele tentava manter-se calmo para não parecer louco, mas chegou um momento que não conseguiu mais segurar. Ele partiu em disparada no meio da escuridão, e Mary o seguiu correndo pela estrada.

— Está correndo por quê? Vai dizer que agora acredita no que eu estava dizendo?

— Eu tô correndo porque não sou doida de ficar aqui sozinha — ela respondeu. — E quanto a você, é melhor parar um pouco com filmes e livros de terror. Devem estar te deixando meio louco — ela comentava sorrindo. E ele acompanhava o riso. Porém constrangido.

Os dois já estavam exaustos de tanto correr, mas aquilo parecia ainda segui-los.

A cada passo que davam, ele sentia como se a coisa estivesse mais perto, um ser sem forma definida, que ele não ousava olhar. Uma respiração que não cessava e que parecia sugar a força de seus pulmões. Como se respirasse por dois parasitas, Mary e Miguel. Ela, no entanto, só fazia rir.

Quanto mais ele se esforçava para se livrar daquele pesadelo, mais distante parecia estar de acordar. Ambos corriam para salvar as próprias vidas. Aos prantos, Mary só falava que queria ir pra casa.

— Me ajuda, por favor. Não quero morrer! — ela falou, mas nem assim ela deixava de sorrir. Era algo tenebroso.

Eles deixavam um rastro de sangue por onde passavam. Mary e Miguel já não sabiam o que era suor ou água da chuva e, apesar do frio, suas peles queimavam, numa loucura sem fim.

Apenas quando os primeiros raios de sol surgiram no horizonte a sensação de correr em círculos passou, contudo, nada conseguiu fazer Miguel parar de correr.

— Ali, olha ali! A minha casa! — ele exclamou, e apertou ainda mais o passo. — Vamos, vamos, venha rápido! — ele gritou. Tentando dar forma às palavras. Tentando transformá-las em energia.

E então ele chegou à porta, forçou a entrada, mas sem sucesso. O silêncio era total, e a sensação era de que eles tinham conseguido finalmente se livrar do que quer que aquilo fosse. Aquela noite taciturna finalmente parecia estar chegando ao fim. Sem pensar duas vezes, Miguel decidiu tocar a campainha. E assim o fez, diversas vezes. Sem resposta, virou-se para o lado e percebeu que Mary não está estava mais lá. Desesperado, ele abaixou a cabeça e escutou uma voz abafada e bem ao longe surgindo detrás da porta. Uma voz muito mais familiar do que ele gostaria que fosse, dizendo algo que ele só identificou o final: "...pode ficar aí tocando que EU NÃO VOU ATENDER!". Com a última parte da frase falada em voz alta. A princípio, ele não entendeu. Mas quando o alarme do seu relógio tocou, ele caiu em si, agora eram cinco da manhã.

PAPAI NOEL E O INUSITADO PRESENTE DE FÉLIX

Lá estava ele, todo suado, parado em frente ao apartamento 801, tentando ajustar a costura da fantasia que apertava sua virilha.

— Se eu não tivesse engordado tanto esse ano, essa droga caberia em mim.

Não era do seu feitio, mas dadas as circunstâncias, Oliver se viu obrigado a pedir emprestado a fantasia de Papai Noel de um amigo.

— Félix merece isso. Eu não acredito nessas porcarias de coisas de Papai Noel e Natal, mas não posso estragar a infância do meu filho por causa disso — comentou enquanto checava o presente dentro do saco vermelho.

Aquela roupa estava o deixando perturbado. O problema é que o porte físico deles, antes bastante compatível, agora não era mais. O amigo continuava magro e ele mais rechonchudo. Sua desculpa quando alguém perguntava sobre o aumento de peso era sempre o estresse com a sua chefe: "Aquela desgraçada ainda vai me matar." Quando falava dela, essa era sempre a sua última frase, até cerrando os punhos sem perceber.

— Félix não é bem uma criança, ele tem quatorze anos. Eu já era um homem nessa idade, me lembro bem, mas tudo bem. Honestamente, não sei se estou errando em fazer isso, mas preciso correr atrás do tempo perdido e me reaproximar dele — ao perceber que estava tagarelando sozinho, Oliver parou e revirou os olhos.

Numa última tentativa, forçou o elástico na costura da virilha para tentar aliviar o incômodo, mas a única coisa que conseguiu foi machucá-la e quase rasgar a fantasia. Quando viu que não tinha mais jeito, que iria ter que andar com dois cactos entre as pernas, arrumou o gorro na cabeça e entrou.

***

Não fosse pela luz que saía da tela do seu tablet, Félix estaria num breu. A escuridão das duas da manhã tomava seu quarto de canto a canto.

Com os olhos fixos na tela e o fone de ouvido às alturas, ele forçava um sorriso enquanto observava o sopro dado por Steven Universo no rosto do seu leão. "Pisque os olhos se você me ama." Steven falava, ficando todo emocionado e sorridente depois da reação do seu companheiro de aventuras.

Era inegável a tristeza no semblante do garoto, sem conseguir dormir nem sorrir em plena noite de Natal. A ceia acabara há pouco mais de três horas e há pelo menos duas que ele tentava cansar os olhos como último recurso para conseguir pegar no sono.

Ele tinha tudo o que um garoto da sua idade desejava. O melhor computador para jogar pau a pau com os colegas; a melhor internet para não ficar por fora do que estivesse rolando na Netflix; o melhor celular para poder jogar Pokémon Go sem travar e por aí vai. Ele aproveitava o melhor em ser filho único de uma família de classe média alta.

Naquele momento ele era a única pessoa acordada na casa, seus pais dormiam feito anjinhos, ou pelo menos era isso que ele imaginava. Seu desenho favorito continuava e ele o observava atento, até que leves batidas vindas da sala chamaram sua atenção, mas não por muito tempo. Ele as ignorou e, em seguida, se desligou completamente do mundo ao seu redor.

***

— Quando você entrar no apartamento, tente fazer algum barulho. Félix precisa acordar e te ver — ele resmungava baixinho em tom de ironia tentando imitar a voz da esposa. — Mas não olhe pra ele, finja que não o viu e saia de mansinho pra não perder a magia — ele continuava resmungando sem paciência e revirando os olhos.

A cada passo que dava, olhava para os lados compenetrado, como um adolescente que chegou de uma festa e não quer acordar os pais; ao invés disso, ele precisava fazer barulho propositadamente.

Passou pelo aparador onde ficavam as chaves, algumas revistas e contas vencidas, e seguiu andando devagar. À frente, abaixou-se perto de Marceline, a cadela de estimação da família, uma Boxer branca e rechonchuda parecida com um boneco de neve. Ele acariciou sua barriga pedindo que ela ficasse quietinha, ao passo que ela o observou, demorando alguns segundos para reconhecê-lo. A cadela continuou deitada debaixo da mesa observando aquela cena inédita como uma espectadora de luxo no melhor camarote.

Depois que passou pela mesa de jantar, Oliver deu passadas mais pesadas a fim de chamar a atenção do filho.

Chegando à árvore de Natal, desacelerou o passo e parou. O contrário fez o seu coração, que aumentava os batimentos na medida em que a hora chegava. *Faça barulho e continue de costas. Vou saber que é você, mas não vou sair do quarto. Espere o Félix aparecer.* Ele repassava em sua mente as orientações de Mary, sua esposa.

— Ok, ele não deve ter escutado, vou tentar mais uma vez — o homem sussurrava enquanto soltava o saco vermelho no tapete e retirava o presente. Era uma caixa um pouco maior que uma de sapatos e estava embrulhada num papel brilhante azul, com fitas vermelhas.

Ele deixou tudo pronto para "fingir" colocá-lo na árvore e sair como se nunca tivesse entrado lá. Aproveitou para tentar aliviar a tensão na virilha. *Meu Deus, preciso tirar essa porcaria de fantasia senão vou explodir de agonia a qualquer momento.* Estava indignado. Em seguida, deu pisadas mais fortes no assoalho e esperou. Nada. Tentou pela terceira vez, agora ainda mais fortes e nada.

***

Será mesmo que a juba de um leão mágico tem o poder de teletransporte para universos paralelos? Eu adoraria viajar para um universo paralelo. Félix fantasiava coisas em sua cabeça enquanto se desviava do próprio mundo. Ele era uma criança feliz, mas seus pais sempre falharam em dar-lhe a atenção que merecia.

Somando a isso, tinha a sua desconfiança – que nunca externou, devo enfatizar – de que seu pai estava traindo sua mãe. Eram apenas suspeitas, mas deixavam Félix chateado. Era comum o pai ligar dizendo que ia voltar mais tarde, ou ter viagens repentinas a trabalho e passar dias sem contato. Ou até mesmo encontros entre a família e outras pessoas, em que o pai ficava olhando outras mulheres descaradamente. Félix não gostava muito do pai e também não aceitava a postura indiferente da mãe. E, como não podia fazer nada a respeito, vivia isolado.

Ele continuava assistindo, e a insônia persistia. Até que outro barulho vindo da sala sobrepôs à música que o pai do Steven cantava na praia, fazendo Félix tirar os fones de ouvido a fim de prestar a atenção; os barulhos recomeçaram. Desesperado, o garoto puxou o edredom e cobriu-se dos pés à cabeça.

— Meu Deus, o que deve ser isso? Um ladrão? Não pode ser um ladrão. Onde está o papai? Eu tô com muito medo... faz isso parar, por favor — ele sussurrava na caverna recém-criada, mas que não servia de proteção alguma a não ser psicológica. — Mas, mas pode ser o Papai Noel também... aquele desgraçado nunca veio aqui. — Félix estava se tremendo.

Bip Bip... A bateria do tablet descarregou.

***

— Caramba, ele não escuta. Mesmo se estivesse no sono mais pesado do mundo já era pra ele ter acordado — olhando para Marceline, ele conversava como se ela pudesse responder aos seus comentários. E então, mais uma tentativa de fazer barulho no assoalho, mas parou, com receio de que os vizinhos reclamassem.

Oliver estava nervoso. Verdadeiramente nervoso. Ele nunca havia feito nada especial para o filho, nem tentara. Algo na sua recente existência deve ter tocado-lhe o coração para uma boa ação paternal, contudo, naquele instante, ele não sabia o que fazer. Se saísse de perto da árvore e o garoto o visse, não teria como disfarçar e ir embora. Estava encurralado.

Ele criou coragem e começou a se mover em direção ao corredor que dava nos quartos.

— Vou entrar pelo quarto de jogos e espiar pelo banheiro conjugado — sussurrou através do apartamento silencioso.

Acompanhando as passadas furtivas de Oliver, uma respiração ruidosa surgiu. Era a Marceline com a língua de fora encarando-o com uma expressão que só ela sabia fazer, um misto de observação e excitação pré-explosão eufórica. Ela estava andando ao seu lado, e ele não conseguia esconder a preocupação com a possibilidade de a cachorra latir ou fazer uma bagunça.

— Marcinha, minha linda, volte pra sua cama — murmurou.

"Tum! Tum!" Ela levantou as patas dianteiras e depois forçou-as no assoalho, num sinal clássico de "quero brincar".

— Por favor, Marceline, fique quietinha, volte pra sua cama.

"Tum! Tum! Tum!" Ela continuava. Marceline quando queria uma coisa era difícil fazê-la desistir facilmente. Como tirar um pirulito gigante (daqueles redondos do tamanho de uma bola de vôlei) de uma criança num parque de diversões.

Oliver estava agoniado. Ele correu como pôde na cozinha, tentando não fazer barulho, e pegou um dos biscoitos do qual ela mais gostava. Quando fechou o armário e se virou, ela estava atrás dele com a boca aberta e a língua para fora.

— Tome, agora me deixe em paz — falou entregando o biscoito e rezando para que ela voltasse para a cama. E, para a sua felicidade, foi isso mesmo o que aconteceu. Em questão de segundos a cadela já estava na cama dividindo a guloseima em partes menores para depois comer uma por uma. Oliver voltou para o corredor e seguiu para o quarto de jogos.

***

— Droga de bateria... cadê meu celular? — Félix apalpou o edredom tentando encontrá-lo. Quando achou, ligou a lanterna e observou cada detalhe do quarto: escrivaninha, ok bagunçada, mas ok; guarda-roupa com as portas fechadas; lixeiro cheio de papel e alguns pedaços espalhados pelo chão; mesa de computador levemente iluminada pela luz azul que vinha do estabilizador. *Alguma queda de energia recente deve ter religado ele*, pensou. Ainda analisando o cômodo, encontrou o taco de beisebol que seu pai lhe dera anos atrás, na esperança de que ele começasse a gostar do esporte. — Preciso pegar o bastão pra me proteger. Sabe-se lá quem está na sala — falou tirando o edredom e descendo da cama.

Félix detestava o Papai Noel. Considerando a relação que ele tinha com os pais, era até compreensível. Ele costumava culpar a tudo e a todos por não ter a atenção e o carinho que desejava. O que acabou transformando-o num pré-adolescente medroso e frio.

Ele andou lentamente para o canto do quarto perto do computador. A cada passo que dava, olhava para a cama com vontade de voltar, forçando-se a continuar.

— Preciso descobrir quem é que está fazendo esse barulho. E só mesmo esse bastão pra me dar coragem de sair do quarto — falava consigo mesmo enquanto andava. O medo já o havia dominado por completo.

Segurando o taco feito um mascote medroso, seguiu em direção à porta. Frente a frente com a maçaneta ele soltou uma das mãos e pressionou a estrutura de metal até ouvir o *clic* da trava se abrindo.

***

O corredor estava igualmente silencioso. Oliver passava pelas fotos penduradas em ambas as paredes quando parou e olhou para trás, vendo Marceline comer uma das várias partes do biscoito que ele havia dado. *Ufa, a última coisa que eu queria agora era que essa cadela ficasse frenética pela casa. Muito bem, fique quietinha aí,* pensou enquanto observava suas fotos em viagens de negócios e de sua mulher fazendo poses em um ensaio para uma marca de cosméticos. As fotos em família eram poucas, e isso o magoava.

A porta do quarto de Félix estava fechada, e esperava que não estivesse trancada, visto que era essa a regra da casa. Do banheiro social percebia-se apenas o cheiro de lavanda e o leve gotejar da descarga que vazava há dias.

Chegando ao quarto de jogos, se deu conta de quanto tempo fazia que ele não entrava ali. Nem sabia que o filho tinha um Playstation 4. Da última vez que jogaram juntos foi Mario Kart do Nintendo Wii. *Caramba, tô começando a me sentir envergonhado disso tudo. Esse lance de Papai Noel tinha realmente que acontecer pra eu voltar a ser o pai de Félix.* Ele seguiu cabisbaixo enxugando uma lágrima solitária que escorria pela bochecha.

Oliver entrou no banheiro sem saber exatamente o que estava sentindo: se era tensão pelo medo de ser descoberto e arruinar a tentativa de reaproximação com o filho, ou vergonha por ter demorado tanto tempo para tomar essa iniciativa. Talvez fosse um misto dos dois.

Ele ergueu a cabeça, passou de uma porta para a outra e preparou-se para espiar o quarto do filho.

***

O corredor estava frio e escuro. Tentando não tremer descontroladamente, Félix segurava firmemente o taco de beisebol. Verificou a suíte dos pais, depois o banheiro social. Inclinou a cabeça para frente e observou a porta do quarto de jogos. *Caramba, papai ainda não consertou essa descarga.*

Sem tirar os olhos da sala, seguiu pelo corredor. Entrou na cozinha, inspecionou a área de serviço, a despensa, o quarto de empregada que servia de porta-trecos e coisas sem uso, mas não achou nada. Sua cabeça não saía da sala. Ele sabia que o som tinha vindo de lá. Foi olhar na cozinha pra se certificar, tal qual um detetive eliminando todas as possibilidades antes de descobrir o óbvio.

O que é isso? Ele percebeu farelos do biscoito de Marceline no chão.

— Humm... então foi você, sua danadinha? — comentou saindo da cozinha e entrando na sala. — Marcinha, cadê você? — falou baixinho e foi em direção à mesa, se abaixando para fazer carinho na cachorra. Como ela estava de um jeito que não dava para ele se aproximar sem ter que se sentar, ele ficou de joelhos e entrou na "Caverna da Marceline" como ele mesmo apelidara aquela parte da casa que era de uso exclusivo dela.

— Tá com insônia é, garota? — Sentado em frente à cadela, colocou o taco ao lado da perna e começou a fazer carinho na sua barriga. — Então foi você, né, Marcinha? Eu aqui assustado, e esse tempo todo era você fazendo barulho procurando seu biscoito! — ele falou tentando brincar enquanto ela continuava a comer sua guloseima.

***

Meticulosamente, ele abriu uma pequena brecha na porta e olhou para dentro do quarto. Exceto por uma luz azul que vinha da mesa de computador, o quarto estava bastante escuro. Depois da abertura da porta, uma luz tênue deitava-se sobre o piso e a cama, como se abrisse um portal; então, a surpresa Félix não estava lá.

— Caramba, onde ele deve estar? Félix não pode me ver agora. Eu arruinei tudo, CACETE! — Oliver estava ainda mais nervoso, resmungando em sussurros. Andando em direção à cama do filho, tentou chegar a alguma conclusão: se ele não está na cama e nem no banheiro conjugado, só poderia estar na cozinha. *Isso... ele deve ter saído para beber água.* Quase soltou as palavras em voz alta.

— Vou voltar pelo banheiro e esperar no quarto de jogos. De lá deve dar pra escutar quando ele voltar para a cama — sussurrava para si mesmo e tentava não tropeçar nas sandálias do filho indo em direção ao banheiro, onde esperou alguns segundos para fechar a porta e depois seguiu para o quarto. *Inferno, aqui está frio, mas não paro de suar. Fantasia idiota!*

Ele esperou dois minutos. Depois mais três. E quando já fazia quase dez ele se levantou e decidiu olhar pelo corredor. Nenhuma luz acesa na casa.

— Droga, droga, droga! Ele voltou e não percebi. Deveria ter olhado aqui logo... agora já era — cochichou observando o teto do quarto e escorregando as costas na parede até sentar-se no chão. *Se eu for de novo para o quarto posso dar de cara com ele. É melhor eu ir para a sala logo e ponto final.* Oliver, então, levantou-se.

***

— Você acredita que pensei que fosse o Papai Noel? — Marceline levantou a cabeça de repente, fitando-o com as orelhas em pé, como se aquelas palavras ditas, naquela sequência, fizessem algum sentido para ela. — Até você estranharia se fosse ele, né, Marcinha? — cochichou sorrindo enquanto pegava um dos pedaços do seu biscoito e acariciava o pelo de suas costas num abraço.

Sempre que dezembro se aproximava, Félix começava a ficar apreensivo. Todas as lojas, centros de compras e até consultórios odontológicos já estavam em clima de Natal. Fazer manutenção no aparelho ortodôntico era uma tortura para ele. Não pelos incômodos do procedimento ou pelas dores que sentia naquele tira e coloca de elásticos e fios de metal. O que o deixava uma pilha de nervos era o *Jingle Bell*.

Você deve estar se perguntando: "E os pais dele não notavam isso? Não conversavam ou faziam algo para melhorar?" A resposta para essas perguntas é não. A verdade é que eles não estavam nem aí. Reclamações de clientes e fofocas de amigas ricas ocupavam o dia a dia de Mary e Oliver. Parecia que nem tinham um filho.

Félix internalizava tudo. Já estava cansado de tentar ganhar a atenção dos pais, por isso, aos poucos foi se transformando num garoto solitário – pelo menos era assim quando estava em casa e, na escola, embora tivesse poucos amigos, o tempo era precioso.

Não, não, não... Isso só pode ser coisa da minha cabeça. Depois de um tempo abraçado acariciando Marceline, escutou novamente as passadas pela casa e entrou em pânico.

***

Voltando pelo corredor, Oliver tentava olhar a brecha entre o chão e a porta do quarto de Félix. Quando conseguiu, percebeu que nenhuma luz emanava através dela. Se o garoto havia voltado para o quarto, já deveria estar deitado, pensou.

Caminhando vagarosamente em direção à sala, ele se percebeu triste e pensativo. Em sua mente havia apenas a última comemoração de aniversário do filho, na qual estavam num restaurante comendo pizza. O clima não era dos melhores. Os três se entreolhavam: Félix com um semblante choroso e aborrecido, os pais, com aquele olhar culpado de quem vacilou e está tentando se redimir. Era sábado e o filho tinha feito quatorze anos no dia anterior, só que haviam se esquecido.

— Tá gostando da pizza, filho? — Oliver perguntou.

Félix fitou o pai e, sem hesitação, cerrou os olhos em sua direção; e em seguida, olhou para a mãe, que agora estava de cabeça baixa. Ela cutucava as rodelas de tomate da sua fatia deixando a muçarela ficar uma coisa nojenta.

— Filho, desculpa a nossa falha? O dia foi muito corrido e nos esquecemos. Mas a gente promete que no ano que vem você terá a melhor festa do mundo — Mary prometia, ainda tentando desviar-se de seu olhar.

— Estou sim, papai, a pizza está deliciosa — respondeu baixando a cabeça e voltando a comer. Félix sabia que aquilo tudo era pura encenação dos pais. Nunca estivera tão decepcionado na vida.

Eu sou mesmo um péssimo pai. Na essência da palavra, Oliver refletia, aproximando-se da mesa da sala. Outro sentimento tomou seu corpo, contudo, agora não se tratava de decepção ou medo, mas sim da presença de outra pessoa perto dele.

Depois de passar a mão por quase toda a extensão do mármore, ele parou por alguns segundos. Com seu corpo imóvel e apenas os olhos se movendo de um lado para o outro, sentiu uma pancada forte nas pernas. Ao cair no chão, Oliver bateu a cabeça violentamente na cerâmica.

***

Félix estava desesperado, suando como nunca antes; as mãos tremiam e faltava-lhe coragem para se mexer. Fitou Marceline, mas a cadela estava distraída mordendo o biscoito e se lambuzando em meio à própria baba.

Quem quer que seja, está aqui ao meu lado. O que eu faço... o que eu faço??? Seus pensamentos só o deixavam mais nervoso, entretanto, criou coragem e olhou para o lado. O que ele viu deixou seus nervos em frangalhos: duas pernas vestidas com uma calça folgada e preta – ou poderia ser qualquer outra cor, no escuro não conseguiria distinguir. O garoto apenas cerrou os olhos, não sabia o que fazer. Voltou a olhar para Marceline e, num rompante, pegou o taco e bateu com toda a força nas pernas do desconhecido.

Num impulso, saiu de debaixo da mesa e percebeu que a tal pessoa tinha um semblante de idoso e vestia-se como o Papai Noel. Nervoso e sem saber o que fazer ou pensar, começou a espancar o desconhecido com o taco de beisebol.

— Espere, espere... Sou eu, o seu pai — Oliver tentava falar com o filho, mas de nada adiantava. A barba falsa já caía pelos lados, mas Félix batia e batia. O sangue espirrava por todos os lados e seu rosto expressava uma ira descontrolada. Parou apenas quando o taco já estava quebrado em duas partes.

Incrédulo com a sua reação violenta, ele abriu a mão, deixando o cabo do bastão cair. Porém, antes daquele pedaço de madeira tocar o chão, ele sentiu uma mordida violenta no pescoço. Era Marceline, que havia saltado nele e o atacava brutalmente. Em cima do garoto, ela mordia seu rosto, arrancava-lhe os olhos e rasgava sua face. O sangue jorrava pelo pescoço e escorria pelas cavidades oculares, enquanto se misturava aos poucos com o de Oliver, deitado no chão. Este, por sua vez, ainda aparentava ter alguma consciência.

Ele escutava um som parecido com um grito desesperado de uma mulher. Oliver não sabia se era a sua esposa ou outra pessoa, mas de uma coisa ele tinha certeza, a expressão no rosto de Félix não era de engano ou de arrependimento. Após falar que era o seu pai, a raiva do garoto pareceu ter aumentado. Outro grito de mulher ou seu subconsciente pregando mais uma peça? Então parou, olhou para o lado e viu Marceline, antes branca como a neve e agora com manchas de sangue no focinho, nas patas e em metade do corpo. Ela andava em círculos ao seu lado, do jeito que cachorros fazem antes de se deitar confortavelmente. E na sua boca cheia de sangue, o último pedaço do seu biscoito favorito.

O ÚLTIMO TURNO DO PORTEIRO VELHO E RANZINZA

Mais alguns meses e ele daria entrada na tão sonhada aposentadoria. Beto, como era conhecido aquele senhorzinho mal-humorado, era o responsável pela identificação de qualquer ser humano que quisesse entrar no Darwin Center, prédio empresarial onde trabalhava, tão antigo quanto ele próprio.

Com seu casaco amarelo, cachecol e cabelo preto meio azulado, de quem os pintou para esconder os fios brancos, Roberto das Neves já era um homem bem idoso, que não exercia mais com tanto primor o seu ofício.

"Se eu não conheço, não entra", esse era o seu mote, falado com uma expressão confusa de desconfiança e rispidez. O último turno do dia costumava ser tranquilo e, naquela noite, não estava diferente, a não ser pela chuva torrencial que castigava o bairro.

Enquanto checava o relatório deixado por Jones, o porteiro de dia, Roberto ouviu um estrondo. Parecia o elevador chegando ao térreo com um solavanco. Mesmo sem poder sair de seu posto e sabendo que não tinha ninguém no prédio, ele decidiu dar uma olhada.

Roberto foi, verificou, e não era nada.

— Só pra me assustar mesmo. Vou deixar uma nota para que amanhã alguém ligue para a manutenção — disse para si mesmo, voltando para o conforto de sua cadeira.

A chuva continuava e a entrada do edifício estava parcialmente alagada, o que não era nenhuma novidade para quem frequentava aquele local. Surpreendentemente até para quem não frequentava, como foi o caso daquele homem de preto atravessando a água como se ela não exercesse nenhuma resistência sob suas pernas.

— O que será que esse senhor está fazendo aqui, tarde da noite, e nessa tempestade? — Roberto se fazia essa pergunta procurando a lanterna na primeira gaveta do armário velho que mantinha perto do balcão. Intrigado, ele só observou.

Esse homem, que se revelou bem mais novo do que a primeira impressão percebida por ele, vestia um paletó preto, com camisa, colete, gravata, e todo o resto da mesma cor.

Com a mão no botão do interfone e pronunciando nervosamente um "Boa-noite, senhor!", ele se deparou com uma outra surpresa. Roberto sempre se percebeu como uma pessoa com uma leve iluminação. Daquela mesma de Danny Torrance em *O Iluminado* e *Doutor Sono*. Não naquele nível, é claro. Mas ele conseguia terminar frases que os outros começavam. Adivinhava qual música ia passar na sequência no rádio. E, às vezes, até sabia, só de olhar nos olhos, o nome de um desconhecido.

— Senhor? — ele repetiu, mas não obteve resposta.

O homem chegou à frente da porta que dava para o jardim de entrada e virou à direita. Caminhou alguns passos, cerca de três metros mais ou menos, e deu a volta. Chegando ao mesmo ponto no lado contrário, deu a volta novamente. Fez isso duas vezes, enquanto Roberto insistia em comunicar-se com ele. Até ameaçou chamar a polícia, mas nada parecia chamar a atenção daquele homem.

O empresarial e os arredores se acenderam num clarão, fazendo Roberto fechar os olhos numa reação instintiva. Quando abriu, foi surpreendido pelo estridente som do relâmpago que ecoou pelo prédio inteiro. Ele não conseguia ouvir nada. Não arriscava olhar para o lado de fora. Não sabia o que fazer.

Abaixado atrás do balcão, ele espiava. Mesas, cadeiras, sofás, máquinas de café e de água, todos intactos. Só a luz, que agora piscava intermitentemente, causando uma leve dor de cabeça. A chuva não mostrava sinais de que iria parar tão cedo. Roberto olhava para o lado de fora do prédio, e ainda com medo, perscrutava pela escuridão.

Parado na esquina perto da grade principal que cercava o condomínio, o tal homem estava de pé. Ele sorria. E era um riso rasgado de canto a canto da face. Seus olhos esbugalhados piscavam. E sua cabeça se mexia como se estivesse levando um choque.

Roberto tremia tanto que seus pré-molares batiam. Inclusive sua língua, que vez ou outra ficava no caminho, agora começara a sangrar e ele nem sentia.

Medo. Frio. Nervosismo. Parecia que ele estava vendo um fantasma. Ao pegar o interfone para mais uma tentativa de contato com o estranho, sentiu o gosto do sangue, acompanhado de uma dor aguda na língua. E então engoliu aquela mistura rubra e abriu a boca, falando tremulamente.

— Senhor, em que posso ajudá-lo? — Aquela era a primeira vez que ele presenciava uma situação tão atípica e assustadora.

Uma gota de sangue caiu do seu lábio inferior e passou raspando pelo braço que estava apertando o botão, distraindo Roberto e desviando a sua atenção para a mancha vermelha que agora estava no outro antebraço. Ao levantar novamente os olhos, fitou a esquina onde o homem estava, agora vazia.

Um vento frio o fez sentir um arrepio. Sua pele agora estava tão gelada que ele se imaginou sem roupas no meio de um campo gelado, com cada floco de neve causando uma reação elétrica em seus nervos. Sua garganta travou e nem gritar ele conseguiu.

Desesperado, mas consciente de que precisava se acalmar, forçou o próprio corpo e conseguiu retomar um pouco o controle. Roberto agora corria com os olhos pela lateral do empresarial, acompanhando toda a extensão da grade, tentando achar o homem. Ele fazia isso rápido, mas, se por medo ou se por curiosidade, não dava para saber. Ao chegar ao portão, ouviu um grito seguido de uma microfonia. Ele quase desmaiou.

Entre a surdez temporária e o retorno da audição, ouviu sussurros. Estava agora agachado naquele chão frio e úmido.

Olhar novamente para o portão era um desafio para o qual não estava preparado, mas foi forçado, afinal, essa era a sua função. Então olhou. O grito ecoou pelos corredores do saguão principal e agora ele via o homem novamente com a boca aberta.

Dava para ouvir sons, vindo de dentro. Algo indescritivelmente gutural. A abertura cada vez maior. Mais assustadora. Mais desesperadora. Roberto nunca tinha visto nada parecido. Ou ouvido. O barulho era de cartilagem se soltando, parecendo abrir espaço para algo maior vindo de dentro.

Agora esse homem olhava na direção de Roberto. Num esforço extremo, sua boca tomou quase todo o seu rosto e, de repente, voltou ao normal, como se subitamente a sua parte humana estivesse no comando agora. Ele, então, sussurrou. Eram palavras e grunhidos inaudíveis. Sem saber o que fazer, mas com a curiosidade falando mais alto, Roberto ligou o fone para tentar entender o que estava sendo dito.

— O senhor poderia falar mais alto, por favor? — Roberto tentava comunicação. Os sussurros não paravam, assim como o medo de Roberto, que só crescia. A fala desse estranho começava a ficar mais alta e clara. Era algo que parecia uma reza ou algum dialeto, ele não conseguia distinguir. Os sons eram confusos. E sua cabeça seguia no mesmo rumo, completamente aturdida.

— *Shoretor kittá nadhis pens chadahsaa lamiw weeshinku arma riwdoosee.* — As palavras do homem ficaram nítidas, mas seu significado estava longe ser compreensível.

— *Soredor ki-tá na dispens adah sal amil e shinku arma riwdose* — ele agora falava gritando. Ao olhar para o homem na tentativa de uma leitura labial, Roberto percebeu que os olhos dele começavam a se virar para cima, ficando visível apenas a parte branca do globo ocular.

O porteiro deu um passo para trás num susto, tropeçando no próprio calcanhar. A queda no chão o fez gemer de dor, mas ele não ficou muito tempo sentado, levantou-se e voltou para o vidro perto do fone.

— *Corredor que dá na despensa da sala mil e cinco, armário doze.* — Finalmente as palavras começavam a fazer sentido.

— É melhor eu anotar isso — enquanto Roberto falava sozinho, ele tentava correr o mais rápido possível para encontrar uma caneta e um papel. E nem precisou pedir ao homem para repetir. Ele por si só já parecia um atendente eletrônico com defeito.

A voz do homem começou a ficar distante na medida em que Roberto se afastou para pegar o elevador. Antes, ele verificou se a porta central estava bem travada. Era a força do hábito sobrepondo até mesmo o pânico. E ele fez isso enquanto olhava mais uma vez para aquele ser esquisito, que continuava de pé falando e falando e falando.

Décimo andar.

Roberto lutou para apertar o botão, aquela tremedeira já estava tirando a sua paciência. Cada segundo parecia uma hora dentro daquele elevador. E cada andar, uma eternidade. Até que, finalmente, ele estava na entrada.

Chegando lá, estava tudo um breu. *Droga, droga, droga!* Os seus pensamentos quase transbordaram, mas aquele silêncio era intimidador e ele não ousava falar nada em voz alta. Ele havia esquecido de religar a chave que libera a luz dos corredores das salas, desativada após o relâmpago.

— Sem condições de voltar agora, preciso resolver logo isso — ele criou coragem e sussurrou para si mesmo, apressando o passo em direção à sala mil e cinco.

Roberto entrou sem muitos problemas e em seguida fechou a porta.

A tempestade continuava a castigar o bairro e era dela que vinha a única claridade que conseguia iluminar totalmente o andar. Além da luz dos corredores, parecia que todas as salas do empresarial também estavam sem energia. O porteiro caminhava lentamente pela sala principal, forçando a vista, não tão boa quanto antes.

Aproveitando as pequenas luzes de emergência que indicavam onde era a saída, ele procurava alguma anormalidade por entre os móveis. A disposição era semelhante à de várias outras salas: uma mesa redonda com quatro cadeiras na área de espera reservada para clientes. No centro, um balcão com computador e um sistema de telefonia conectada à portaria. Mais à frente, duas portas, uma à esquerda e outra à direita; por dedução, seriam os banheiros.

Um clarão iluminou toda a sala, fazendo Roberto saltar de susto mais uma vez. Com esforço, caminhou mais um pouco e observou as várias mesas interligadas e completamente lotadas de quinquilharias de quem trabalhava lá. Naquele momento, se deu conta de que aquele andar deveria estar interditado, porque a nova empresa ainda nem tinha começado a mudança. *O síndico não me falou nada sobre esse andar, será que o porteiro de dia sabe de alguma coisa?* Aquele pensamento atropelou todos os outros em sua cabeça, mas logo perdeu força, visto que não teria nada o que fazer ligando para alguém àquela hora da noite.

Ladeando as mesas, havia janelas; a parede esquerda era lotada delas. Parecia um escritório sabe-se lá de quê.

Com uma pisada em falso, Roberto tropeçou num porta-lápis, que saiu rolando e bateu na estrutura metálica que divide duas das cabines de mesas. Seguindo o barulho, outro relâmpago, mas, dessa vez, ele não esboçou reação. Parecia mais preparado que antes, apesar da dor na bacia causada pela queda.

O homem se levantou e andou mais alguns poucos metros, vendo à sua direita duas portas. A primeira, aberta e às escuras. A segunda, com uma luz oscilante que vazava por debaixo e parecia ser de velas. Antes de entrar e olhar o que havia na sala, preferiu seguir adiante em direção ao "Corredor que dá na despensa da sala mil e cinco, armário doze", conferindo com certa dificuldade as instruções que anotara no papel.

Entrou no corredor, olhou para todos os lados e seguiu rumo à despensa. No meio do caminho observou cada uma das portas dos armários que tomavam toda a lateral direita do corredor. Outro clarão. Outro susto. Roberto já não aguentava mais de tanta tensão.

Armário nove. Armário dez. Armário sem número. Armário doze. Finalmente. Quase todos com cadeado. Mas esse, não. A sorte parecia ter mudado para Roberto. Ele abriu a porta e mais uma surpresa. Nada dentro dele.

Seguiu olhando um por um.

Desesperado, ele fazia barulho enquanto fechava as portas de metal.

Nada. Nada. Nada. Estranhamente, todos os sem cadeados estavam vazios.

— Desisto. Quer saber? Aquilo tudo deve ter sido coisa da minha cabeça. Aquele homem e todas aquelas vozes e coisas — falou irritado, fechando a última porta do armário. — Essa iluminação que tantos falam ainda vai acabar me matando.

Roberto passou de volta pelo corredor, observando mais uma vez a luz oscilante da sala. E, como se não bastasse tudo o que já havia acontecido naquela noite, decidiu conferir o que era aquilo. Ao tocar na maçaneta, sua mão tremeu num espasmo, mas não foi por nada de lá ou pelo frio do metal, mas sim pelo som do telefone que começara a tocar.

O barulho parecia estar em sua cabeça e o problema é que não tinha ninguém lá dentro para atendê-lo. Roberto estava fora de si pela simples constatação de que ninguém poderia estar ligando da portaria, a menos que aquele homem estranho de preto tivesse conseguido entrar.

Ele continuou com a mão na maçaneta e o olhar fixo na entrada. Cada toque do telefone era como uma bomba pulsando e querendo estourar sua cabeça. O som se repetiu mais algumas vezes até que ele despertou e correu para atendê-lo.

"Entre na sala. Entre na sala. Entre na sala…" A voz dizia.

— Como você sabe dessa porta, hein? Me diga o que está acontecendo agora mesmo!

"Entre na sala. Entre na sala." A voz continuava incansavelmente.

— Mas você mandou que eu fosse no armário — respondeu.

"Entre na sala. ENTRE NA NA SALA.*"* O homem parecia irritado. Agora mais do que nunca. E era inútil continuar a discussão, então Roberto o obedeceu.

Ele soltou o telefone e disparou pelo corredor. O homem continuou falando as mesmas palavras e sua voz foi ficando mais distante na medida em que ele entrava na sala e se virava para fechar a porta.

A suspeita de Roberto se confirmou, era mesmo uma luz de velas. Velas que cercavam e iluminavam algo no centro da mesa principal, reluzindo também nas cadeiras milimetricamente alinhadas e organizadas.

Assustado e ligeiramente curioso com a situação, deu um passo à frente. Nesse instante, a cadeira da cabeceira se virou sozinha para a esquerda, e um som surgiu da mesa.

Nada na cadeira.

E, na mesa, um homem.

Ele emitia o mesmo som. Tinha o mesmo olhar. A mesma expressão de terror com a boca aberta.

Roberto estava diante do tal homem de preto. Ou uma outra versão dele.

Com um grito em uníssono, várias sombras surgiram nas cadeiras e depois desapareceram, restando apenas Roberto, que caíra de susto no chão, batendo a cabeça. Quando conseguiu se levantar, pôde ver mais nitidamente o homem e seu rosto branco carregando a expressão serena que contrastava com o paletó, a camisa, o colete e a gravata, pretos.

Ele abriu os olhos. Viu o teto e em seguida virou a cabeça na direção de Roberto, que agora estava em choque. Seu semblante suave começava a expressar terror. A boca se abria violentamente enquanto sons continuavam a sair.

Roberto deu um passo para trás e escorregou, caindo novamente no chão. Seus pés queriam correr; suas pernas queriam ser a força motriz para realizar esse ato tão simples, entretanto, elas falhavam.

O homem de preto levantou o tronco, girou o corpo, colocou as pernas para fora da mesa e ficou lá parado olhando para Roberto. Ele ensaiou abrir a boca como antes, mas apenas sorriu. Era um sorriso de deboche. De alguma forma, ele sabia que não precisava mais assustar o porteiro. E então sorriu. E gargalhou. E agora o prédio inteiro era preenchido com a reverberação do riso demoníaco.

Ainda sentado no chão, Roberto sentia o próprio coração em chamas. Os pulmões, idem. As pernas do velho pareciam pistões tentando acelerar, mas cedendo ao chão sem aderência. Até que algo entre o sapato e o assoalho proporcionou atrito e seus pés puderam se fixar ao chão, se levantando de súbito.

Roberto correu. Correu feito um louco. Ele passou pelo corredor e tropeçou novamente no porta-lápis, mas conseguiu, enfim, sair da sala. Tremendo, tentou recuperar o fôlego dizendo a si mesmo que nada daquilo era real. O elevador estava a cinco metros de distância e o velho porteiro nem parecia assim tão velho quando disparou em direção à estrutura metálica, apertando o botão do térreo. Ele só conseguiu respirar aliviado quando a porta se fechou.

— Te controla, Roberto. — Ele estava ofegante. — Respira. Respira. Respira — essas eram as únicas palavras que conseguia falar.

Passando pelo primeiro andar. Quase lá. Quase lá. Interrompendo o seu raciocínio, o elevador parou de sopapo, mas, enfim, era o térreo. Depois de alguns instantes, a porta se abriu e o porteiro desceu, ainda tremendo e andando apressadamente. Ele precisava de explicações sobre o homem de preto e toda a bizarrice que o acometera na última hora.

Agradecendo aos céus por ter conseguido voltar intacto, ele se aproximou da esquina que conecta o corredor dos elevadores ao saguão principal, quando, para sua surpresa, avistou um homem passando por ele em direção ao mesmo elevador. Roberto limpou os olhos para tentar enxergar melhor ao mesmo tempo em que se virava em direção ao desconhecido, pedindo que ele se identificasse. O tal visitante, que não se parecia em nada com o homem de preto, ignorou completamente o pedido e seguiu rumo ao elevador.

Depois da terceira tentativa de desembaçar os olhos, Roberto finalmente viu com clareza, mas não sem antes levar um susto capaz de fazer qualquer ser humano vaguear sem rumo pela eternidade.

O tal homem que passara por ele, na verdade, passara *através* dele, como um vulto. Algo sem corpo. Como uma entidade. Um espectro. E Roberto estava vendo aquilo como uma lembrança recente. Como se seus olhos tivessem visto da primeira vez, mas o seu cérebro não.

Aquele homem, agora Roberto percebia, era um ser peculiar, velho, de casaco amarelo, cachecol e cabelo preto meio azulado, de quem pintou para esconder os fios brancos.

SÓ MAIS UMA FASE

Jogar videogame sempre foi sua maior paixão. Poder imergir num universo fantasioso, com uma infinidade de possibilidades e se desligar da vida real por alguns minutos ou horas, ou dezenas de horas, era o seu objetivo de vida maior, o empurrão que o fazia levantar-se todo dia da cama. Jonas gostava tanto de uma boa aventura que era capaz de transitar livremente entre a ficção e a realidade sem nem mesmo se dar conta.

Ele era um típico nerd – se é que hoje em dia ainda se possa estereotipar pessoas dessa forma. Honestamente, com tanto *geek*, *nerd*, *alterna*, *gamer* e toda essa mistura de gostos e estilos por aí, está cada vez mais difícil encaixar alguém em um só nicho.

Mas, voltando ao Jonas, ele era aquele cara tímido, um tanto antissocial e rechonchudo. A escola para ele era uma tortura. Garotas, então, nem se fala. Programas em família? Nem pensar. O que ele gostava mesmo era de ficar "no seu mundo", ou como sua mãe costumava dizer "A casa desse menino se resume a esse quarto, ele não abre uma janela, pelo amor de Deus. O quarto fica um breu!". Mas é claro, ele não dava a menor atenção para o que ela dizia.

E a dona Carmem não exagerava, lá era realmente um quarto escuro – mesmo durante o dia –, cheio embalagens de comida pelo chão, meias penduradas na poltrona, quadrinhos espalhados na cama desforrada e um pôster de *Resident Evil* na parede.

Jonas sabia que sua vida se resumia a superar desafios. Não os que costumam trazer orgulho para uma família tradicional, do tipo encontrar a cura de alguma doença, ou ultrapassar um recorde olímpico. Não. Muito longe disso. Na verdade, a superação se resumia sempre a desafios de jogos – preferencialmente os repletos de enigmas e de charadas.

Honestamente, aquele ano estava sendo terrivelmente decepcionante. Nada de bom em terror, tiro em primeira pessoa, luta ou aventura, apenas as continuações de sempre.

Porém, o amigo secreto de Natal veio para salvá-lo do tédio, dando mais um motivo para Jonas permanecer trancado no seu casulo por tempo indeterminado. E o motivo era esse tal jogo novo e totalmente desconhecido que ganhara.

— Cara, quando me disseram que esse jogo tinha sido lançado para revolucionar o gênero de terror, pensei logo em você.

— Que legal, valeu, Thiago! — agradeceu.

Jonas não gostava muito desse primo. Não até agora.

— Ele é em primeira pessoa e tem uns recursos novos. Não sei bem, mas parece que ele tem desafios bem legais, armas com munição infinita, essas coisas. Pelo que te conheço, esse lance de armas infinitas você não vai usar... prefere jogar no nível difícil e com recursos escassos, acertei?

— Acertou em cheio! — Ele não sabia nem como reagir, era visível a sua empolgação. — Ainda bem que não ganhei meias nesse Natal — concluiu. Jonas olhava para a capa com os olhos arregalados e um sorriso gigante no rosto. Esticou a mão em direção ao primo, num sinal de cumprimento. E o que falar do aperto, que foi tão entusiasmado quanto constrangedor. *Jonas, o adolescente que não sabe interagir com pessoas,* ele mesmo pensou, dando outro sorriso. Todos sorriam e estavam radiantes com a integração daquele momento.

Alguns dias se passaram sem que Jonas tivesse a menor coragem de testar o jogo. Apesar da euforia, ele parecia estar com medo. Ficava evitando-o, jogando outros jogos, até mesmo alguns que ele já havia zerado há algum tempo. Uma hora estava dando *fatalities* em Mortal Kombat. Outra, se aventurando entre cenários deslumbrantes e caçadas alucinantes em Tomb Raider. O garoto evitava o novo jogo a todo custo, até um RPG online ele começou, mesmo sem muita vontade. Nem ele entendia o que estava acontecendo.

Todos os dias acordava pensando no jogo, passava o dia pensando no jogo, tomava banho pensando no jogo... Aquilo não saía de sua cabeça. O problema é que a coragem para o encarar estava mais distante do que brócolis em lanchonetes de fast food. Mas isso não durou muito. Um belo dia ele acordou entediado e decidiu testá-lo. Mal se levantou e já foi ligando o videogame.

O período de adaptação foi moleza e, tão rápido quanto o T-vírus se espalhando na sede da Umbrella, ele descobriu a jogabilidade, as funções dos botões e a mecânica do jogo. Ele estava empolgado! Os desafios só faziam ele querer ir mais longe, além disso, era realmente assustador: monstros, aparições, exorcismos, tudo num visual horrendo e em ultradefinição.

A tela tremia, o controle tremia, ele tremia. E, depois de quase quinze horas jogando sem parar, ele chegava no que parecia ser a fase final: uma casa silenciosa e assustadora. Ao seu redor havia um cercado caindo aos pedaços, que só se sustentava em pé porque plantações das mais variadas espécies agarravam suas tábuas como crianças se agarram a filhotes de cachorro. Além da casa, não havia mais nada a não ser a noite, num céu sem lua, sem estrelas e sem nuvens. O local era inóspito. Nenhum vizinho por perto. A casa estava isolada no meio do nada. De frente para uma rua sem fim para ambos os lados.

A casa tinha três andares e em todos eles havia janelas com luzes passando por entre as brechas da madeira. A porta da frente era igualmente tenebrosa. Pausou o jogo para admirar o cenário, pois estava encantado com tudo aquilo, embora também estivesse cansado. Tanto que ele considerou dar uma parada e terminar no dia seguinte. *Não tô aguentando mais.* Pensou.

Vamos lá, Jonas, amanhã é domingo. Seu subconsciente tentava convencê-lo a terminar o jogo.

Mas algo o impedia de parar. Uma coisa incontrolável, um sentimento de poder. Ele estava com a glória máxima a poucos passos (e mais alguns sustos), e com certeza não iria levar a sério essa história de deixar o final do jogo para outro dia. O desejo de contemplar o desfecho falava mais alto.

Foi então que ele achou um *savepoint*, salvou o jogo duas vezes e se armou até os dentes – essa última parte, literalmente: pegou um hambúrguer e tacou na boca. E lá estava o personagem de Jonas na porta da maldita casa.

A residência era hedionda. Tanto o térreo quanto o primeiro andar transpiravam um horror sobrenatural. A casa parecia pulsar. Janelas escuras e manchadas de sangue. Cortinas rasgadas. Móveis que mal se sustentavam em pé. Ao abrir a porta, escutou um rangido capaz de afastar do local até o próprio demônio. E, a cada passo que dava em direção ao interior da casa, o silêncio parecia aumentar. O som dos seus batimentos cardíacos virava um estrondo pulsante. E interrompendo a calmaria, monstros começaram a aparecer, a porta se fechou sozinha e o personagem ficou encurralado.

Jonas, com seu domínio implacável, começou uma sessão de tiros, facadas, arremessos de bombas caseiras, chutes e trombadas. A sala finalmente estava livre deles. Esforçando-se para recuperar a sanidade, conduziu o personagem pelas escadas, chegando a uma antessala. Mais demônios e monstros aparecem, porém, àquela altura nada era capaz de detê-lo.

Dezessete horas de jogo sem parar, mas ele não se dava conta desse tempo. Jogadores como Jonas nunca se dão conta. *Será que alguém já morreu de tanto jogar? Com certeza minha mãe diria que sim se eu perguntasse a ela*, pensava consigo mesmo e dava risadas histéricas.

Ao chegar a uma porta velha, com uma luz vazando pela brecha inferior, percebeu que finalmente havia chegado ao último mestre. Era o momento mais esperado. Quase vinte e quatro horas ininterruptas de um jogo assustador. Jonas parou por um instante, respirou fundo e entrou.

Dentro daquele inferno, ele só tinha um objetivo. Jonas não olhou como era o lugar ou o que poderia ter por perto (sempre fazia isso para encontrar relíquias e ficar melhor no ranking de jogadores). Apenas enxergou um ser asqueroso de costas para ele, e uma chance de matá-lo: um tiro certeiro.

Os comandos indicavam isso.

Apenas um tiro.

E ele o acertou.

Jonas estava com sua melhor arma, e deu o tiro mais certeiro que qualquer jogador poderia dar, atingindo o alvo com perfeição. Porém, quando ele se deu conta de que estava num quarto cheio de embalagens de comida pelo chão, meias penduradas na poltrona, quadrinhos espalhados na cama desforrada e um pôster de *Resident Evil* na parede, já era tarde demais.

O CAMINHO PARA O QUARTO DE ELTON

Ele detestava ser o último da casa a ir para a cama à noite. Seus pais e sua irmã caçula normalmente ficavam até altas horas conversando na sala ou relaxando na varanda, mas Elton sempre dava um jeito de correr para o quarto antes de todo mundo. Porém, naquela noite, as coisas fugiram completamente do seu controle.

A conversa fluía bem e ele estava visivelmente animado. No telefone com ele, lá do outro lado da cidade, deitada confortavelmente na sua cama e vestida com um pijama branco com pequenas cabeças de polvo com asas de dragão, estava a Luciana, uma amiga dos tempos do colégio. Ela mexia com o dedo indicador no rosto de Cthulhu como se ele a qualquer momento fosse ter um ataque de cócegas.

Elton estava relaxado no sofá, torcendo para que tudo aquilo que estava rolando na ligação se transformasse em algo além de uma amizade antiga.

— Pois é, eu te dei esse pijama porque adoro esse conto do Lovecraft, e tenho certeza de que você iria adorar também.

— É, adorei mesmo. Pedi pra minha mãe lavar ele correndo e ainda bem que secou. Olha, vou te dar uma chance, Elton.

O coração dele disparou. Aquela era a coisa mais emocionante que ele poderia escutar.

— Vou ler esse conto aí — ela completou, começando a rir. E então os dois riram (mas a risada do garoto era tentando disfarçar a decepção, Elton jurava que "uma chance" era um namoro ou algo parecido). — Me manda o arquivo qualquer dia, beleza?

— Com certeza. Se preferir, tenho uma coletânea e te empresto — ele falou, tentando se conter. Se ela pudesse vê-lo nesse momento, iria se arrepender. Estava se contorcendo de raiva no sofá evitando não transparecer o óbvio: gostaria de estar pessoalmente com ela.

A conversa ainda se prolongou por um tempo e Elton não percebeu que já passava de uma da manhã. E, para piorar, todos já haviam ido para seus respectivos quartos.

Com a TV ligada só para fazer companhia, ele dizia o último "desliga você" no celular, quando o silêncio entre uma cena de ação e outra do filme tomou por completo a sala. Surpreso com a sua total desatenção, ele tirou o celular da orelha e notou que estava sozinho, uma infeliz constatação. Mas, só depois de alguns segundos é que ele percebeu que o desenrolar da noite iria ser aterrorizante, e se resumiria a apagar a luz da sala e caminhar infinitamente pelo corredor até seu quarto.

Ele retesou-se no sofá, clicou no botão vermelho para cancelar a ligação (sem mesmo saber se ela ainda estava esperando na linha) e usou a camisa para limpar a tela do celular. Depois desligou a TV, fechou as janelas e cortinas e respirou fundo.

— Vá ligar a luz do quarto… e volta pra desligar a da sala.

— Vá ligar a luz do quarto… e volta pra desligar a da sala.

Repetia a frase como um mantra. Precisava ocupar a cabeça com alguma coisa para sobrepor o medo, pois a situação era desesperadora para ele. *Preciso chamar alguém. Será que se eu fizer barulho e meus pais acordarem, eles virão olhar o que está acontecendo?*, refletiu.

— Não. Não posso fazer isso... você não tem mais oito anos, Elton... eles vão falar isso pra mim, com certeza — sussurrou tentando perscrutar pelo corredor.

O medo tomou-lhe por completo, e uma questão surgiu: ser visto como um criançāo ou enfrentar essa fobia?

Elton tinha vinte e um anos e às vezes nem parecia. Ele era um cara de um metro e oitenta e dois, magro, desengonçado e que morria de medo do sobrenatural, mas conseguiu coragem, sabe-se lá onde, e entrou no corredor.

Era difícil, mas ele deixou para trás aquela sala, que há pouco acomodava-o numa das melhores conversas que já teve com Luciana, a garota mais gata da turma B do terceiro ano, mas que agora estava lá, inóspita e fria. Sofás, cadeiras, mesa, estante, poltrona e armários, tudo parecia crescer em sua direção, como se o expulsassem de lá.

Em resposta, ele seguiu andando milimetricamente um-passo-juntinho-do-outro.

O olhar fixo na porta entreaberta do seu quarto. A luz da sala projetando uma sombra sua na cerâmica branca do corredor. Respiração instável, difícil de controlar.

Não tem nada acontecendo aqui.

Ele tenta não olhar para trás nem para os lados. Teme até olhar para os próprios pés. Agora passou pela entrada da cozinha, em frente a um armário embutido no qual a mãe guarda louças e quinquilharias. A porta do quarto dos pais ficava do outro lado, à sua direita. Pela visão periférica dava para ver apenas uma escuridão, além do som leve do ronco da respiração deles.

— Só mais alguns metros, Elton... — ele balbuciava essas palavras, na esperança de que os passos acelerassem, ou que o tempo passasse mais rápido. Nem um nem o outro, tudo parecia andar em câmera lenta. Pouco depois, viu uma sombra passar pelo chão ao mesmo tempo em que sentiu um sopro em seu ombro – era algo atrás dele, mas foi tudo muito rápido.

Elton congelou na mesma hora. Uma gota de suor desceu vagarosamente pela lateral de sua testa e escorreu pela bochecha, depois gotejou na camisa. Isso foi suficiente para ele quase ter um ataque de pânico, achando que algo ou alguém havia tocado o seu peito com a mão gélida da morte.

É agora que eu morro, tenho certeza, pensou, mas já estava controlando a respiração. Não demorou muito para perceber que era apenas o próprio suor, embora o vulto ainda o preocupasse. E muito.

Se o que está na sala não me esquartejar por completo pra depois se alimentar do meu fígado... eu vou é cair pra trás com um ataque cardíaco! Perdia-se em pensamentos amedrontados ao mesmo tempo em que sentia os dentes tiritarem com intensidade.

Engoliu em seco e apertou o passo até o quarto. Correu feito louco, para falar a verdade, por pouco não acordando a casa inteira. Nessas horas, estar no seu quarto e com a luz acesa é o melhor refúgio do mundo. Ligou até a TV para tentar quebrar o silêncio.

Mas o horror daquela noite estava longe de terminar. Ligar a luz do quarto era só a primeira parte do plano, afinal, precisava agora voltar para apagar a da sala. *Pelo menos a TV tá ligada, me faz companhia enquanto volto lá... mas, espera aí, pensando direitinho, a luz da sala bem que poderia passar a noite acesa hoje, não vejo problema nisso*, refletiu parado na porta do quarto encarando a lateral do sofá da sala no outro extremo.

Ali ele estava seguro. Bastava trancar a porta do quarto que nada nem ninguém entraria. Continuava imóvel, olhando fixamente para a sala. No fundo ele sabia que tudo aquilo era coisa da sua cabeça, achar que existissem seres ou espectros do outro mundo no escuro ou na solidão esperando apenas um vacilo seu para trucidar corpo e alma. Era uma bobagem absurda de se pensar... Ou não.

Então deu o primeiro passo no corredor, e depois o segundo, e o terceiro. Seguiu andando, apagou a luz e deu as costas ao interruptor. Naquele momento se deu conta de que se alguém estivesse filmando a cena, ele iria parar no YouTube como grande campeão da Marcha Atlética para Apagar a Luz da Sala e Voltar em Segurança.

Ele sorriu. Elton percebeu que estava sendo um bobo. E, por mais incrível que possa parecer, ele caminhou naquele escuro parcial da sala e voltou para o corredor, acelerando o passo só no fim – porque ninguém é tão destemido assim.

— Tá vendo? Que doideira minha pensar essas besteiras — falou fechando a porta do quarto. Caminhou até perto da cama, ligou o ventilador, pegou o travesseiro e o lençol e deitou-se.

— Cara, como eu sou idiota e medroso. Ninguém merece — sussurrou.

Enquanto se cobria, lembrou-se da conversa gostosa que teve com Luciana e das novas possibilidades com ela. *Cara, ela vestiu o pijama de Cthulhu, nem acredito!*, pensou, fechando os olhos e aconchegando-se na cama. Antes de pegar no sono percebeu que esquecera a luz acesa. O *click* do interruptor ecoou pelo quarto. E só agora ele poderia, finalmente, dormir tranquilo. Claro, se ele tivesse sequer levantado para apagar a luz.

ALERTA DE SPOILER

Sim, ele morre no final.

Eu sei. Eu sei. Falar algo assim logo de cara é inadmissível, imperdoável e até insensível de minha parte. Contar o fim da história desse jeito é uma das coisas mais detestáveis que uma pessoa pode fazer. O Rui era exatamente assim, o tipo de estraga-prazeres que qualquer ser humano com alguma sanidade manteria distância a todo custo.

Os amigos, especialmente os mais próximos, até que gostavam de estar com ele. Contanto, é claro, que o assunto não fosse algum tipo de entretenimento. Você tem de concordar que não dá para correr o risco de saber antecipadamente o fim de um filme, por exemplo, que o herói termina virando o vilão, ou pior, que a garotinha que fugia da máfia italiana não consegue sua tão sonhada vingança, e ainda comete suicídio.

Era tão difícil para Rui manter-se de boca fechada que ele nem era mais convidado para coisas do tipo festinhas surpresas – aquelas mesmo onde todo mundo fica escondido em algum lugar da casa esperando o aniversariante chegar para cantar parabéns. Imagina se o aniversariante fica sabendo de tudo antecipadamente? Terrível.

A expressão em seu rosto ao soltar um spoiler. Tá aí uma coisa realmente preocupante. Ela assemelhava-se àquela de quando um aluno é desafiado por um professor com uma pergunta, feita só para saber se ele estava prestando atenção na aula. E que, para surpresa de todos, inclusive dele mesmo, a resposta está correta, fazendo-o sentir-se o maioral. O cara que sabia das coisas antes de todo mundo. O cara que sabia mais do que todo mundo.

O curioso nisso tudo é que mesmo os spoilers de assuntos que ele nem dominava tanto estavam certos. Em restaurantes, ele já conhecia os pratos, os garçons e os valores. Na fila do cinema, via o cartaz de um filme japonês de guerra, e lá estava ele contando o fim. Fazendo sempre questão de se exibir com isso, *Eu sou o fodão*, sussurrava para si mesmo.

Era algo que ele não conseguia controlar, por mais que tentasse. Tanto que quando ele não estava por perto, ou quando os seus amigos se reuniam propositadamente sem ele, sempre discutiam sobre a razão de Rui ser assim, mesmo sabendo que aquilo comprometia sua vida social. Era uma tarde agradável, e eles estavam numa praça de alimentação.

— Cara, é puramente pra chamar a atenção — Arthur, seu amigo mais próximo, falava para os outros amigos sentados à sua frente, Gabriela, Bethe, Sandra e Hélio.

— Se o melhor amigo dele está falando isso, quem sou eu para discordar? — Bethe disse, passando uma batatinha num molho alaranjado e depois levando à boca. — Ele faz por maldade — concluiu.

— Gente, o Rui só é carente e precisa se sentir importante de alguma forma — Gabriela afirmava juntando as sobrancelhas em desaprovação ao que estava ouvindo.

— Falei que era por maldade, mas não é bem uma maldade, sabe? — Bethe falava. — Não uma maldade capaz de fazer coisas horríveis com outras pessoas, mas sim pelo prazer de estragar a surpresa mesmo — completou.

Sandra e Hélio ficaram calados, apesar de concordarem que o hábito era verdadeiramente insuportável.

— Ele não precisa fazer isso, é gente boa demais — ela comentou e ele anuiu.

— Gente, vou fazer uma brincadeira na sexta-feira, que eu tenho certeza que ele vai pensar duas vezes sobre esse lance de estragar a surpresa de tudo — Arthur avisou.

— É uma boa, mas vê se não pega pesado. — Sandra parecia desconfiar que ele pudesse não gostar, e estava certa.

— Que brincadeira vai ser? — Hélio quis saber.

— Vocês só vão saber na hora — Arthur falou.

Todos continuaram conversando e, por fim, Arthur confirmou a presença de todos na noite de sexta. "Cara, confirmei com o pessoal. Na sexta a gente chega lá no seu apê. Beleza?", ele mandou um áudio para o amigo enquanto entrava no carro e voltava para casa. Ele não sabia o caminho trágico que aquele encontro tomaria.

Eram 19h30 e já estavam na sala do apartamento de Rui. O combinado era passar um tempinho juntos, bebendo e jogando conversa fora assistindo mais uma vez à quinta temporada de *Game of Thrones*.

Cada um disse com antecedência o que gostaria de beber e comer, para que os pais dele pudessem incluir nas compras semanais. Dona Carla e sr. Edson eram muito atenciosos com os amigos de Rui, e sempre faziam questão de convidá-los para festinhas. Cervejinha com toscana pra cá, caipirosca com bolinho de queijo pra lá, quando Arthur comenta:

— Gente, que tal jogarmos um jogo diferente? Conte o Final da História é o nome. Vamos?

— Nunca ouvi falar — comentou Sandra, tentando ao máximo disfarçar que já sabia que o amigo iria sugerir uma brincadeira.

Mesmo sem saber exatamente do que tratava a brincadeira, os amigos concordaram e afastaram a mesa de centro que estava com as bebidas e comidas no meio do tapete, seguindo a orientação do Arthur e sentando-se em círculo no meio da sala. A essa altura, os pais de Arthur já haviam ido dormir, passava da meia-noite.

— Como é essa brincadeira, hein? — perguntou Bethe, curiosa.

— Bom, não é nada muito complicado, o contador da vez fala no ouvido de uma pessoa aleatória a sua história. Lembrando que tem que ser uma bem curtinha, em seguida, conta em voz alta para todos, porém, só até um certo ponto. Depois ele desafia alguém a terminá-la. A ideia é acertar o final ou chegar o mais próximo possível. Para confirmar, perguntamos à pessoa do início da brincadeira se era aquele mesmo o final. Simples, não acham? — explicou Arthur.

— Humm — murmurou Hélio.

— Tá, mas quais serão os prêmios ou prendas? — Gabi perguntou.

— Bom, isso a gente mesmo decide.

— Pode ser um *shot* de tequila — Rui comentou.

— Boa ideia, aí se errar o final da história bebe e, se acertar, o desafiante é quem toma o *shot* — comentou Arthur. — Ah, quase esqueci, é importante que todos fiquem em silêncio e não interrompam o contador, ok? — concluiu.

"Ok", "Massa", "Tá bom" todos falaram, enquanto Rui seguia até o bar que ficava no corredor da cozinha para pegar a bebida e os copos. Alguns deles já estavam um pouco alterados e sorridentes.

A curiosa brincadeira se iniciou. Para sortear o contador, Arthur fez o jogo do palito. Esse jogo, que normalmente é usado para esse fim, consiste em pegar palitos (a quantidade exata dos participantes, nesse caso seis) e quebrar a ponta de um. Aquele que pegar o quebrado é quem inicia.

— Quem pegar o palito quebrado decide quem será o guardador do segredo e começa a brincadeira — Arthur explicou.

A sortuda foi a Gabriela, que escolheu Arthur e contou a história bem perto do seu ouvido. Em seguida, virou-se e começou:

— Era uma vez um grupo de amigos que havia combinado de assistir a *Star Wars – O Despertar da Força*, um dos filmes mais aguardados do ano. Como chegaram muito cedo para a sessão, decidiram comer uma pizza antes. Entre uma fatia e outra de *margherita*, o clima ficou tenso e algo terrível aconteceu... Hélio, termine a história.

— Caramba, ok — ele parecia nervoso, mas continuou: — Algo terrível aconteceu, um dos integrantes do grupo fez um comentário infeliz sobre o filme, irritando todos, fazendo-os desistirem de ver o filme e voltarem para casa.

Todos ficaram tensos e encararam Arthur:

— E aí?

Nesse momento, Arthur confirmou o acerto e todos começam a agitação para Gabriela virar o copo de tequila.

— Vai, Gabi! Vai, Gabi! Vai, Gabi! — exaltavam-se em uníssono.

Psiu! O som veio do quarto dos pais do Rui.

— Foi mal, mãe, a gente vai ficar quieto — assegurou o filho.

— Me dá logo isso — Gabriela falou, pegou o *shot* e tomou fazendo careta.

Outro sorteio, e a contadora agora era Sandra.

Chegando perto de Bethe, iniciou uma história. Depois de uma risadinha entre as duas, Sandra falou para todos:

— Era uma vez dois grandes amigos que, apesar das brigas constantes, adoravam fazer coisas juntos. Jogar videogame era uma delas. Luta, futebol, corrida, estratégia ou ação, não tinha tempo ruim pra eles. Sempre que podiam, estavam lá desafiando um ao outro. Até que um dia, uma dessas brigas passou dos limites e eles... Arthur, termine a história.

— Hummm... — ele murmurou, e depois falou: — Uma dessas brigas passou dos limites e eles se afastaram. Não estava mais dando certo jogar com o outro do lado contando o que iria acontecer na próxima fase.

A tensão tomou conta da sala de novo, sendo abruptamente interrompida por Gabi, que deu uma gargalhada exagerada, fazendo todos se entreolharem. Não dava pra saber se ela já estava bêbada ou se foi só pra quebrar o clima. Mas funcionou, todos começaram a rir com ela, entretanto, Rui já começava a ficar desconfortável.

— E aí, Bethe, Arthur acertou o final? — Hélio perguntou olhando para a porta do quarto dos pais de Rui, que se fechou de repente. — Vamos falar baixo, pessoal.

— Uhum, foi exatamente assim o final — Bethe comentou, virando a cabeça com um olhar zombeteiro para Sandra: — Vamos, pode ir virando o copo, querida.

— Beleza, agora o próximo. Ou próxima. Peguem os palitos — ordenou Arthur.

E assim deu-se sequência a várias outras histórias, porém, ninguém desafiava Rui a contar o fim. A cada instante, ele se aborrecia mais, ficando chateado e cabisbaixo. Nem sequer sorria mais com os amigos. Tudo o que eles contavam parecia com situações passadas por eles mesmos, em que Rui nem notara que seus spoilers irritavam os amigos. *Será que é assim que as pessoas se sentem quando faço isso?*, refletiu.

Aquele jogo de provocação estava passando dos limites. O que há pouco era uma tristeza pela constatação desse seu traço de personalidade, começou a se tornar uma irritação quase incontrolável. Com o rosto ruborizado e expressão desconfiada, ele nem sabia mais para onde olhar. Até que Gabi o desafiou a terminar uma história. Eles nem estavam mais tirando a sorte, agora parecia um desafio lançado diretamente a ele.

— Um grupo de amigos se reúne para passar o tempo conversando e se divertindo. Uns contam histórias, outros só escutam, todos bebem e comem à vontade. Até que um deles parece querer estragar a festa... Rui, termine a história.

Ele a encarou, incrédulo. Bêbados, todos sorriam e tentavam prestar atenção àquela situação. Então Rui aproximou-se, alinhou-se numa postura arrogante e finalmente conseguiu colocar para fora as palavras que o sufocavam.

— Até que um deles parece querer estragar a festa mandando todos para a puta que pariu e saindo irritado de casa, quando um caminhão em alta velocidade o atropela num acidente fatal.

Um silêncio sobrenatural tomou toda a sala. Bethe, Arthur, Hélio e Gabriela estavam paralisados. Eles apenas observavam a ira de Rui ao falar tudo aquilo e, no momento em que a festa parecia ir por água abaixo, todos começam a gargalhar às alturas, zombando histericamente de Rui. Irritado como nunca antes, e com os olhos lacrimejando, ele saiu correndo de casa.

Hélio correu para impedir o amigo, mas Arthur na mesma hora tentou acalmá-lo:

— Relaxa, cara, você não sabe que isso tudo é só pra chamar atenção?

Segundos depois, uma freada brusca foi ouvida na esquina da rua que ficava logo em frente ao prédio, seguida de um grande e assustador estrondo.

O OUTRO QUINTO ANDAR
PARTE II

Ele não estava acostumado com tanta manha assim, nem gostava para falar a verdade, mas a preguiça impedia Poeira de sair correndo de lá. Já fazia alguns minutos que o gato de Estefano estava encarando Edgar, implorando para que ele parasse com aquela agonia que ele chamava de carinho. Ele parecia aguentar a situação por pura consideração, se é que animais conseguem fazer isso.

Perto de onde tudo acontecia, Estefano observava com o olhar de sempre. Sério e inquisidor, se segurando para não reclamar do amigo. Ele não via graça em nada daquilo. Quer dizer, ele não via graça em quase nada naqueles dias.

— Finalmente saiu do banho de beleza. Tá linda, viu? — Edgar virou a cabeça e falou cerrando os olhos, tentando esconder um sorriso cínico.

— Até quando você vai continuar tentando ser engraçado com essas piadas, hein?

— Até você tirar essa cara de bunda, Estepano!

E no final das contas, Edgar conseguiu mesmo tirar a cara de bunda, ambos começaram a rir ao ponto de Estefano ter que se apoiar na parede para não cair.

— Parou, cara. Eu nem me lembrava mais desse apelido... — Por um bom tempo, Edgar chamou o amigo assim depois que uma atendente do

Burger King se confundiu achando que o nome dele era com “ph” e trocou o “f” apenas pelo “p”, escrevendo Estepano no cupom fiscal. Aquilo foi motivo de piada por quase um semestre inteiro. — Olha, faz tempo que você tá por aqui? — concluiu, ainda sorrindo.

— Nada, tem uns dez minutos, no máximo. A porta estava aberta, quer dizer, só no trinco, e aí entrei.

— Massa, eu sabia que você ia chegar e a deixei assim. Tudo beleza contigo? Quer um café? — Estefano se virou e andou em direção à cozinha. As lágrimas que caíam dos olhos de Edgar, daquele ataque de riso repentino, se transformaram em pesar e ele sentiu na pele o terror de ver o amigo daquele jeito, com um sorriso assustador e feições anormalmente estáticas, parecendo usar uma máscara do próprio rosto.

A lembrança do último encontro entre eles desapareceu e a única coisa que via agora era aquela alucinação. Algo terrível. Uma visão dos dias que antecederam o acidente. Dias em que os grandes amigos não se falavam mais e Estefano enfrentava uma forte depressão, que o levou a um caminho sem volta.

Ele tremia de medo. Apesar de ser o rosto do amigo, aquele sorriso – que ele nunca havia visto no amigo – era tenebroso. Na verdade, nunca havia visto em ninguém. E o olhar? O que falar daquele olhar? Ele estava fixo na parede, mas parecia não estar lá, como se os olhos fossem apenas decorativos, tal qual uma máscara escondendo uma verdade. Ele não aguentava testemunhar aquilo.

Aquela sensação novamente. Uma vertigem. Edgar não estava mais no controle do próprio corpo e, num piscar de olhos, estava de volta ao quarto com o médico de plantão entrando pela porta e Rebeca olhando-o, esperando uma resposta.

— E aí, Edgar, o que você acha? — ela perguntou mais uma vez.

Edgar não conseguiu responder, pois tentava lidar com a enorme loucura e com uma dor de cabeça paralisante. Apenas balbuciou palavras sem sentido e, nesse momento, a enfermeira percebeu que havia mais alguém no quarto, era o doutor Sávio.

— Doutor, estávamos esperando pelo senhor — ela falou. E ele meneou, aproximando-se com certa dificuldade. *Caramba, ele até que está mais magro mesmo,* Rebeca pensou. O doutor Sávio era obeso e até que estava indo bem numa dieta milagrosa que recebera de um dos nutricionistas do hospital.

Edgar olhou e em segundos estava no banheiro. Ele nunca esteve tão agradecido por um acontecimento aleatório como este em toda a sua vida. A última coisa que ele queria naquele momento era ser visto tendo um ataque de pânico.

De lá, ouvia o médico conversando com Rebeca, perguntando o que exatamente havia acontecido dessa vez, enquanto tentava apagar as chamas que se acenderam em seus pulmões. Não fosse o bastante, o seu coração parecia uma caixa acústica na potência mais alta.

— Eu preciso salvar o Téti. Cara, aquele gato miserável está mantendo ele em coma... CACETE! Se é que eu entendi direito. Mas que lugar era aquele, afinal? Parece que entrei no universo do Freddy Krueger, ou sei lá — Edgar falava numa confusão de palavras e sons da sua respiração forçada. — Então quer dizer que ele escreveu a carta para que eu visse com os meus próprios olhos o que ele estava sofrendo? Mas como ele conseguiu me fazer ver tudo aquilo? Era real? E aquela máscara? Era o rosto dele mesmo? — Edgar estava ali, mas ao mesmo tempo não estava. Sua cabeça poderia explodir a qualquer momento e falava sozinho numa tentativa de aliviar o peito.

— Tudo bem aí, Edgar? — A voz de um homem surgiu detrás da porta do banheiro. — Sou eu, o doutor Sávio, você poderia sair para nós conversarmos?

— Ok, doutor, já estou saindo. Só um instante.

Ele não pode saber de nada do que presenciei, ouvi ou senti. Ninguém pode. Esse é o tipo de situação ou alucinação, sei lá que, se você contar, ninguém vai acreditar. Meu Deus, o que eu faço? O que eu faço? Ele vasculhava o banheiro na esperança de encontrar uma solução, algo que lhe desse uma ideia talvez. Uma ideia que por mais idiota que fosse, o ajudasse a se livrar daqueles dois e não parecer um louco – mais do que já parecia.

Já sei! O pensamento quase transbordou pela sua boca. *A carta! Vou pegá-la novamente e voltar àquele lugar. O tempo lá passa mais devagar, ou algo assim. Aparentemente Rebeca nem deve ter notado que ao tocar o papel, fui para o inferno e voltei em segundos... pronto, é isso.*

— Meu querido, estão me chamando da emergência e preciso ir. Já faz cinco dias e não há nada que possamos fazer para ele sair do coma. Você sabe disso, não sabe? — o médico falava irritado e batendo à porta.

— Calma, Doutor Sávio, ele já vai sair — Rebeca tentava acalmá-lo.

Quinto dia? Fixou o olhar na parede. Edgar não olhava nada, apenas estava perplexo diante de uma constatação absurda. *Se passaram cinco dias? Parece que isso foi minutos atrás.* Ele desviou o olhar para si mesmo através do reflexo do espelho. *Como isso é possível? Caralho, no que eu fui me meter? Tô ferrado!*

Edgar se esforçou para lembrar-se dos últimos cinco dias, mas não tinha nada além da alucinação naquele lugar asqueroso, da coruja branca, da panela que chiava sem fogo e do prisma triangular. Sua cabeça agora estava vazia como uma praça de alimentação de shopping numa segunda-feira de manhã. Aqueles minutos representaram dias e ele não sabia como lidar com tamanha insanidade.

— Então, se eu voltar lá, pode ser que eu perca ainda mais da minha vida? — ele continuava falando sozinho. — Mas o que são alguns dias, afinal? Preciso ajudá-lo. O que fiz foi imperdoável, e a forma que eu puder ajudá-lo...

— Meu amigo, agilize isso aí, por favor? — O médico interrompeu seu devaneio batendo insistentemente à porta; cada batida o deixava ainda mais nervoso.

— Eu posso ficar com o papel? — Edgar saiu do banheiro falando naturalmente com o doutor Sávio e a enfermeira Rebeca. Ele agiu como se nada tivesse acontecendo. Até simulou um pesar pela situação.

— Mas, Edgar, você ficou com ele na segunda-feira, lembra?

— Ah, claro. Cara, como eu sou idiota. Desculpa é que eu ando com a cabeça meio ruim ainda — afirmou, se dando conta de como estava parecendo um bobo. Ninguém mais poderia ter ficado com o papel a não ser ele.

— Olha, o Estefano está estável e como já havia te falado, não há nada que possamos fazer, apenas ter esperança de que ele acorde. Continuaremos dando o máximo de assistência e contamos com a sua visita. Esperamos que seja mais constante do que nos últimos seis meses, certo?

— É, eu sei.

— Estamos todos torcendo por ele, Edgar. — Rebeca aproveitou um momento de silêncio entre eles e comentou, parecendo verdadeiramente esperançosa.

— Você pode ficar mais um pouco com ele, avise se precisar de algo, ok? — doutor Sávio completou.

— Ok, obrigado mais uma vez.

Os dois saíram do quarto e seguiram em caminhos diferentes, mas não sem antes Rebeca olhar para o médico com cara de dúvida e perguntar "O senhor vai deixá-lo mais um tempo com ele, tem certeza?" Edgar ouviu de longe. "Deixe, ele não vai fazer mal.", o médico respondeu.

Edgar observava em pé ao lado do amigo, se perguntando se era isso mesmo que eles haviam falado ou se foi coisa da sua cabeça. *Meu Deus, o que fiz nesses cinco dias? Não consigo lembrar de absolutamente nada. Cabeça de merda!*

Ele sentou-se na poltrona que ficava de frente para a cama e apalpou o bolso lateral da bermuda onde havia guardado o papel e começou a conversar com o amigo:

— Ufa! — O seu alívio era visível. O papel ainda estava lá. — Cara, a gente já teve várias conversas como essa, e sei que você pode me ouvir. Embora não consiga demonstrar isso, e tal e você sabe que eu faria tudo por você, não é? Mas preciso saber como posso te ajudar... me diz como, cara? Será que voltando praquele lugar eu conseguiria uma resposta? Mas e se eu ficar preso naquele inferno...?

— Foda-se! — Seu lado emocional falou mais alto e ele se levantou da poltrona. — Eu vou! — concluiu, sentindo-se como Rocky indo enfrentar Drago.

Edgar titubeou, andou de um canto para o outro do quarto igual a uma criança que aprontou, e sabe que vai precisar se explicar para os pais. E então, arrumando uma bravura que nem mesmo ele sabia que existia, pegou o papel no bolso e cerrou os olhos.

Nada.

Absolutamente nada.

Ele abriu os olhos e percebeu que ainda estava no quarto com o Estefano.

— Por que não aconteceu de novo? O que fiz de errado? — Edgar olhava novamente o papel com aquelas coisas sem sentido escritas com a letra parecida com a do seu amigo. — Da primeira vez, depois que toquei o papel fui parar naquele lugar. Que merda! — Ele procurou entre as palavras e desenhos alguma resposta, mas não encontrou nada que fizesse sentido. Os nomes começaram a sair pela sua boca em voz alta, mas nada acontecia. Seus olhos observavam o papel como um caçador faminto à espreita de qualquer coisa que se movesse no meio de um campo no inverno. Ele repetia as palavras, mas, ao chegar ao fim já nem falava mais em voz alta, apenas as pensava.

Sentou-se, respirou fundo e observou-o com mais calma. O que ele precisava fazer estava ali em algum lugar e ele sabia disso.

Sua amizade com Estefano passava por um momento complicado quando tudo aconteceu, e ele não se perdoava. Não que fosse sua responsabilidade o estado mental do amigo nos dias que antecederam o acidente, mas a discussão que tiveram naquela noite, exatamente uma semana após a virada do ano, ainda persistia em suas lembranças.

Eram oito e quinze da noite e eles discutiam sem parar desde o momento em que as nuvens branco-acinzentadas deram lugar às de cor chumbo, igualmente carregadas de chuva. Edgar tentava convencer seu amigo que a morte de Olívia, sua futura esposa que havia falecido há poucos dias, não era necessariamente o fim do mundo.

— Cara, pelo amor de Deus, você vai encontrar outra pessoa.

— Mas, velho, você não entende a ligação que a gen-te ti-tinha — ele soluçava tentando terminar de falar, comendo um pedaço de panetone, e aquilo era terrível para Edgar: ver seu grande amigo numa situação desesperadora daquelas se não era a pior coisa do mundo, chegava bem perto disso. Estefano continuava a chorar copiosamente.

— Cara, o que estou tentando te fazer entender é que você não precisa tirar a própria vida por causa disso. Sei que é difícil... mas você ainda tem gente que se importa com você, ainda tem o seu amigo — ele falava apontando para o próprio peito, tentando não chorar. — Se você continuar pensando em suicídio, eu te mato, velho — falou tentando fazer o seu amigo rir, mas não conseguiu. — Você vai superar essa, confie em mim.

Estefano falava que a sua vida não fazia sentido há alguns dias e Edgar não aceitava tal postura, por isso mesmo tinha uma proposta a fazer. Não era bem uma proposta, era mais uma sugestão. E ele já havia tentado ela outras vezes.

— Como te disse, vou te apresentar uma garota bem legal, ela é...

— Ei, ei... Pode parar, Edgar. Por favor?

— Velho, você tem que superar.

— Quem decide isso sou eu, lembra? — Estefano não estava mais aguentando tamanha insistência. Aquilo parecia a reprise do último capítulo de uma novela, e ele já não estava a fim de perder tempo na frente da TV novamente.

Ele sentia seu rosto estranho. Como se estivesse com uma febre localizada, se é que isso existe. Sua pele pegava fogo e sabia que iria estourar caso ouvisse mais uma palavra inútil.

— Mas, velho eu só acho que...

— Cara, porque você não sai logo da minha vida então? Vai lá viver a sua vidinha medíocre bem longe de mim, meu...

Aquela atitude de Estefano foi o epítome da noite, se tornando uma das piores lembranças dos dois.

— Chapa! — Ele terminou a frase de Estefano olhando para o papel; uma lágrima caiu perto do rabisco que ele leu com dificuldade da última vez. — Mas é claro! — falou levantando-se. Então releu tudo em voz alta, até a última frase: — A morte é o que dá sentido à vida, meu chapa!

A luz que mantinha o quarto iluminado, apesar de ser dia, fraquejou, como se a energia estivesse falhando. As formas das coisas começaram a mudar, as sombras não eram as mesmas e ele percebeu que era essa frase que ele precisava ter falado em voz alta. A frase que seu amigo costumava dizer, especialmente quando queria parecer enigmático.

Os olhos de Edgar voltaram a incomodá-lo e a lhe pregar peças. Ele os coçou. Tudo voltou a ficar em câmera lenta e a transformação o impressionou tanto quanto da primeira vez. Ele sabia que não era novidade, mas os seus sentidos não. Como uma dor de dente que vai e volta, e mesmo que você saiba como vai ser, ela parece lhe surpreender todas as vezes. E lá estava ele mais uma vez no quarto escuro.

A sensação que aquela luz azulada passava era a mesma: um calafrio perfurante, mas, por dentro, um ardor como se estivesse com febre. As mesmas paredes desfiguradas, a mesma cama desforrada e em frangalhos e as mesmas máquinas e equipamentos velhos e abandonados.

— Ai, meu Deus, eu consegui! — gritou para si em felicidade, mas uma outra parte dele, uma parte medrosa e que já estava arrependida do que havia feito, suprimiu o grito, fazendo sair apenas um grunhido.

A terrível percepção sensorial já lhe era conhecida, embora algo estivesse diferente: não havia mais o chiado, tornando o ambiente silencioso demais. À sua frente, o antigo corredor, com as mesmas manchas nas paredes e a gelatina rubra do chão, que parecia esperar ansiosamente pelos seus pés. E à esquerda, o elevador com a luz piscando. *Vou fazer qualquer coisa nesse lugar, mas nunca vou entrar num elevador com marcas de sangue. Ponto final!*, pensou, tentando se convencer de que todo o resto poderia ser menos assustador que um elevador ensanguentado com luzes falhando.

E foi então que ele deu um passo à direita; depois outro e outro. *Seguir em frente, foi isso que fiz da outra vez*, se recordou. A lembrança do amigo não lhe saía da cabeça. Quer dizer, uma parte dela, por que a outra estava até agora se perguntando o porquê de estarem fazendo aquela loucura, seguindo para um quarto, num universo desconhecido, onde havia a droga de uma chaleira, a porcaria de um prisma, e sem falar de uma coruja branca e telepata numa janela fantasma.

No caminho, percebeu que não havia mais resistência. O hospital, a outra dimensão ou como queiram chamar aquele quinto andar, não estava mais impedindo que ele andasse pelo corredor. As rajadas de vento não existiam mais. Edgar passou por várias portas e se deu conta de que não se lembrava de qual havia sido. Da outra vez, fora atraído pelo barulho e nem chegou a olhar os números.

Quarto -503. Ele voltou ao início e decidiu abrir uma por uma.

Nada de mesa ou cadeira besuntadas de sangue até a metade das pernas. Nada de cama, aparelhos, poltrona ou até mesmo a janela fantasma por onde a coruja branca entrara. Apenas uma cama no meio, uma cama tão grande quanto assustadora.

— Eu... te dei, to-do o me-meu... amor — uma voz feminina ecoou. Mas não era uma voz comum, parecia que algo a impedia de sair corretamente. Apenas ao ouvi-la, dava para imaginar bolhas de um líquido estourando a cada sílaba. Ela enunciava com uma dificuldade imensa.

Quando terminou de abrir a porta, lidando da melhor maneira possível com aquele ruído que normalmente o teria feito sair correndo e nunca mais voltar, Edgar percebeu que não houve alteração na luminosidade. Parecia que tanto o quarto quanto o corredor recebiam a mesma luz. Algo quase sobrenatural. Um lugar tenebroso. — To-todo o meu amor. — Ela tossiu, e cuspiu, e se engasgou. — E atenção... e é a-assim que você me... re-retri-bui? — ela concluiu.

Edgar deu um passo para dentro e notou respingos de sangue pelas paredes e no teto. No centro, a cama estava forrada de sangue. O líquido rubro surgia do centro para as extremidades, formando uma colcha vermelha. As gotas que caíam no chão já se acumulavam criando uma poça que fedia a metal e a carne em decomposição, como um ferimento infeccionado. Ao lado da cama, sentada no chão como um trapo, havia uma mulher.

Ela tocava na própria garganta, e toda vez que fazia isso, mais sangue espirrava no quarto. Agora lá estava em silêncio, e ele se aproximou:

— Olá? — Edgar chegou ainda mais perto. — Você por acaso não viu um homem e um gato por aqui, viu?

Ela o fitou. Edgar nem conseguiu acreditar que havia feito uma pergunta tão idiota para uma mulher com a garganta destroçada, num lugar que sabe-se lá onde era. Quer dizer, nada daquilo era verossímil, mas mesmo assim ele se arrependeu de ter feito a pergunta, pois pareceu indelicado da sua parte. *Ok,*

Edgar, você acaba de se tornar a pessoa mais idiota da face da... Onde é que estou mesmo?

— Eu... — ela engasgou-se novamente, interrompendo o seu pensamento. — A-mava a Alice, sa-sabia?

— Quem é Alice, moça? Quem é você e que lugar é esse? — Edgar perguntou, segurando-a pelos ombros ensanguentados e olhando em seus olhos, que disputavam atenção com o corte na garganta.

— É a mi-minha cadela. E... eu não se-sei onde ela est... — Ela tentava se levantar. — Eu estou mor-morta, não estou? Eu lembro que fo-foi... ela que ras-gou meu pes-coço... mas não sei o-o que aconteceu.

— Moça, honestamente, eu não sei e preciso ir porque estou procurando meu amigo — Edgar falou levantando-se e caminhando de volta para a porta.

— Eu... te... dei, to-do o me-meu amor... — ela voltou a falar. — To-todo o meu amor e atenção... e é a-assim que você me... re-retri-bui? — ela falava como se estivesse num pesadelo sem conseguir acordar, e ele se repetia e repetia e repetia.

Edgar abriu a porta na esperança de sair dali e encontrar o amigo, embora soubesse que ainda teria um desafio pela frente: salvá-lo do domínio do bichano. Fechou a porta atrás de si e voltou ao corredor.

Da primeira vez que esteve naquele lugar, ele não havia se dado conta de quantas portas existiam. O chiado havia dado um nó na sua mente a um ponto em que a única coisa que ele desejava era se livrar daquilo a todo custo.

Com todas as portas fechadas, ele agora teria que escolher. Uma parte dele queria fazer *unidunitê*, mas o nervosismo foi suficiente para suprimir o impulso.

Quarto -501 (logo à frente, o interditado), -502 (de onde ele tinha vindo inicialmente, o quarto sem porta), -503 (de onde ele acabara de sair e exatamente ao lado do -501, e assim por diante).

— Ok, se tenho que ir, vamos nessa — falou sozinho com uma voz trêmula, dando um passo no meio do sangue no chão. *Tinha até me esquecido dessa nojeira*, pensava ao observar os pés. Ele estava mais confiante e o chão não parecia assustá-lo como antes. Aproximou-se da porta do quarto -504 e a abriu.

Uma onda de ar quente o pegou desprevenido, mas o susto maior veio depois, com a batida violenta da porta na parede e a constatação de que algo estava pegando fogo. Para confirmar que tudo aquilo só poderia ser um sonho, uma alucinação ou o próprio inferno, como ele já havia cogitado, havia um carro em chamas lá dentro.

Caso você esteja se perguntando se a porta era grande o suficiente para ele ter passado, ou se havia uma entrada de garagem, a resposta é não. Como alguém conseguiu esse feito é um enigma tão grande quanto os mistérios da mente humana.

— Eu estou bem! Foi só um gato. — Uma voz feminina surgiu por trás da crepitação intermitente. Eram três mulheres e elas pareciam estar presas às ferragens.

Edgar correu pela lateral e segurou a mão de uma delas.

— Esse gato… você viu o gato do Estefano? — ele gritou. O fogo saía do motor e não havia chegado nelas. Ainda. Mas havia muito sangue e ela sofria com cortes e perfurações. Algo terrível. — Você viu? — ele insistiu, mas ela estava em choque.

Duas delas já estavam mortas, ou pelo menos pareciam mortas. A motorista, com pedaços de metal perfurando o peito, e a que estava no banco do passageiro atravessando a garganta. Em ambas o metal podia ser visto do outro lado do assento. A terceira estava no banco de trás e, pelo semblante, estava a ponto de desmaiar. O banco da frente estava recuado e estrangulava a sua perna, expondo carne e ossos. As portas não abriam e as passagens pelas janelas estavam parcialmente bloqueadas, o carro estava muito amassado.

— Meu Deus, o que eu faço? — Edgar colocou as mãos na cabeça sem saber para onde ir ou o que fazer.

— Espera, vocês estão ouvindo esse barulho? — ela comentou.

— Isso é loucura demais pra mim — constatou, e correu para o outro lado do carro. Algo o assustou e o fez parar bruscamente: aquilo lhe deu mais medo do que as mulheres nas ferragens ou mesmo a dona da cadela com a garganta destroçada. Uma das garotas, a do banco de passageiro ao lado do motorista, segurava um embrulho com velas, taças e, pelo que deu para perceber, um coelho morto.

Edgar recuou. *Ok, nisso eu não me meto nem a pau*, refletiu virando-se para a porta. *Próximo quarto!*

— Não sei qual a razão do mau humor — a garota do banco de trás continuava a falar coisas sem sentido.

Isso é um sonho, acorda! Isso é um sonho, acorda! Ele pensava fechando os olhos com força, como se aquilo fosse ajudá-lo a despertar de um sono profundo.

— Desculpa, moça, mas tenho que achar o meu amigo — Edgar disse, já partindo em direção à porta e apressando o passo. Ele sabia que não tinha muito o que fazer naquela situação e também não iria se meter com uma das coisas que mais lhe dava medo: feitiçarias e invocações. Já havia lido algo sobre esses rituais com coelhos e velas e taças, e as consequências sempre se espalhavam para todos os lados. *Isso vai dar merda!* Pensou e correu o mais rápido possível de lá.

— SOFIA! — ela falou em alto e bom som agora. Aquilo pareceu arrancar a coluna de Edgar das suas costas, um calafrio horrível subiu da lombar à coluna cervical. Dava para ouvir os gritos da amiga sobrevivente, que pelas perspectivas não seria sobrevivente por muito mais tempo.

— SOFIA! — ela insistia.

Edgar ignorou a insanidade da moça e saiu do quarto, tendo a decência de, antes, usar o extintor do carro para apagar o incêndio. Aquilo confortava o seu espírito de alguma forma.

Ele agora andava novamente pelo corredor, que estava bem diferente. Limpo, sem vestígios do sangue e da degradação de antes. Apenas azulejos brancos por toda a parte e uma luz que de vez em quando falhava. *Que porcaria é essa?*, pensou. E quando acontecia de a luz se apagar, não ficava apenas escuro, o lugar simplesmente voltava a ser o que era antes: um corredor para as profundezas do inferno. Um caminho que você facilmente imaginaria Pennywise lá no final, com um balão vermelho na mão, olhando nos seus olhos.

Virou-se para o quarto -505. *Eu não acredito que vou ter que entrar em cada um desses quartos até encontrar você, cara. Puta que pariu, hein?* Esse pensamento o deixou ainda mais nervoso, mas acalentou seu espírito. *Eu vou te achar, meu chapa!*

A luz continuava piscando e mudando a realidade, alternando entre limpo como uma sala de cirurgia e imundo como a casa de um palhaço em um livro de terror da década de 1980.

Aproximou-se da porta, girou a maçaneta – que, por acaso agora parecia a de um escritório – e entrou. Lá a luz também piscava, mas percebeu logo que eram relâmpagos. O lugar estava às escuras e a sensação era de que chovia muito do lado de fora. *Será que nesse lugar existe dentro ou fora? Como pode estar chovendo do outro lado da janela se estamos abaixo do andar zero?*, refletiu observando o que estava no meio da sala: um homem velho, sentado e de cabeça baixa. Atrás desse homem havia uma passagem de corredor escura, se assemelhando a um saguão de prédio. Um prédio dentro de outro prédio? Ou seria apenas mais uma alucinação naquele lugar. Naquele inferno.

— Olá, senhor? — Edgar falou. O homem não parecia estar nos seus melhores dias. Vestia um casaco amarelo, um cachecol e tinha o cabelo estranhamente preto, quase azulado. Sua aparência estava acabada, como a de uma pessoa entregue às consequências do tempo. Não houve resposta.

A tempestade continuava castigando aquele lugar, onde quer que aquilo fosse. Edgar tentou mais uma vez:

— Olá? Sei que parece loucura, mas o senhor viu um homem, um gato ou uma coruja branca? Eu preciso encontr... — ele não conseguiu terminar de falar, o homem levantou a cabeça repentinamente e o olhou nos olhos. Edgar ficou congelado, sentiu sua pele esfriando como se tivesse aberto uma porta para o lado de fora de um iglu. Em seguida, o homem procurou algo na camisa de Edgar.

— Se eu não conheço, não entra.

— O quê? — Edgar perguntou confuso.

— Se eu não conheço, NÃO ENTRA! — dessa vez, o homem falou com rispidez.

Mais relâmpagos, seguidos de momentos onde a escuridão prevalecia.

— Se eu não conheço, não entra. Se eu não conheço, não entra — o velho repetia, agora de maneira quase inaudível. Mais um relâmpago e Edgar notou algo estranho. Um fantasma do próprio homem se levantou e virou, ele era translúcido, um espectro. A versão real dele continuava sentada lá, murmurando a frase como se aquilo fosse capaz de salvá-lo ou amaldiçoar alguém. Era como se a alma dele tivesse saído do corpo. Uma sombra que seguiu em direção ao corredor e correu de forma desesperada para a escuridão.

— SE EU NÃO CONHEÇO, NÃO ENTRA! — O homem agora estava de pé, com a boca tomando quase todo o rosto e andando em direção a Edgar. Dava para ouvir os estalos dos ossos da mandíbula e do resto do crânio se expandindo para dar lugar a uma boca enorme, com uma escuridão quase infinita dentro.

Assustado como nunca antes, Edgar voltou correndo e tropeçando nos próprios pés para o corredor e fechou a porta atrás de si.

— Meu Deus, o que foi aquilo? — Edgar falava ouvindo a placa com o número -505 balançando atrás da sua cabeça. — Pois é se ele não conhece, não entra — falou, tendo uma crise de riso. Na verdade, uma crise de riso seguida de uma crise nervosa. — Então, Téti, você não deve ser muito popular aqui, né, cara? — comentou, dando outra gargalhada. Porém, não dava para saber se era uma risada sarcástica, se ele levou aquilo como piada ou mesmo se era de nervosismo. A escuridão azulada estava de volta ao corredor. E ele não aguentava mais a tremedeira nas pernas.

Edgar andou para a porta seguinte: quarto -506. Aquele inferno parecia não ter fim, e ele já estava cansado, sua energia parecia estar sendo sugada. Girou a maçaneta e olhou para dentro do quarto; havia apenas uma mochila e alguma coisa branca ao lado. Parecia um gato.

Abriu lentamente a porta, o gato estava de olhos fechados. Percebeu logo que não era o Poeira, pois esse era magro e branco. O bichano permaneceu quieto até notar que Edgar havia dado um passo para dentro do quarto.

Os olhos dele se fixaram nos de Edgar. Pareciam seduzi-lo. Ele então deu o segundo passo para dentro. Aqueles olhos. Eles pareciam mudar de forma. As pupilas começaram a se arredondar e as bordas se expandiram lateralmente. Aquilo parecia uma alucinação, mas também poderia ser uma mudança real. E, se fosse, era bom que Edgar procurasse um psicólogo quando tudo isso acabasse.

Aqueles eram olhos humanos. Olhos femininos.

Ele ainda não sabia o que aquilo poderia ser, ou representar, só sabia que era bizarro e não iria ficar lá para descobrir. Ainda com a mão na maçaneta e se preparando para fechá-la, ouviu uma voz. E ela vinha da mochila. Aquilo desviou a sua atenção e despertou a ira do bichano, que agora começava a rosnar. "Corra daqui..." disse a voz. "Ou ela vai te prender também."

Ele não entendeu de primeira, achou que poderia ser uma coisa de desenho, no qual uma bruxa aprisiona alguém ou modifica o seu formato. Ele então parou. Uma brisa surgiu por detrás do animal e alcançou a mochila, que estava entreaberta, e foi possível ver um papel balançando dentro.

O vento fresco se transformou numa corrente de ar, soprando uma nota em seu ouvido e fazendo o papel se desprender e voar até suas mãos.

Ele recuou, mas o gato começou a andar em sua direção, como se protegesse o papel ou o conteúdo dele. Ele acelerou e em questão de segundos já estava bem perto, dando um salto que por pouco não o acertou na garganta. Edgar conseguiu voltar para o corredor e fechar a porta. Barulhos de unhas rasgando a madeira da porta gritaram nos seus ouvidos e o impacto o fez cair na lama de sangue.

Edgar parou por um instante.

Caralho! Isso não pode estar acontecendo comigo, puta que pariu.

Com muito esforço ele se levantou e leu o que havia no papel:

"— Pois é, velho. Eu disse que não queria mais ficar com ela, dei meia-volta e fui andando pelo corredor até sair..." Edgar não conseguiu terminar de ler nem a primeira frase, pois o papel fora atraído para debaixo da porta.

Seria um diário? Uma carta? Ou mesmo um relato de alguma história? Ele não teria essas respostas. Não se quisesse salvar o Estefano.

Será que isso tem ligação com o que aconteceu com o Estefano?, pensou, lembrando-se da caligrafia. Mas elas eram totalmente diferentes.

Àquele ponto, Edgar só sabia que precisava ir até o fim. Sabia que, se desistisse agora, seu amigo poderia continuar em coma por sabe-se lá mais quanto tempo. Meses? Anos? Seu humor já não era o mesmo. Seus braços tremiam. Suas pernas estavam fracas. Não por esforço, mas pelo horror que aquele inferno transmitia. Cada porta que ele abria, um medo diferente despertava em sua mente e ele se perguntava o que havia nos outros pavimentos. *Seriam outros infernos? Outros tipos de punição?*, ele se perguntava o tempo inteiro.

Afinal, o que era aquele lugar?

Ele sabia que as respostas, se é que ele teria alguma, só viriam quando ele conseguisse encontrar o amigo. E foi com essa motivação, e também por não fazer ideia de como sair, que ele continuou entrando de porta em porta.

Um garotinho gordo jogando videogame num quarto imundo, pedindo a Edgar que ficasse com ele até a uma última fase. Um cara batendo numa porta e tocando a campainha, sem ninguém lá para atender, apenas vozes do outro lado. Um jovem deitado no chão em posição fetal se balançando e sussurrando: "Vá ligar a luz do quarto... e volta pra desligar a da sala". Atrás de cada porta, uma loucura diferente. Um jardim cheio de bonecos de louça com olhos humanos. Um garoto espancando um Papai Noel, dizendo que sabia de toda a verdade. *Cacete, que merda é essa?* Edgar nem sabia mais o que pensar.

E então ele chegou ao que parecia ser a penúltima porta. Quarto -512.

Como é que posso te libertar, hein, cara? Será que é matando aquela droga de gato? Ele parou por um momento enquanto arrumava coragem de virar a maçaneta. *Vou entrar e correr pra cima do gato, dando um chute nesse miserável. É isso.* Ele pensava, dando pequenos saltos, como se fosse lutar. *E se ele pular na minha direção arranco a cabeça dele do pescoço num puxão só.* Ele estava confiante. O medo parece dar forças a algumas pessoas em vez de paralisá-las.

Ele estava enganando a si mesmo como ninguém jamais seria capaz de fazê-lo. Mas tinha coragem e estava disposto a salvar o amigo a todo custo, como forma de redenção pelos problemas que tiveram, e pelo tempo que passaram sem se falar, que culminaram com o acidente e, consequentemente, o coma. *Aí vou eu, meu chapa! E espero não te ver com cara de bunda, beleza?* E entrou.

A essa altura, não é necessário dizer que o cômodo estava escuro, mas estava. Era um breu. Tão escuro quanto um banheiro às três da manhã numa casa abandonada, embora aos poucos fosse possível ver uma luz fraca piscando no meio. Tão fraca que era quase imperceptível, de uma cor vermelha, meio alaranjada. A escuridão começava a se desfazer e uma névoa vagueava ao redor. Uma fumaça cinza que parecia não ter fim.

— Olá? — ele falou.

— Até que um deles — uma voz surgiu quebrando o silêncio — parece querer estragar a festa — a voz continuou. Edgar já estava percebendo que era de um homem jovem, talvez um adolescente, muito diferente da voz do seu amigo.

— Olá, você poderia me ajudar? Por acaso você não viu um homem e um gato por aqui, viu? — Edgar perguntou. *Cacete, já estou enjoando da minha voz fazendo essa mesma pergunta várias e várias vezes.*

—... mandando todos para a puta que pariu — a voz concluiu a frase, mas estava bem mais grave que antes. Em seguida, uma silhueta surgiu no meio da fumaça —, e saindo irritado de casa, quando um caminhão em alta velocidade o atropela num acidente FATAL! — a voz terminou de falar no mesmo instante em que o som de uma freada quase estourou os tímpanos de Edgar, que caiu para trás, batendo a cabeça na porta fechada.

— Caralho, o que foi isso? — O susto de Edgar ecoou pelo quarto. A névoa começou a desaparecer e ele percebeu que a luz vinha da lanterna de um caminhão que estava tombado numa pista. As formas que antes eram de uma silhueta, agora delineavam o corpo de um homem bastante jovem cujo rosto estava desfigurado; o braço esquerdo estava cortado com os ligamentos mantendo-o pendurado junto ao corpo e balançando. Seu andar parecia uma dança com o braço batendo no corpo e as duas pernas quebradas, ele se apoiava nos tocos de carne podre virados para trás. Isso sem falar do sangue que estava por todo o corpo e também nas rodas do caminhão.

Tamanho horror paralisou Edgar completamente. Seus pensamentos estavam confusos e agora lutava para mover algum músculo (qualquer músculo) e sair dali.

— Oi — o homem falou. Mas Edgar ainda estava inerte. — Oi, o meu nome é Rui, termine a história.

— Hã? — Aquela frase o fez voltar a si. — Como é? — Edgar respondeu, apoiando uma das mãos no chão para se levantar. Conseguia ver as feições do garoto. O rosto estava deformado e Edgar se perguntava como ele estava conseguindo falar alguma coisa. Da testa ao queixo dava para ver, em alto relevo e marcas de sangue, o desenho do pneu, da parte que adere ao asfalto. Os olhos pareciam querer pular da cavidade ocular e o sangue que tomava a sua cabeça era uma mistura rubra com partes esbranquiçadas.

— Oi, meu nome é Rui, termine a história — ele repetiu. Junto às palavras, uma torrente de sangue saiu pela sua boca desfigurada. O líquido jorrava em intervalos respiratórios, como se bolhas de ar se formassem no meio do fluxo sanguíneo que ansiava sair pela traqueia. E, para piorar, ele tossiu, o que teve uma consequência nada agradável. Dentes voaram e afundaram na lama vermelha no chão. Um dos olhos começou a escorregar lentamente pela bochecha. E, com a mão que ainda estava inteira, o garoto o arrancou da órbita, jogando-o para longe. O solavanco foi tão grande que sua cabeça se inclinou para frente e depois para trás. Deve ser difícil arrancar todos aqueles vasos sanguíneos da estrutura do crânio em um só puxão, mas ele conseguiu, o que deixou Edgar horrorizado.

— Oi, o meu nome é Rui, termine a história — disse novamente. Edgar já estava de pé e em choque.

— E-eu só quero salvar o m-meu amigo — Edgar falou, mas era como se ele não tivesse mais domínio sobre o que fazia ou sentia.

— Oi, o meu nome é Rui, TERMINE A HISTÓRIA!

Aquelas palavras entraram em sua cabeça como um prego sendo martelado na parede. E quem o manejava parecia forte como um touro.

QUATRO COPOS D'ÁGUA

O carro voltou a acelerar bruscamente e o impacto no assento acordou Sílvia pela terceira vez naquela manhã. Seu marido, no volante, não fazia o menor esforço para dar-lhe atenção, e parecia fazer aquilo propositadamente. Eles atravessaram a faixa de pedestre e seguiram pela avenida.

Casados há seis anos, eles se esforçavam para continuar dando certo juntos, mas a relação não era das melhores. Ela olhou para Samuel e decidiu não reclamar da grosseria costumeira, enquanto ele dirigia orgulhosamente o seu Toyota Etios azul metálico, que recebia mais amor e atenção do que a pessoa que dormia com ele e aguentava suas babaquices há anos.

— Amor, você acredita em anjos e demônios?

— Hã, que tipo de pergunta é essa, Sílvia?

— Não é nada. Só uma pergunta. Alguns acreditam, outros não. A gente nunca conversa sobre crenças e essas coisas. Perguntei por curiosidade mesmo.

— Bom, acho que tudo é coisa da mente de gente perturbada. Religião e afins são pura invenção. É só um bando de gente que prefere acreditar que não são responsáveis pelos próprios problemas e, por isso, culpam alguma entidade superior.

— Pois eu acredito. Não sou religiosa, mas, pra mim Deus tem um plano para todos nós.

— Boa sorte com isso — ele fez uma cara de desprezo, olhou para o retrovisor e mudou de faixa, aproximando-se da clínica.

O estacionamento estava vazio, nem parecia que transitavam por um dos bairros mais movimentados da cidade. Samuel pressionou o freio até parar o carro e buzinou. O som estridente acordou o homem nos fundos do estacionamento, que parecia dormir profundamente numa cadeira de plástico.

— Opa, meu patrão. Pode entrar, já tamo aberto — o homem falou ajeitando o boné e enxugando a baba que escorria entre a boca e o queixo. Seu corpo encurvado era de dar pena, e vestia uma camisa branca e uma calça cáqui, ambas desbotadas, vestimentas que o tornavam quase invisível aos olhos de pessoas como Samuel.

— Mas que salário bem pago, hein? Pra esse mulambo ficar aí dormindo — ele falou, buscando a aprovação da esposa sentada no assento do passageiro ao seu lado.

— Calma, amor. O coitado deve estar morrendo de sono. Você sabe lá se ele trabalhou de madrugada? — argumentou, repreendendo o marido. — Mas pra ser honesta, não lembro dele por aqui, o cuidador do estacionamento não era aquele senhor gordo de farda?

— Não lembro e não faz a menor diferença... vamos acabar logo com isso. — Samuel arrancou com o carro para ajustá-lo na primeira vaga.

— Meu chefe, é pra clínica, não é? — o funcionário perguntou, de cabeça baixa, quase não dando para ver seu rosto.

— É sim, seu mulambo dorminhoco. — Samuel foi ríspido. — Vou falar na recepção que te peguei dormindo.

— Desculpe, senhor. Hoje é meu primeiro dia aqui — ele falou ajustando novamente o boné e evitando olhar nos olhos de Samuel.

— Então começou muito mal — ele respondeu virando-se e colocando a mão na cintura num sinal clássico para que sua esposa enfiasse o braço e cruzasse no dele. Ele parecia um idiota imitando um dançarino de salão.

Ao se aproximar da porta, o casal escutou o som de algo sendo jogado nas pedrinhas do chão do estacionamento. Era o homem que retornava para sua cadeira e, chateado com a falta de educação de Samuel, jogava o boné com força no chão.

— Vamos logo, deixe esse merda aí — Samuel falou puxando o braço da esposa e entrando no centro de diagnóstico.

A entrada principal ficava na frente do laboratório, mas havia também uma secundária perto da saída do estacionamento. Ambos passaram pela porta de vidro e o homem seguiu para o balcão.

— Por favor, eu e minha esposa viemos fazer exames.

— Meu amigo, eu estava na vez — um homem baixo, negro e de expressão amistosa falou colocando a mão no ombro de Samuel.

— Tenho cara de quem se importa com a sua opinião? — Samuel respondeu.

— Calma, cara, eu só achei que...

— Achou errado. E pense duas vezes antes de me tocar de novo — respondeu novamente.

— Ok, senhor, me mostre a sua solicitação — a recepcionista falou, piscando o olho para o homem negro, como quem diz "Isso não vai levar a lugar nenhum, deixa eu atender logo esse filho da mãe."

— Aqui. — Samuel entregou os dois papéis para a atendente, virando-se em seguida para procurar a esposa. O lugar era grande. Do lado direito de onde estava, havia três lances de cadeiras, sem uma alma sequer. Na esquerda, uma grande TV desligada, uma máquina de café e um bebedouro, o qual Sílvia aguardava olhando para o copo que enchia vagarosamente.

— Pode se sentar, senhor, iremos chamar pelo nome — ela orientou e fez um gesto para que ele se sentasse, permitindo assim que o homem negro se aproximasse.

— Ok. — Afastou-se do balcão com os cotovelos e seguiu para uma das cadeiras. Não demorou e Sílvia chegou, sentando-se ao seu lado.

— Tomou água? — ele perguntou.

— Sim, sim. Eita, você também tem que tomar — ela falou dando o último gole.

— E por que você não pegou pra mim?

— Eu esqueci — a mulher respondeu, entregando-lhe o copo vazio. — E são quatro copos, como eu iria trazer quatro copos?

— Porra, amor, assim é foda — ele falou se levantando e esticando a coluna. Depois de alguns segundos, o pegou da mão da esposa e seguiu para o bebedouro, mas não sem antes lançar-lhe um olhar de reprovação, que foi respondido por ela com um biquinho simulando um beijo e depois um resmungo em sussurro:

— Um dia você ainda vai ter o que merece — falou —, e olha, tem que tomar quatro copos d'água antes do exame. Se quiser, tome dois agora e depois daqui a pouco — ela concluiu.

— Posso tomar os quatro agora? — ele virou-se perguntando.

— Pode — duas vozes responderam em uníssono. Além de Sílvia, a recepcionista também havia falado, pegando Samuel de surpresa.

— Ok, obrigado — ele respondeu à mulher e, para a esposa, lançou apenas o olhar de sempre, como o dono de um cachorro olha para ele avisando que da próxima vez ele vai apanhar.

Depois de empurrar goela abaixo os quatro copos de água, Samuel voltou a sentar-se ao lado da esposa.

— Essa água tem um gosto engraçado.

— Não achei — Sílvia respondeu.

— Deixa pra lá — retrucou olhando para a TV desligada. — Incrível esse cara do estacionamento... que ele fique feliz por eu não ter falado nada para a recepcionista — Samuel falou olhando de volta para a esposa, que não dava muita atenção ao que ele dizia.

Passaram-se vinte minutos e então ouviu a mesma voz chamando o seu nome.

— Pacientes Samuel e Sílvia Carvalho.

— Aqui — ele respondeu levantando-se.

— Tome, senhor, agora é só entrar pela porta à direita e depois virar na segunda à esquerda. É lá que o senhor e sua esposa serão chamados para fazer o exame.

— Entendi — Samuel não havia notado, mas algum movimento de pessoas já se percebia no local. Duas mulheres passaram por ele e seguiram para a mesma porta. Depois um senhor acompanhado de uma mulher se levantou de onde estava sentado perto de Sílvia e seguiu para a mesma porta. O local, que agora há pouco tinha um aspecto morto, ganhara vida.

— Vem, amor, já já vão chamar a gente. — Sem esperar pela esposa ele seguiu andando e entrou no corredor.

— Deixa de ser mal-educado, porque não me esperou?

— Foi mal.

Ambos entraram na antessala que, para a surpresa de Samuel, já estava com algumas cadeiras ocupadas. *De onde veio essa gente? Será que já estavam aqui?*, pensou.

— Bom, vamos esperar ali — ele apontou para o canto da sala onde tinha um janelão para a rua. — Juro como essa água não me desceu bem.

— Moça, tire a sua bolsa da cadeira — ele falou com uma mulher grávida que estava sentada perto, mas que colocara a sua bolsa numa das cadeiras, justamente a que ele pretendia se sentar.

— Você não vê que eu estou grávida? — ela perguntou.

— Está? Até que provem o contrário, você pode ser apenas gorda. — Foi a sua resposta.

— Seu grosso de merda — a grávida resmungou e pegou a bolsa, a fim de colocá-la no chão.

Uma atendente chegou na porta e chamou por "Carlos". Um homem se levantou e seguiu em sua direção.

— Ou ela já estava atendendo quando a gente chegou, ou começou agora. De qualquer forma espero que acabe logo — Samuel comentou olhando Sílvia, que devolveu o olhar para ele concordando, e voltou a olhar a TV.

— Ok, pior que nem trouxe um livro. O que é isso que tá passando na TV?

— Um programa de receitas. A apresentadora tá ensinando a fazer porpetas com molho de mostarda — Sílvia comentou.

— O que diabo são porpetas? — falou, e sem dar chance da mulher responder, comentou: — Amor, eu vou ao banheiro e já volto. Não estou muito legal.

— Vai lá, só não inventa de urinar. Você vai precisar estar com a bexiga cheia pro exame — sua esposa o orientou. — E sim, porpetas são almôndegas.

— Entendi. — Foi a resposta do homem, que seguia sentido contrário de onde viera com a esposa mais cedo e voltando para o salão principal.

— Moça, onde fica o banheiro?

— Por aqui, venha comigo — a funcionária orientou, conduzindo-o a um corredor. O lugar estava mais escuro do que Samuel julgara ser adequado para um ambiente de saúde e olhava com desaprovação. Enquanto caminhava, ouvia sons estranhos, que pareciam vindo de uma besta ou outra coisa viva, porém, muito distante.

— Moça, você está ouvindo isso? — ele perguntou, olhando assustado nos olhos da funcionária.

— Ouvindo o quê, senhor?

— Esse som grave e distante que parece vir de um animal.

— O senhor está de jejum, deve ser o ronco da sua barriga — ela amenizou, sorrindo. Mas ele não viu graça alguma, e continuou olhando-a de maneira séria. — Aqui, senhor. E não esqueça de tomar os quatro copos d'água.

— Obrigado — agradeceu, desconfiado, resmungando em seguida: — Muito engraçadinha, deveria ter um canal de piadas no YouTube em vez de trabalhar aqui, sua vaca.

O banheiro devia ter um metro quadrado no máximo, desses em que você precisa entrar e se espremer na parede para poder fazer a porta voltar e fechar. Ao fazer isso, Samuel girou em torno do próprio eixo e ligou a torneira para lavar o rosto e as mãos.

— Esse é só um exame de rotina, você não está doente, tá me ouvindo? — falava consigo mesmo na frente do espelho. Samuel estava preocupado porque seu pai teve problemas na uretra e ele andava sentindo dores fortes e um ardor ao urinar. — Não é nada — continuou.

Toc, toc. Alguém bateu à porta.

— Já tô saindo.

Terminou de lavar as mãos, fechou a torneira, pegou papel e abriu a porta enxugando ambas as mãos com expressão assustada.

— Vocês viram quem bateu aqui?

— Ninguém bateu aí.

Pronto, devo estar ficando louco, pensou, fazendo cara de paisagem para a funcionária que agora atendia uma idosa, enquanto ele atravessava a sala principal. *Caramba, que mal-estar. Tinha alguma coisa naquela água.*

Cacete, cadê a Sílvia? Ele pensou chegando à antessala. Todos o observavam, como se ele fosse um intruso. *Ela deve ter entrado pra fazer o exame enquanto eu estava no banheiro. Deve ter sido isso.*

Ele sentou-se na mesma cadeira de antes, ao lado da mulher grávida – que ele considerava ser "apenas gorda" – e aguardou.

Entediado, assistia à televisão com a apresentadora preparando o molho de mostarda. As pessoas com a mesma expressão de insatisfação. Que só mudavam quando chegava a vez para fazer o exame. *Cara, ficar com a bexiga cheia é um infern... ei, pera aí, Sílvia saiu e não me esperou?* Ele pensou olhando através da janela.

— E quem é aquele ali com ela? — completou o pensamento falando alto e chamando a atenção de quem estava por perto.

Ele saiu correndo pela porta, quase derrubou uma mulher que chegava para fazer um exame e estava ofegante quando alcançou a esposa, tanto pelo esforço repentino, quanto pelo que acabara de ver.

— Sílvia. Ei... — Respirou com dificuldade. — Sílvia, porque você não me esperou? — perguntou, descendo a escada e correndo em sua direção.

— Amor, você conhece esse cara? — ela perguntou ao homem que estava ao seu lado.

— Não, mas ele sabe o teu nome — o homem respondeu, olhando de volta. — Ei, o que é que você quer com a minha mulher? — continuou.

Samuel estava confuso. Ele não sabia, mas aquela sensação estranha era só o começo. Ao aproximar-se do casal, teve o segundo susto, que quase o derrubou para trás. O tal estranho tinha a mesma fisionomia que ele.

— O que é que está acontecendo aqui? Sílvia, por que você está de mãos dadas com esse cara?

— Meu amigo, você está louco? Ela está de mãos dadas comigo porque ela é a minha esposa — o homem estranho que parecia com ele, bradou nervoso. — Sílvia, vamos embora daqui antes que eu...

— Sílvia, você não vai querer me ver nervoso. Acabe logo com essa merda e largue esse palhaço — o homem já estava verdadeiramente nervoso, mas Samuel insistia.

— Pronto, eu vou chamar a polícia, é sério. Senão esse cara vai direto pra UTI com a surra que eu vou dar nele.

— Calma, amor, você não vê que ele é apenas um louco tentando provocar a gente? — Sílvia continuava tentando acalmar a situação.

— Cara, você não percebe como somos parecidos? Ela deve ter te confundido comigo e agora está alucinando e você, pra piorar tudo, está dando corda — Samuel argumentava nervoso.

— Você só pode estar de brincadeira... não somos nada parecidos, seu imbecil de mer... — interrompendo um ataque de ira que poderia ter tido o fim que ele havia previsto, Sílvia implorou:

— Vamos embora, amor, não dê atenção a esse pé-rapado, por favor.

Isso não pode estar acontecendo. Não comigo. A gente estava agorinha no centro de diagnóst...

— Isso, a gente estava no centro de diagnóstico agorinha, você não se lembra? — ele transformou o pensamento em palavras e externou fazendo a pergunta.

— Cara, a gente saiu de lá agora, nós dois fizemos exames e estamos indo buscar uma autorização pra outro. Caralho, eu não acredito que ainda tô dando conversa pra esse cara — o homem falou furioso, andando de um lado a outro.

— Sílvia, por favor, pare de brincadeira. Se você está fazendo isso porque eu te traí com a nossa vizinha, já deu. Eu sei que você sabe, a gente finge que está tudo normal, mas vamos tentar mais uma vez, por favor? Eu imploro. O que fiz foi por impulso — Samuel chorava ao desabafar.

— Eu já falei que não te conheço — Sílvia insistia. — Mas só pra provar que você enlouqueceu, e que isso foi muito bem merecido pela traição da sua mulher ou de quem quer que seja, a gente vai voltar na clínica e perguntar à recepcionista, ok?

Eles voltaram. Sílvia, o homem e Samuel logo atrás. Uma das recepcionistas estava desocupada e logo fez sinal para eles se aproximarem do balcão.

— Posso ajudar?

— Moça, eu só queria uma ajuda sua — Sílvia começou —, eu sei que vai parecer estranho, mas você me viu entrando aqui para fazer os exames com esse homem ou com aquele?

A mulher ficou sem entender. Olhou bem para o homem, depois para Samuel, e novamente para o homem, levantando o braço e apontando para ele.

— Não! Não pode ser! Isso é um complô contra mim! — Samuel esbravejava. — Sílvia, me perdoa, por favor?

— Ok, ok... Obrigado, moça — o homem falou seguindo em direção à porta com Sílvia ao seu lado. — Já cansei dessa palhaçada.

Ambos saíram rumo ao prédio que precisavam ir e não olharam mais para trás.

— Você acredita nisso? Cacete! É cada merda que acontece com a gente. Pelo amor de Deus — o homem falava aproximando-se da calçada. — É cada doido que aparece na vida da gente. O mais incrível era ele saber o teu nom... — ele não conseguiu terminar de falar com a pancada que levou na cabeça.

— Ai, meu Deus, o que você está fazendo? — Sílvia perguntava a Samuel. — Socorro! Alguém nos ajude, tem um louco esmurrando o meu marido. — Porém, ninguém ouviu. Porque se alguém tivesse ouvido teria sido melhor para Samuel.

O homem revidou e a briga começou. Samuel acertou alguns socos nele, mas terminou levando a pior. Cambaleante, ele perambulava para um lado e para o outro tentando se esquivar.

— Eu não vou deixar você tirar de mim a minha Sílvia! Eu não vou deixar! — Samuel gritava. O que só fazia aumentar a raiva do homem que agora se materializava em investidas implacáveis com o punho no rosto dele.

Sílvia continuava gritando e implorando para que eles parassem, mas o homem insistia, cessando as agressões quando viu que Samuel não aguentava mais lutar.

— Isso é para você aprender, seu imbecil — ele exasperava enxugando o suor da testa e limpando o sangue do canto da boca. O homem cuspiu no chão e continuou: — Fique longe da gente, ok? É melhor você esquecer que nós existimos. — Ele apontava o dedo para Samuel, observando o sangue que escorria e fazia bolhas em seu nariz e boca, revelando que ainda existia respiração. O chão estava com uma poça amarelada, o homem havia se urinado.

— Amor, acho que a gente tem que chamar uma ambulância. Fiquei preocupada com ele.

— Ei, eu é que sou a vítima aqui. — O homem fitava Sílvia com desconfiança. — Eu vou esquecer que você falou isso. Vamos embora daqui.

A rua estava deserta, mas algumas pessoas olhavam o que estava acontecendo pelas janelas de seus apartamentos. Com o olhar cansado, Samuel observava o amor e o cuidado com o qual ela checava os cortes na boca do homem.

— Vocês arruinaram a minha vida. Se você não pode ser minha, não vai ser de mais ninguém. — Samuel ainda tentava se levantar.

— Amor, vamos embora, deixe ele aí, por favor — Sílvia falava pegando no braço do homem que, do meio do caminho, ameaçava voltar e finalizar o espancamento:

— Esse cara está me tirando do sério.

Ambos voltaram a andar. Nem consideravam mais ir ao prédio resolver o problema da autorização, visto que depois do episódio, gostariam apenas de ir para casa. Samuel levantou a cabeça e viu os dois dobrando a esquina.

— O que vou fazer da minha vida agora? — refletiu, falou depois de virar a cabeça de lado para cuspir o sangue que amargava em sua boca. Aquela vida não era mais dele. Mas, afinal, o que fazer quando você não se pertence mais? Observou as manchas de sangue pelo chão, acompanhando-as até a estrutura de vidro espelhado, que também estava manchada de sangue. Como era possível a sua esposa não o reconhecer mais? E a mulher da recepção, que não se lembrava mais de que eles haviam entrado juntos na clínica? Samuel não sabia mais o que sentir. *Será que não sou quem eu penso que sou?*

Ele finalmente conseguiu unir forças para se levantar.

Samuel ficou de pé. Todo o seu corpo doía e ele procurava algo na calça. Bolso traseiro direito. Bolso esquerdo. A sua carteira. Ao abri-la, ele pegou a identidade. Não estava louco, afinal. O seu nome era realmente Samuel; já a pessoa da foto não era ele. Definitivamente não era o Samuel que ele pensava, aquele que parecia tanto com o homem que tomara a sua Sílvia.

Subitamente a verdade lhe bateu mais forte do que os socos de outrora. No reflexo do vidro, um homem olhava de volta para ele. Um homem de dar pena, ensanguentado, fedendo a urina e vestido com uma camisa branca e uma calça cáqui desbotada, vestimentas que o tornavam quase invisível aos olhos de pessoas como Samuel.

***

Demônios vivem entre nós, quer você acredite, quer não. E eles assumem as mais variadas formas e usam ferramentas nada convencionais para influenciar e até modificar as nossas vidas. O que aconteceu com Samuel e o homem do estacionamento foi o teste final, e ele ainda implorou por alguns míseros décimos na nota para ficar na média e passar de ano.

Uma vida que mudou da água para o vinho, do dia para a noite. Traição, orgulho e desprezo pagos da pior maneira. Tudo graças ao desejo mais profundo do coração de uma esposa maltratada.

O que Samuel viveu com Sílvia, a sua esposa, vai continuar na sua memória até o fim dos tempos, contudo, sua mente e espírito continuarão presos no corpo do homem do estacionamento, que agora terá a oportunidade de ter uma vida maravilhosa ao lado de Sílvia. Samuel tentará provar o que aconteceu enquanto sua existência perdurar, mas ele viverá para sempre na miséria da própria arrogância.

P4

Sem dúvidas ele não era uma pessoa que acreditava no sobrenatural. Dava até para entender o ceticismo de um cara como Pedro, se você o analisasse friamente, é claro. Quando ainda era apenas um garotinho, uma terrível tragédia o obrigou a separar-se dos pais para sempre. Câncer. De pulmão no pai e de estômago na mãe. Ambos implacáveis.

"Jesus não fez nada para salvá-los, porque eu deveria acreditar Nele?" Essa frase, junto a várias outras da mesma natureza, aos poucos substituíram todos os seus ensinamentos religiosos, tornando-o um descrente.

Pedro tinha poucos amigos, porém, os poucos que tinha eram suficientes para diverti-lo num sábado à noite. O P4 – como se autodenominavam – quando se reunia tinha sempre o momento de contação de histórias. Entre uma partida e outra de dominó, pôquer ou um jogo qualquer, Paulo, Pedro, Phael e Patrícia se revezavam contando as mais estranhas e surreais narrativas que vinham à cabeça.

A casa da vez era a de Paulo, que havia levado seus pais e irmã ao aniversário de um amigo da família. A oportunidade perfeita para se reunirem e jogarem conversa fora até quando aguentassem.

A noite estava quente, mas nada surpreendente para os padrões da cidade. Várias nuvens escuras cobriam as estrelas, porém, não chovia, sendo essa era a pior parte, porque deixava um clima insuportavelmente abafado.

Passava um pouco das oito quando ele chegou à casa e, para a sua surpresa, nem Paulo havia chegado.

— Bom... Foi às oito ou às nove que a gente combinou? — Pedro se perguntou observando a casa com todas as luzes apagadas. — Que saco!

Mesmo achando estranho, entrou pelos fundos e decidiu esperar os amigos lá dentro. Pedro já conhecia as particularidades da casa: o portão de trás estava sempre com um cadeado, mas apenas apoiado de um jeito que, quem olhasse nem notaria, mas ele sabia. Melhor do que ninguém. E nem tinha como não saber, depois daquele dia em que fugiu de um mendigo e entrou lá desesperado.

"Velho, esse cara me confundiu com um ladrão de mendigos. Eu nem sabia que isso existia. Mas ele começou a correr atrás de mim e a minha única alternativa foi tentar entrar aqui pelos fundos" Pedro abria o cadeado lembrando do episódio em que quase fez seu amigo ficar de castigo por semanas.

Ele estava feliz, pois o clima abafado finalmente estava se dissipando, acompanhado de uma chuva que se formava. Apressou o passo para deixar o cadeado do jeito que estava e correu para dentro. *Droga de cidade. Droga de tempo que muda de uma hora para a outra. Desgraça!* Ele pensava observando as rajadas de vento que agora entravam pelas brechas da janela da porta de metal.

Ele bateu nos ombros e no peito, fazendo movimentos para fora, tentando se livrar dos pingos de chuva que ainda estavam na sua camisa. Alguns respingos criaram um efeito brilhante no balcão da área de serviço. Um brilho na escuridão. A casa parecia estar dormindo.

Com a lanterna do celular ligada, ele andou até a porta da cozinha e esperou um pouco até que os olhos se adaptassem. Atravessou a cozinha, andando devagar para não tropeçar em nada e não fazer barulho, já enxergando os outros cômodos da casa. A sala gigante, a entrada para o banheiro e a porta da frente.

É melhor eu subir e esperar por eles lá no quarto de Paulo, pensou, partindo em disparada feito um louco pela escada que dava nos quartos. Um relâmpago havia iluminado toda a sala, quase o matando de susto. Parcialmente recuperado do susto, analisou o cômodo e notou que a cama estava milimetricamente forrada. *Com certeza foi dona Joana... Paulo não conseguiria manter isso arrumado assim.* Desviando lentamente o olhar para a parede, viu quadros com fotos dos quatro amigos se divertindo em uma viagem no último verão.

Seguindo em sua observação, dessa vez seus olhos esbarraram com a escrivaninha, igualmente bem arrumada. Ao lado, uma estante, repleta de bonecos de super-herói e uma coleção de canecas, algumas delas cheias de lápis e canetas.

— Velho, bem que eu poderia jogar videogame enquanto eles não chegam, não é? — falou para si mesmo, olhando para os lados e andando sorrateiramente para a estante. Ele olhou, olhou e olhou. *É mais difícil escolher jogo do que filme na Netflix*, refletiu, pegando um jogo de luta qualquer. — Vai esse mesmo! — Colocou o disco no console e pegou o controle. A partir daí, o quarto inteiro foi tomado por uma sessão desenfreada de pancadaria.

Ding Dong. A campainha tocou.

— No meio da partida, que bosta! — ele resmungou ao soltar o controle na cama, saindo correndo em direção à porta. — Tem ninguém em casa não! — zombou, sorrindo.

— Bora, Pedro... abre logo, cacete — era Phael, nervoso, pálido e encharcado.

— O que houve, cara? — Pedro indagou, porém o amigo se limitou a retomar o fôlego.

Quando já estava em condições de falar, ele começou a explicar o que havia ocorrido:

— Cara, você não vai acreditar no que aconteceu. Velho, um cachorro, que parecia ter saído das profundezas do inferno me perseguiu.

— O quê, como assim?

— Ele era grande e estava sujo. Tinha olhos vermelhos e uma baba nojenta pingava da língua. Uma coisa que a gente só vê em filmes e livros, tá ligado? Tipo o Cujo, aquele lá do Stephen King.

— Tá bom. Conta outra — Pedro disse, com ironia. Ele preferia pensar que aquilo era apenas coisa da cabeça do seu amigo. — Cara, ele poderia estar com fome e foi procurar algo no lixo e ficou todo sujo. E correu atrás de você porque sentiu o cheiro do medo — completou o raciocínio e soltou uma gargalhada.

— Cara, não tira onda... Foi sério — Phael comentou segurando no braço do amigo, que já voltava para as escadas.

— Olha, vou continuar a partida que você interrompeu e esperar a Patrícia e o Paulo lá em cima. Você vem ou não? — Pedro perguntou fitando os olhos assustados do amigo, que preferiu subir junto.

Enquanto aguardavam a chegada dos outros integrantes do grupo, coisas estranhas começaram a acontecer na casa. Não que Pedro acreditasse, óbvio.

Mas sons de cadeiras se arrastando, pratos se batendo, móveis rangendo e até o que parecia ser um curto-circuito, mas nada do rapaz se alterar.

Ding Dong. A campainha tocou novamente.

— Cara, vai lá você, por favor? — Phael pediu, com a voz trêmula.

— Não acredito, velho — Pedro colocou as cartas de baralho na cama. Ele havia desistido do videogame e estava jogando uno com o amigo. — É sério?

Mas a verdade é que o amigo havia realmente se acovardado. Sem muita escolha, se levantou e foi andando em direção à porta do quarto. *Esse jogo tava um saco, mesmo*, pensou descendo as escadas.

Mais relâmpagos iluminando a sala. Mais barulhos de chuva intensa. Mais trovões que insistiam em dar um toque ainda mais macabro à casa de Paulo, entretanto, Pedro parecia inabalável.

Ao abrir a porta, outra surpresa, era a Patrícia. Ela também estava assustada, alegando ter ouvido gritos vindos da casa.

— Gritos, cara. Vindo daqui.

— Como assim, Patrícia? Tô aqui com o Phael esperando vocês e não tentamos matar ninguém, até onde me lembro.

— Tem certeza que não vieram daqui? Pois eu ouvi no momento em que pisei na calçada. Uma coisa horrenda, parecendo uma alma perdida, sei lá.

— Vamos parar com os filmes de terror de madrugada, não é, querida? — comentou dando uma risada irônica. — Já deu, hein? Tá ficando louca, cuidado.

— Deixa de tua palhaçada, Pedro — ela falou entrando na casa, ainda ofegante. — Pega um copo de água pra mim, por favor?

Pedro não estava gostando daquilo, embora tenha concordado e ido à cozinha para fazer uma gentileza à amiga. *Cara, eles devem estar querendo tirar onda com a minha cara*, pensou enquanto esperava o copo se encher de água. *Cachorro infernal, sons estranhos e gritos vindos da casa? Isso só pode ser sacanagem deles.*

Ao voltar para a sala, percebeu que não havia ninguém lá, nem mesmo sua amiga. Viu apenas a mochila colorida e o guarda-chuva molhado dela, então olhou para um lado, olhou para o outro e, mais desconfiado do que nunca, decidiu voltar para o quarto.

Andando em direção à escada, ele ouviu um barulho; havia alguém no banheiro.

— Ok, Patrícia, parou a palhaçada! — afirmou, exalando, em tom de deboche e se aproximando da porta, que se fechou repentinamente.

Ele paralisou, sem saber o que fazer.

— Que porra foi isso?

O copo em sua mão tremia tanto que a água transbordava. *Calma, Pedro. Não é nada, cara. Deve ser ela lá dentro e nesse momento está rindo da sua cara, com a mão na frente da boca. Rindo e tentando não cair no chão para não fazer barulho.* Seus pensamentos tentavam convencê-lo, como sempre, de que aquilo era algo verossímil e explicável.

E, então, abriu a porta. O solavanco foi tão grande que derrubou a maçaneta no chão, ecoando um tilintar por toda a casa. Mas não havia ninguém lá.

Isso também é completamente explicável. Foi o vento. É isso, foi o vento, é claro. Ele se forçava a não correr desesperadamente para a rua. Andou rumo à escada e subiu.

Por mais cético que alguém seja, como o Pedro – que, na verdade, sempre se forçou a ser –, é difícil presenciar acontecimentos como estes e continuar calmo e equilibrado, contudo, algo o mantinha sereno. Mesmo estando numa casa escura, com luzes de relâmpago cruzando os cômodos, com um barulho constante de chuva, móveis que parecem se mover e portas que se fecham sozinhas mesmo sem nenhuma entrada de ar aberta na casa capaz de fazer isso.

— Arrá! Vocês não vão conseguir me assustar! — Apontou para os dois amigos, que agiam como se nada estivesse acontecendo.

Ding Dong. A campainha tocou pela terceira vez.

Xingando aos quatro ventos, Pedro foi abri-la para Paulo, o atrasado.

— Já é a terceira vez que abro essa porcaria de porta hoje, da próxima vez, eles que venham — resmungava atravessando a sala, sem se dar conta de que Paulo morava lá e, consequentemente, não precisaria tocar a campainha.

No caminho, ouviu um som de chave atrás da porta. *Até o Paulo tá querendo tirar onda com a minha cara?* Refletiu olhando para o relógio e percebendo que já eram nove da noite. E, como sempre, bastante pontuais, à porta estavam seus três amigos.

NÃO OLHE

— Escuro como um quarto quando falta energia. Assustador igual ao par de meias brancas sujas do papai. Ele é... — pausa dramática — a noite!

— Para com isso, Luan, vai-te embora dormir que já deu a tua hora.

— Poxa, mãe!

— Não vou falar duas vezes!

— Aff! Tá bom. Tá bom.

— E sem malcriação, viu, seu danado?!

Desliguei a TV e fui para o quarto, pois era a única coisa que eu podia fazer. Mas antes, é claro, passei pela cozinha, belisquei o doce de banana que a vovó mandou pra gente e bebi um gole d'água. Andando pelo corredor, esfreguei de leve as mãos nas paredes – faço isso desde que fiquei grande o suficiente para alcançar as duas paredes com os braços abertos. Ah, como eu adoro fazer isso... – e depois entrei no banheiro para escovar os dentes.

Ao passar fio-dental percebi uma mancha de calda na minha camisa. Não era uma camisa qualquer, era a minha favorita. Ela é branca e tem a Princesa Caroço fazendo careta na frente. Tenho outras que gosto também, especialmente a preta com o *Mordecai* de *Apenas um Show*, mas isso não vem ao caso, minha mãe vai ficar puta da vida quando vir. (Desculpa o palavrão, mas nenhuma outra palavra definiria melhor a reação dela ao ver a cena)

Eu tenho quatorze anos e me chamo Luan. Disso você já sabe, minha mãe fez questão de falar. Eu queria manter o suspense, mas ela estragou tudo. Tudo bem, eu supero. De qualquer forma, esse é mais um dia na minha vida. Quer dizer, foi. O que estou escrevendo aqui é tudo o que eu me lembro de ontem. Normalmente, passo para o papel antes de dormir o que se passou no decorrer do dia, mas ontem eu não estava bem para fazer isso, e já já conto o porquê.

Adoro escrever coisas do meu dia a dia, só que não é bem um diário, porque isso é "coisa de menina", já dizia o meu pai. Ninguém sabe que faço isso e espero que continue assim.

Hoje mais cedo saí do meu quarto pensativo, isso foi pouco antes de eu ir para a sala assistir um episódio de *Os Jovens Titãs em Ação*, no qual Mutano tenta arrumar um emprego com o intuito de comprar um presente para o seu melhor amigo, o Cyborg. Ao cruzar a porta, ouvi um barulho estranho que parecia estar vindo de baixo da cama. Senti um arrepio daqueles de quando o Toddynho vem sem o canudo, sabe?

Pois é, voltando pro quarto senti novamente aquela sensação. Lembro de ter voado para a cama, como se um jato propulsor estivesse nas minhas costas. A última coisa que eu queria era levar outra bronca.

Não devia ser nada, pensei na hora; ainda assim, estava morrendo de medo de ir, confesso. Eu não sabia o que tinha lá que pudesse ter feito aquele barulho esquisito. E qualquer coisa seria assustadora. Verdadeiramente assustadora para um garoto de quatorze anos.

— Já foi dormir, Luan?!

— Tchau, mãe, tchau, pai! — gritei. Na verdade, eu havia me distraído e considerei voltar para usar o banheiro, mas desisti quando ouvi minha mãe fazendo aquela pergunta, que significava "vai ficar de castigo amanhã se demorar pra ir para a cama".

— Até amanhã, Luan — minha mãe respondeu da sala.

— Dorme bem, filho! — papai gritou do terraço.

— Nem tava com vontade mesmo. Amanhã eu vou ao banheiro — sussurrei, para que eles não ouvissem.

Nunca falo com Luciana porque nunca sei quando ela vai dormir aqui ou na casa de alguma amiga. Ela tem dez anos a mais do que eu. E eu a adoro, mas hoje ela vai ficar sem o meu boa-noite.

A cama ainda estava do jeito que eu tinha deixado quando levantei pela manhã. Mamãe detesta quando faço isso: lençol todo enrolado no canto da parede e travesseiro com a fronha pela metade quase caindo na beirada da cama.

Não pensei duas vezes e me joguei nela. Depois de balançar um pouco, fitei o teto. Deve ser porque sou preguiçoso, sei lá, mas adoro minha cama. Sério. Passaria o dia nela. Mas não depois do que aconteceu.

O cômodo estava parcialmente tomado pela escuridão, pois perto dos meus pés tinha um foco de luz. Eu encarava aquela claridade que vinha da sala cruzando o corredor e entrava pela porta. Uma luz amarelada, que papai adora usar para estudar. Terminou que até eu me acostumei com ela pra ler também. O problema é que dá sono, mas isso não vem ao caso.

Dava pra ouvir, mesmo que baixinho, meus pais conversando sobre a sem noção da minha irmã, que precisavam dar um jeito nessa história de dormir na casa dos outros, de trazer namorados etc e etc. A TV ligada falando da onda de violência atual e até onde isso era responsabilidade da segurança pública.

Peguei no sono rapidamente, mas não durou muito, pois um barulho me acordou. Parecia um bicho arranhando o chão de madeira debaixo da cama. *Será que um gato entrou no quarto e eu não vi?* Refleti por uns minutos tentando descobrir o que era aquilo.

Além daquele som agoniante, dava pra ouvir também uma respiração.

Não lembro de ter escutado nada parecido em toda a minha existência. Sim, pouco mais de uma década de aventuras bem vividas são consideradas, por mim, pelo menos, como uma existência significativa. Jardins de infância e de pracinha. Salas de estar e de diretoria. Já estive em todas, por bem ou por mal. Eu sou o cara!

Mas nada disso foi útil pra me ajudar a decifrar o barulho. Aquilo era muito bizarro.

Parecia vindo de videogame ou filme de terror. Lembro de uma vez em que estava indo da cozinha para o terraço e dei uma olhada no que minha irmã estava assistindo na sala. *Arraste-me para o inferno*. Filme desgraçado aquele. Deus me livre!

Se arrependimento matasse, minha cripta estaria ocupada nesse exato momento. A mulher estava deitada na cama e de repente apareceu uma cigana e vomitou vermes na cara da coitada. Terrível. Nunca mais me atrevi a olhar pra TV quando ela estivesse assistindo.

Arranhões. Unhas se quebrando. Soluço de choro. Respiração pesada. Som de coisa molhada se arrastando pelo chão. Era isso que eu escutava vindo do vão de baixo da cama.

Pensei que o melhor a fazer era chamar o papai, mas o que aconteceu na sequência teria assustado até mesmo ele. Uma voz começou a falar comigo:

— Eu vou chamar o pap…

— Não faça isso, vai ser muito pior.

Ou eu estou enlouquecendo ou tem algo realmente falando comigo. Isso não pode estar acontecendo. Será que é real?

— Te desafio a olhar pra mim. Sou tão real quanto você.

Ele estava falando comigo. Meu Deus… ele, ela, isso, ou o que fosse, não parecia ser coisa da minha cabeça ou de um sonho. O som estava mesmo perto.

Meu colchão ficou úmido. Não consegui me segurar. Deveria ter ido à droga do banheiro.

— Vamos lá, incline sua cabeça pra debaixo da cama e dê uma olhada.

Ao pronunciar aquilo, percebi que havia algo em sua boca impedindo que enunciasse corretamente, então, ouvi o barulho de algo sendo cuspido no chão, como um pedaço de carne. A voz era grave, mas também aguda. Uma coisa confusa. Parecia que estava vindo de várias bocas.

— Eu tenho um jogo divertido para nós. Entretanto, se você quiser jogar, terá de vir pra cá.

— Você não é real. Pare, estou ficando com medo de verdade — choraminguei.

— Não quero você com medo. Só quero brincar.

— Luciana, parou a brincadeira. Sei que é você, vou chamar o papai — ameacei.

— Não sou a sua irmã. E seu pai não pode te ouvir.

— Quer apostar? Se eu gritar aqui, duvido que ele não escute — ousei desafiar aquela coisa.

— Fique à vontade para tentar, estou te esperando aqu…

— AHHHHHHHHHHH… — E realmente, ninguém me ouviu. Apesar dos sons na sala, acho que eles já tinham ido dormir. Nunca tinha visto duas pessoas com sono mais pesado do que meus pais.

— Tá vendo? Não tem ninguém aqui pra te escutar. Só eu, o seu novo amigo. Mas tá bom, amanhã a gente brinca então.

Aquela voz já estava me dando nos nervos. Sem falar dos sons de coisa morta se movendo. Eu não sabia o que fazer.

— Conheço seus medos, pequeno. Sei que tem pavor de ficar sozinho.

— Diga logo o que você quer? Por que está debaixo da MINHA CAMA? — gritei.

Fiz essa pergunta com mais medo que o Salsicha procurando o Scooby. Tinha receio de ouvir a resposta, que realmente não veio. A voz se tornou um sussurro. Os sons aos poucos diminuíram. O quarto era agora o mais puro silêncio. Até a conversa na sala parecia ter acabado. O mundo estava tão quieto que me senti absolutamente sozinho.

"Conheço seus medos, pequeno. Sei que tem pavor de ficar sozinho."Em uma coisa aquilo havia acertado em cheio: eu realmente tenho pavor de ficar sozinho. Naquele momento eu estava deitado na minha cama olhando para o teto. Sem coragem de tentar dormir ou levantar.

Bora, Luan, deixa de ser covarde. Até o meu subconsciente estava tentando me dar forças.

Finalmente eu criei coragem pra olhar o que estava debaixo da cama. E, admito, ver aqueles pedaços de corpos ensanguentados me assustou mais do que os filmes da Luciana.

Fantasmas? Coisas da minha mente? Gente morta já em decomposição? Não dava pra ter certeza de nada.

— Pai, mãe... me ajudem a acordar desse pesadelo? — pedi quase num sussurro, tentando não despertar o demônio debaixo da minha cama. Tentando também acreditar que podia me livrar daquilo.

Finn, Jake, Gumball, Mordecai... eles não podiam me escutar, deviam estar gravando episódios. Ninguém poderia me ajudar naquela hora. E nem agora, para ser bem honesto.

Coragem pra levantar da cama eu consegui. Pra sair do quarto, também. Pra andar pela casa, idem. Cadê meus pais? Eu me perguntei. E depois perguntei para a casa, num grito:

— CADÊ OS MEUS PAIS???

De nada adiantou.

Percebi que aquilo não se tratava de um pesadelo quando, em minha mente, surgiram as imagens vistas pela brecha da porta do guarda-roupa de onde estava, na noite de domingo da semana passada. Corpos destroçados sendo colocados debaixo da minha cama. Membro por membro. Pedacinho por pedacinho. Da minha família. Um homem pequeno ou uma criança que fazia aquilo, vestido com uma camisa preta com o *Mordecai* de *Apenas um Show* na frente.

MANTENDO O TOM

Dizem que toda criança tem, já teve ou terá em algum momento da vida um amigo imaginário.

Eu, particularmente, sofri muito com o meu. Tom, aquele sádico desgraçado. Eu me chamo Tomás, e acredito ter derivado o nome dele do meu. Mas isso não vem ao caso. Desde muito pequeno ele foi meu maior companheiro, mas também fonte de grandes decepções.

Dependendo da ótica de quem está lendo isso nesse momento, pode parecer apenas uma bobagem. Até porque, vamos ser honestos, estamos falando de um garotinho que não sabe nada da vida, e possui uma percepção fantasiosa da realidade. Eu só fazia comer, dormir, brincar e pentelhar os meus pais.

Durante a minha adolescência e até grande parte da vida adulta frequentei consultórios de psicoterapia. Precisava me livrar dele, por bem ou por mal, era o que me diziam. "Isso é coisa da sua cabeça", eles insistiam.

Acho bem difícil, mas se você se encaixar nesse perfil, aí vai uma dica valiosíssima: nunca fale sobre seu amigo imaginário. É sério, absolutamente nunca, ok? Sob hipótese alguma. Porque as pessoas não vão te entender e, se você persistir, vai ser muito pior. Falo isso por experiência.

Tenho inúmeras lembranças de quando era uma criança, inclusive com ele, meu companheiro de tempos passados. Os especialistas explicam que isso é um caso raro, visto que normalmente as pessoas se esquecem do passado infante ao crescer, a menos que tenha sido alguma experiência marcante e traumática, ou que seus pais tenham lhe contado depois de adulto.

Lembro de ele ficar ao meu lado o tempo inteiro. Ao acordar, ele dava bom-dia. Ao dormir, ele era sempre o último a dar boa-noite. No jantar, tinha sempre algo a falar sobre o que havia na mesa. Era impressionante.

Certa vez, eu devia ter uns doze anos na época, se não me engano, estávamos nós dois num bate-bate – esses de quando o circo vem para a cidade e monta uma estrutura cheia de brinquedos. No bate-bate você dirige um carrinho numa área cercada e a intenção é bater em outro carrinho. Coisa besta, pra pirralho mesmo, sabe? Eu no volante e Tom sentado na parte de trás, com as pernas nos meus ombros.

Brincávamos em círculos. Tinham poucos carrinhos no brinquedo. Do lado de fora, alguns adultos olhando, fingindo que prestavam atenção. Tom estava rindo histericamente, e eu tentando acompanhá-lo. Conversávamos enquanto os carrinhos batiam no nosso, e o nosso nos dos outros. Uma coisa tediosa.

— Ainda não entendi porque você está rindo tanto — comentei.

— Porque hoje vai ser muito mais divertido do que você pensa — ele retrucou, com os olhos esbugalhados, tomando quase todo o rosto.

— Tá, mas esse brinquedo é muito chato, e o papai tá conversando com um amigo, acho que vamos morrer de tédio aqui.

— Não se a gente mudar um pouco o jogo. Que tal? — ele perguntou com um risinho malicioso.

— Beleza, mas vê lá o que você vai fazer. Não esquece que o papai não gosta quando passo dos limites. Quer dizer, a gente — comentei, com um misto de medo e empolgação. Não dava pra saber exatamente o que eu estava sentindo, só sabia que já estava ansioso para ver no que aquilo tudo ia dar.

— Tá vendo aquele menino ali no carrinho azul com listras amarelas? Ele tá andando muito devagar, não acha? Bem que poderia ir mais rápido, vamos ajudá-lo a se divertir de verdade? — perguntou olhando pra mim com os olhos cerrados.

— Vamos!

Depois de uma batida de leve na nossa lateral – era o carrinho de uma menina loira que usava tranças –, me desviei e acelerei em direção ao garoto. Nos meus ombros, Tom me incentivava a aumentar a velocidade.

— Acelera aí, é só isso que você consegue? Vamos, isso tá chato. Acelera! Desse jeito a gente só chega amanhã.

Eu, claro, acelerei.

Mas como você deve saber, esses carrinhos não pegam velocidade, então corríamos o máximo que era possível. Foi quando percebi que ele não estava mais nos meus ombros. Desacelerei e olhei pra trás, ele me deu uma bronca para que eu continuasse a aumentar a velocidade. Ele estava correndo, empurrando o carrinho.

— Aventura! — ele gritava. E eu não conseguia parar de rir.

A velocidade estava realmente aumentando. Desviei de um carrinho e segui em frente. A poucos metros, de costas, estava o garoto, que aumentava de tamanho na minha frente gradativamente. Eu tirei o pé do acelerador e tentei frear, mas o carrinho não parava. Antes de conseguir falar com Tom, veio o impacto.

Nosso carrinho quase virou. O dele também.

Com o nariz sangrando, o garoto tentou sair do brinquedo, mas tropeçou e caiu no chão. Fiquei sem ação, pois era pra ter sido divertido. E foi! Só que não pra ele. Encarei Tom e, com um aceno dele, eu soube que a brincadeira não ia parar ali.

Ninguém se assustou. E aquilo apenas provou que os adultos estavam pouco se importando com o que acontecia naquela brincadeira de criança.

O garoto sangrava pelo nariz sem perceber, limpando com as costas das mãos achando que fosse catarro ou suor. A cena era feia. Nariz, boca, queixo e bochechas já estavam ficando com várias manchas avermelhadas.

Tom voltou a empurrar o carrinho. Eu girei o volante pra dar meia-volta e sair, entretanto, no meio do caminho senti que perdia o controle e, num instante, estávamos novamente acelerando, só que dessa vez não em direção ao carrinho, mas sim pra cima do garoto. O coitado olhou pra mim e se armou para soltar um grito. Foi então que o carrinho ganhou mais velocidade.

Tom estava gritando. Eu tentando não olhar.

Fechei os olhos e senti o impacto, seguido de um sacolejo no carrinho.

— Passamos por cima dele? — perguntei. — Tom, você enlouqueceu?

O som agonizante de ossos quebrando ecoaram por alguns segundos na minha cabeça. Tempo suficiente pra eu perceber que aquele chão preto emborrachado estava agora com respingos de sangue. Eu podia sentir o desespero do garoto. Ela estava em mim naquele momento. Dizem que quando algo terrivelmente doloroso acontece a uma pessoa, por alguns segundos, ou até minutos, ela não sente essa dor. A violência é tanta que o choque a impede de perceber a realidade. Pelo menos isso é o que dizem, porque o que eu notei não foi isso. A dor e o desespero não demoraram a chegar nele. Na verdade, elas vieram primeiro pra mim. Aquilo tudo latejava.

Simplesmente não conseguia acreditar no que acabara de acontecer. Eu tinha atropelado um garoto por pura diversão.

Não foi bem eu.

— Por que você me fez fazer isso, Tom? — indaguei, enquanto o procurava.

Olhei pra todos os lados, tentando achá-lo. Mas o que notei foi que as pessoas começavam a se aproximar. De repente ouvi o choro do garoto. *Ufa, ele está vivo,* comemorei, embora estivesse verdadeiramente assustado, pois vi sua perna totalmente contorcida. Cortes e arranhões terríveis por toda a extensão. O joelho estava afundado e a perna virada no sentido contrário, com o osso da canela exposto. Os músculos estavam tensionados e a parte que não havia rasgado, forçava os tendões do pé para cima. Um horror. Eu me senti num filme, mas ninguém gritou "corta", e nem fez festa, lançando elogios à atuação do elenco.

Todos já estavam num alvoroço ao redor da gente.

— O que aconteceu aqui? — perguntavam. Seu choro se transformou em gritos histéricos.

Lembro que depois de tudo aquilo ainda fui visitá-lo no hospital e ficamos amigos por um tempo. Ele não se lembrava do que havia acontecido e também não fiz questão de esclarecer pra ninguém.

O ritmo da minha vida continuou o mesmo. Tom manteve-se como meu amigo imaginário por muitos anos, mais do que eu gostaria.

Hoje, muita gente acha que sou mentalmente instável. Ok, ter um amigo imaginário até os trinta anos de idade não é a coisa mais saudável do mundo, concordo. Mas, louco, aí já é demais. Tenho meus maus momentos, afinal, quem é que não tem?

De uns tempos pra cá eu comecei a suspeitar que ele pudesse ser Antônio, meu irmão gêmeo que morreu ainda muito cedo. Eu, com apenas cinco anos, já estava tendo que lidar com a perda de um parente próximo. Um irmãozinho querido.

A parte mais difícil daquilo tudo foi conseguir aceitar que ele tinha ido morar no céu. Até porque, depois que eu removi os olhos do seu boneco favorito e, naquela cavidade de pano, costurei os que arranquei dele, eu sabia que o céu era o último lugar para onde a sua alma poderia ter ido.

MENTIRA, NÉ?

Toda verdade absoluta um dia pode ter sido apenas uma mentirinha inocente. Ele não lembrava de onde havia escutado isso, mas desde quando ainda precisava da ajuda da mãe para ir ao banheiro que esse ditado o perseguia. E, naquele momento, ele martelava a sua mente.

Eduardo havia acabado de acordar e estava se aprontando para mais um dia de trabalho no escritório contábil do pai. *Ô lugarzinho infernal pra se ganhar o pão de cada dia!,* pensava desanimado enquanto amarrava o cadarço do sapato marrom.

Ter como profissão algo que lhe foi imposto pela hierarquia familiar é realmente desanimador. "Bem-vindo ao regime de casta da família Pereira." Ele costumava falar quando estava chateado com os rumos que a sua vida profissional estava tomando. E, para piorar, ainda precisava aturar seus parentes como colegas de trabalho. E então, o que já era deprimente, tornava-se impraticável.

A vida adulta de Eduardo parecia uma repetição do que fora toda a sua infância e adolescência, ou seja, bullying. Não existia qualquer recordação em suas memórias que não incluíssem algum tipo de intimidação. E lá estava ele se preparando para mais um dia.

Lá vou eu ser zoado pela minha família, ser o último escolhido em trabalhos de classe, ser excluído das rodinhas de amigos, ser alvo de implicância dos professores. Aqueles pensamentos inundavam a sua mente todos os dias. *Lá vou eu pra essa vidinha de...*

— Merda! — Eduardo dessa vez não terminou a frase na mente dele, mas sim na mesa, na frente dos pais e irmãos, e em voz alta, enquanto levava de volta à mesa uma xícara após o primeiro gole do café amargo. Ele quase se engasgou ao gritar. A família estava reunida para o café da manhã e, como era de se esperar, estranhou a sua reação. Eduardo não perdeu tempo e disfarçou, fazendo um aceno com a cabeça pedindo desculpa pelo ocorrido e, em seguida, apontou a mão em direção a Evandro, seu irmão mais novo, para que ele terminasse de contar uma história sobre como conquistou a confiança de sua professora ao responder certo uma série de perguntas de biologia.

— Os ribossomos são encontrados no citoplasma e são responsáveis pela síntese de proteínas.

— Humm — todos murmuraram e fizeram cara de surpresa e aprovação. — Parabéns! — falaram em uníssono.

Evandro completou:

— Muito bem, Evandro, você prestou atenção à aula. Tá vendo, classe? — ele falava com uma voz aguda tentando imitar a professora.

Seu irmão era tão exemplar quanto ele. Já Edna, a mais velha, não queria nada com a vida. E para piorar, era sua colega no departamento de RH do escritório.

Terminada a refeição, todos saíram. Edna e Luciano (seu pai) foram para o escritório. Evandro, ele e Paula (sua mãe) seguiram no outro carro. Eduardo estava no oitavo período de Contabilidade, estudava de manhã e trabalhava à tarde. Já Evandro estava no primeiro ano do Ensino Médio.

Após deixar Evandro na escola, Paula seguiu para levar Eduardo à faculdade. Como manda o manual das mães corujas e intrometidas, nesse momento ela lhe lançou uma pergunta:

— Que grito foi esse que você deu na mesa hoje? E ainda mais um palavrão! O que você quis dizer com aquilo?

— Relaxa, mãe, eu só estava pensando alto. Não foi nada demais, desculpa — ele falou enquanto se desviava do olhar inquisidor da mãe, e tentava observar dois adolescentes com farda de colégio andando calmamente na calçada.

Assim que sua mãe parou o carro na entrada da faculdade, ele deu-lhe um beijo na bochecha e saiu rapidamente do carro, quase esquecendo o próprio corpo no banco do passageiro. A sua estratégia era sair do perímetro da mãe e assim evitar qualquer tipo de brecha para perguntas, principalmente daquela natureza.

Antes de ir para a sala de aula, Eduardo sentiu que precisava urgentemente ir ao banheiro. Um aperto que ele não sentiu o trajeto inteiro pelo clima tenso que estava naquele carro. No caminho ele viajou entre memórias da infância e do passado recente, se perguntando por que sua cabeça estava tão tempestuosa.

Toda verdade absoluta um dia pode ter sido apenas uma mentirinha inocente. A frase simplesmente não saía da sua mente naquele dia, como se ele tivesse clicado na opção "repetir" no aplicativo de música do celular e isso tivesse travado o sistema permanentemente.

Chegando àquela porta eternamente quebrada, percebeu algo estranho, era uma presença sombria. Sua primeira impressão ao entrar foi a de que o banheiro estava vazio, escuro e num silêncio absurdo que era quebrado insistentemente pelo gotejar de uma torneira mal fechada. Ficou paralisado com o que sentiu, mas, ao piscar os olhos, sua visão passou a ser outra: lá estavam dois colegas conversando entre si, e um garoto perto do espelho.

Esses lapsos vinham acontecendo com alguma frequência e ele não fazia ideia do que eram, pareciam alucinações. Como se ele entrasse no cenário de um filme e depois voltasse. Ele balançou a cabeça discretamente, tentando não parecer um louco, e entrou. Ao aproximar-se da pia, ele cumprimentou os colegas e começou a lavar as mãos. Essa era outra mania sua, lavar as mãos antes de usar o banheiro.

Enquanto a torneira ainda estava ligada, ele percebeu que o banheiro aos poucos foi voltando a ficar escuro, vazio e silencioso e, à frente do espelho gigante, agora estavam apenas ele e um colega.

Observaram-se através do reflexo e, de forma bastante constrangedora, se cumprimentam. *Caramba, se já não sei falar com pessoas no normal, imagine numa droga de um banheiro?*, ponderou, afastando-se da pia.

O caminho para o mictório parecia um daqueles domingos com visita que você é obrigado a ir do seu quarto à geladeira passando pelos seus tios e primos.

Chegando perto da estrutura velha e metálica com água corrente, sentiu ainda mais forte o fedor de urina misturado aos produtos de limpeza à base de eucalipto. A tensão começou a aumentar quando ele notou que o colega estava urinando ao seu lado. *Como diabos esse cara veio parar aqui perto de mim tão rápido?* pensou, com uma expressão de constrangimento.

Toda verdade absoluta um dia pode ter sido apenas uma mentirinha inocente. Aquilo era um pensamento ou era o colega que estava falando? Não conseguia distinguir.

Eduardo não era de encarar as pessoas, mas dessa vez foi obrigado. Após subir o zíper, virou a cabeça e lançou um olhar medroso. Neste momento, a escuridão invadiu o lugar pela terceira vez. Porém, o silêncio não acompanhou, e o que se ouvia era o som de socos, pontapés, grunhidos sufocados e pancadas.

Sons que evoluíram para louças quebrando, corpos caindo no chão e sangue jorrando na parede. Palavras de ódio começaram a se intercalar aos barulhos, e o que se ouvia ecoava pelos corredores.

— Levante, seu fracote de merda. Vai ficar aí até morrer ou vai correr pra mamãe se fazendo de vítima e reclamando de bullying?

Após minutos de violência e ira desvairada, a luz voltou. E no meio daquela bagunça estava Eduardo sem nenhum arranhão, porém, furioso, em cima do colega já sem vida. Perplexo, ele para, e se dá conta do que acabara de falar para o amigo agora morto. Em sua mente, imagens reconstruídas, substituídas e, finalmente, a revelação da mentira por trás da sua verdade absoluta.

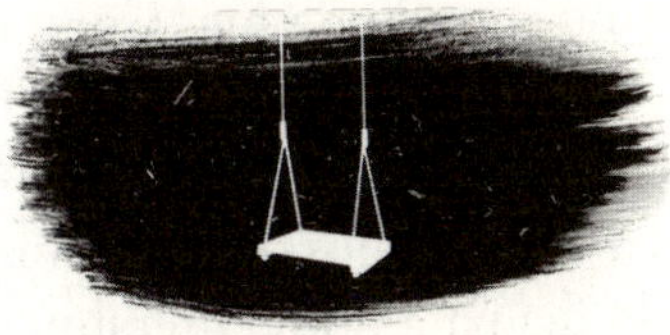

O ÚLTIMO GAROTO DA TERRA

Morrer deve ser como aprender a voar. Até agora, quem o fez nunca voltou pra contar. Não estou falando de aviões, jetpacks, asas-deltas ou qualquer artifício não natural de propulsão. Estou falando do ato livre de bater asas ou da completa ausência da gravidade para a anulação do peso humano.

Acabei de acordar de um sonho em que meu pai me falava pela milésima vez essa frase inquietante. Sei que é bom ter uma mente aberta e criativa, aprendi isso com ele, todavia, honestamente, quem em sã consciência fala sobre a morte desse jeito com uma criança?

Sim, tenho treze anos, e não sei bem se me enquadro na categoria criança. Na minha opinião, ser criança é uma questão puramente de ponto de vista: somos para umas coisas, mas para outras não.

Eu me chamo Daniel e estou no oitavo ano do ensino fundamental. Dizem que sou adiantado para a minha idade, mas não ligo muito. A verdade é que isso não faz diferença quando se está travando uma batalha épica na qual, de um lado, soa o pesado trompete da infantaria e vê-se o calor do campo de batalha adentrando o quarto através da janela; e, do outro, meus aliados, todos de um branco límpido e leves como plumas: o travesseiro e o lençol.

Uma parte de mim comemora a vitória do inimigo – o sol que não me deixa mais dormir e o despertador que insiste em me derrotar –, mas a outra adoraria voltar para o quentinho da cama e dormir mais um pouco.

Coragem, Dan, vamos levantar que o mundo precisa de você.

Quando coloco os pés no carpete e inclino o corpo para levantar e me espreguiçar, sinto que cada pedacinho de mim continua implorando para que eu volte para a cama. Hoje estou excepcionalmente preguiçoso. Ninguém merece.

Todos dizem que tenho uma mente inventiva. Não dessas que criam tecnologias capazes de solucionar os problemas das nossas vidas, não é bem isso. É que vivo meio que no mundo da lua. Coisa de gente doida, sabe? De qualquer forma, tentarei não me prolongar muito falando sobre isso. Estou aqui para contar a história do último garoto da Terra. Ou seja, eu.

E aqui estou, no segundo dia após o fim da humanidade como a conhecemos. E tudo começou do dia para noite, literalmente.

Ontem eu acordei, relutante como sempre, batalhando contra o despertador e contra a luz vinda da janela. E, depois de muito esforço, me sentei na cama. Com a cabeça meio baixa, dei o primeiro passo para tentar sair do quarto; já me deparando com um problema: precisava atravessar Gotham City. No caminho entre meu guarda-roupa e uma estante que uso também como escrivaninha, vi o Homem-Morcego deitado atônito no chão, com o batmóvel virado de lado. Perto dele, estavam a Arlequina e o Coringa juntos numa sinfonia de gargalhadas e risadinhas irônicas. Não dei a mínima porque sabia que o Batman sempre dava conta dos vilões.

Atravessei o tenebroso caminho sem que eles notassem a minha presença. Saí do quarto e cambaleei em direção ao banheiro. No corredor, gritei bom dia para minha mãe, mas ela pareceu não ter escutado. O curioso é que também não ouvi o barulho matinal de Bruna e Nathália, minhas irmãs.

Tomei um banho rápido, escovei os dentes, me arrumei e fui para a cozinha morrendo de fome. E, nessa hora, a grande revelação me socou o queixo como aquele golpe do Ryu de Street Fighter que tem um nome engraçado: Shoryuuuuuken. Só que, em vez de aparecer o clássico "você perdeu", o que eu vi foi: "você está sozinho".

Foi tudo muito estranho, lembro de ter pensado que minha mãe poderia ter descido no condomínio para resolver alguma coisa, ou ido ao supermercado, ou até mesmo levar as meninas em algum lugar. Não demorou muito e desconsiderei todas essas possibilidades. Aqui em casa nós temos um quadrinho de recados que serve até mesmo para coisas banais, do tipo, "vou demorar no banho hoje porque preciso fazer hidratação no cabelo. Bruna".

Peguei um *nugget* murcho e oleoso do jantar improvisado de Nathália da noite passada, fiz um esforço para comer e fui até o interfone tentar entender o que estava acontecendo. Liguei, mas o porteiro não atendeu. Continuei tentando e nada.

Voltei no quarto, peguei meu celular e liguei para todo mundo que eu conhecia. Caixa postal. Pela primeira vez o problema não era o sinal da operadora. Adoro reclamar das operadoras. Quando não é o sinal de internet que está ruim, é a área de cobertura para ligações. Tenho a impressão de que algum monstro possuidor de um PEUDSOF regularize toda a cobertura nacional, acho até que a internacional também.

Desculpe, você não deve estar familiarizado com essa sigla, fui eu mesmo que inventei. PEUDSOF significa: Pulso Eletromagnético Ultramoderno que só Desativa Sinais de Operadoras Fajutas.

Então, lembre-se: se você se deparar com uma situação de vida ou morte, não dependa do telefone, porque se assim fizer, vai ficar com a segunda opção.

Nessas horas, o desespero já começa a bater. Você pensa em todos os filmes pós-apocalípticos que já assistiu. *Eu sou a Lenda* e *O Dia Depois de Amanhã*, por exemplo, e então percebe que o fim nem sempre é muito legal.

Mas, pera aí, isso também pode ser uma pegadinha das minhas irmãs, considerei. Elas adoravam fazer isso. Lembro-me bem de uma vez que me fizeram acreditar que nem a mamãe nem o papai iriam buscar a gente na escola e que elas tinham conseguido carona pra casa, mas só pra elas. Tive que andar o caminho inteiro de volta no sol quente do meio-dia. E quando estava quase entrando no condomínio, elas chegam. Adivinhe com quem? Com a mamãe.

Esse tipo de coisa entre irmãos que muitos justificam como "formador de caráter", sabe? Se fosse mais uma dessas brincadeiras, já estava na hora de acabar.

Pensei em ligar a TV, claro que essa esquisitice poderia ser respondida de alguma forma por lá. E, pra variar, aquela tela azul indicando falha no sinal apareceu. Testei outros canais, mas só alguns funcionavam, e com conteúdo programado. Nada ao vivo.

Tentei a internet, tudo parecia normal, mas sem atualizações desde a meia-noite de ontem. Portais de notícia, redes sociais, blogs... Tudo funcionando, porém, sem sinal de que alguém tenha feito alguma edição recentemente.

No décimo quinto andar, onde moramos, são só dois apartamentos, um de frente para o outro, o nosso e o do sr. Carlos. Sem saber o que fazer, eu fui ao dele, claro. Toquei a campainha e ninguém apareceu. A porta estava entreaberta. O medo por estar numa situação atípica e angustiante não foi capaz de me impedir de entrar no apartamento. Eu precisava de respostas. Eu me senti o próprio Sherlock Holmes.

— Caramba, que breu! O dia começou já faz tempo e esse lugar ainda escuro? — falei baixinho, me dando conta de que nunca havia entrado ali.

As coisas por lá estavam todas no lugar, na medida do possível. Nada quebrado, revirado ou espalhado pelo chão. Agentes de CSI ou *Criminal Minds* ficariam decepcionados.

Andar pelo apartamento do sr. Carlos se assemelhava ao comecinho de um filme de terror, em que tudo está bem, mas você sabe que a qualquer momento pode dar merda – desculpe a palavra inapropriada, é que estava realmente nervoso.

Pelas paredes havia belos quadros, coisas artísticas e abstratas que nem todos conseguem ver beleza, tipo eu. Na mesa, papéis e materiais de escritório, além de um notebook fechado e uma xícara de café vazia e parcialmente suja. Sofás cobertos por almofadas, mesa de centro ocupada por um controle remoto e um tablet. Estante de TV com coisas comuns, vasos, porta-retratos, vasos, objetos de decoração e mais vasos. A porta para a varanda estava fechada e com uma cortina bloqueando a passagem da luz do sol. Dei uma olhada no corredor que dá acesso aos quartos, e todas as portas encontravam-se entreabertas.

Até onde eu me lembrava, o sr. Carlos vivia sozinho. Só não entendo o porquê de morar num lugar tão grande assim. Lá havia quatro quartos. A estrutura parecia muito com a do nosso apartamento, só que espelhado. Entrei em cada um deles e nada, arriscaria dizer que ninguém morava lá. Só em uma das suítes parecia que alguém havia dormido na cama. Voltei para a sala. E para o meu desespero comecei a ouvir um barulho vindo da cozinha. Parecia que o Wolverine ou o Freddy Krueger estavam preparando alguma coisa para comer. No escuro.

Senti o clima ficar pesado de repente. Pode ter sido só o meu medo, ou que algo realmente estava acontecendo.

Pelo amor de Deus, porque ele não correu de lá? Você deve estar se perguntando. Até eu tenho me feito essa pergunta. Mas nessas horas parece que a gente esquece que é melhor desistir e sair correndo desesperadamente. Até porque, todos os filmes que me recordo ter assistido, ou livros que li, se algo assim acontece, termina mal. Muito mal. Sério, sem exceções.

Mas o que eu deveria ter feito? Me acovardar e voltar pra casa? Pra quê? Se fosse uma pegadinha das meninas eu iria descobrir. Se fosse um mal-entendido, eu iria descobrir. E se eu realmente estivesse sozinho no mundo também iria descobrir. Não queria admitir, mas, nesse momento, meus olhos encheram de lágrimas. Dá um desconto, tá? Eu tenho treze anos.

Preciso entrar nessa cozinha, simplesmente preciso. Esse foi meu pensamento naquela hora. Que idiota.

Mesmo com um pouco de luz vindo da área de serviço, a cozinha também estava bastante escura. Dava pra ver a geladeira, com o micro-ondas do lado, sobre uma prateleira. Ao lado dele, o fogão, e na sequência, mais prateleiras. Na frente havia uma mesa grande, com três cadeiras alinhadas e uma delas fora da formação, como se alguém tivesse sentado nela há pouco. Além de muitas cortinas impedindo que a luz entrasse pelas janelas.

Estava rezando para que tivesse sido o sr. Carlos.

Xícaras, pires, colheres e pratos, numa leve desarrumação com livros e anotações. Ao meu lado esquerdo eu vi a pia, com alguns talheres, pratos e panelas sujas. Consegui atravessar o vale abandonado do Senhor Dono-de-casa-desajeitado-e-esquisito, mas ainda continuava escutando o barulho de metal. Desacelerei um pouco o passo para tentar descobrir de onde exatamente o som estava vindo. Passei pela pia, depois pela máquina de lavar, e então encostei-me à porta da dependência de empregada, e ao meu lado mais vasos. Pense numa pessoa pra gostar de vaso é o Sr. Carlos. Minha nossa!

A porta, como todas as outras do apartamento, estava entreaberta. Mas nesta, havia uma luz vazando por debaixo e pelas brechas nas laterais. Aproximei-me ao máximo, colocando o ouvido na madeira para tentar ouvir mais de perto, e então, o susto. Um barulho ensurdecedor ao meu lado, vassouras caindo, vasos quebrando, garrafas de desinfetante voando. Tudo que existia naquele vão entre a porta e a parede da área de serviço simplesmente voou para cima de mim. Dei um grito e encostei-me à parede, totalmente trêmulo. Passando sorrateiramente perto de mim, o gato do Sr. Carlos.

Aquele bichano safado me deu um baita susto. Ele deveria estar procurando algo para comer, por isso os sons estranhos.

Se acalma, Dan, vamos procurar o gatinho e vazar daqui. Pensei na hora.

Chegando em casa, com o bichano nos braços, percebi que a versão "pegadinha" da história não era a mais provável de estar acontecendo. Conclui que deveria estar realmente sozinho.

Coloquei comida para ele e me sentei no sofá, completamente desolado. Este bichano, que nunca foi muito com a minha cara, parecia ser uma companhia agradável agora, ou talvez a única.

— Gatinho! — Ele olhou com cara feia. — Eu vou descer pra ver o que está acontecendo e já volto — falei.

Ele se virou e continuou a comer. *Vou fingir que ele entendeu o que falei. Fingir também que estou falando com um gato esperando que alguma comunicação se estabeleça.*

O elevador funcionava. Fiquei tão surpreso quanto feliz. Cheguei ao térreo, e o que já não era novidade pra mim a essa altura, completamente vazio. Saí do condomínio, andei alguns quarteirões e nada. Carros estacionados, bicicletas agarradas em postes, casas e lojas todas desertas. *O que eu vou fazer agora?*, pensei.

Estava num filme pós-apocalíptico. Sempre quis me ver numa situação como aquela, mas quando a gente pensa em algo assim é só na imaginação. *Parou a brincadeira. Quero que tudo volte ao normal.* Já estava realmente desesperado quando pensei isso.

Voltei pra casa, olhei para o animal do sr. Carlos e comecei a chorar. Confesso que estava em prantos.

— O que será que está passando na TV? — falei com o bichano.

Desisti de tentar entender o que estava acontecendo, e comecei a assistir um desenho. Liguei na Cartoon e esperei *Gumball* começar. Pela programação, ele era o próximo. Enquanto isso, *Jake* e *Finn* ajudavam a Princesa Caroço.

Olhei pela janela e fiquei triste, meus amigos dragões não voavam mais como antes. Sair por aí queimando prédios e árvores era legal quando era proibido, naquela hora não tinha mais graça.

Passei o dia nessa mesmice e agora estou eu aqui, vendo sozinho os dias passarem por mim, quer dizer, pelo menos o gato do vizinho ainda me faz companhia.

Eternamente olhando pela janela vejo o sol e a lua numa brincadeira eterna. Quando o dia passa devagar, eles se revezam em jogadas espetaculares de frescobol no qual adversários gigantes, um em cada canto do mundo jogam em câmera lenta. Quando o dia passa rápido, parece que os edifícios estão brincando de pular corda com o sol e a lua.

Algo hoje me fez lembrar o Pequeno Príncipe. De todo o seu sofrimento e solidão, e principalmente do amor pela sua rosa. Também estou sozinho no meu mundo, mas, em vez de rosa, sobraram-me os espinhos. É duro ter conhecido a vida antes desses acontecimentos e passar a conviver com tamanha solidão.

Ouço o som da turbina de um avião, ou seria o meu ventilador? É uma pena, aviãozinho, você não vai mais ver o céu estando preso aqui comigo.

Tenho a impressão de ter sonhado com meu pai hoje, de novo. A gente se divertia nos brinquedos da área de lazer do condomínio. As minhas irmãs e a mamãe tinham saído para fazer compras. Ao acordar, forcei minha mente para lembrar do começo do sonho, mas não consegui. É incrível como os sonhos se assemelham à vida. Você não lembra do começo deles, assim como não recorda do início da sua vida, a menos que te contem.

Meu único consolo foi fechar os olhos e sentir novamente meu pai me empurrando no balanço do parquinho, como ele fez semana passada enquanto ainda estava vivo. Entre uma gargalhada dele e um sorriso desengonçado meu, senti como se estivéssemos aprendendo a voar.

O VELHO DA RUA 48

Passava da meia-noite quando Patrícia, sem conseguir mais conter a empolgação, comentou com os amigos sobre uma história macabra que ouvira dias atrás. Eles costumavam se reunir para passar o tempo. O P4 – como se autodenominavam – quase sempre jogava conversa fora, testando habilidades em jogos de mesa e videogame.

A noite estava chuvosa e, na casa, estavam apenas os quatro: Pedro, Phael, Paulo e ela.

Fazia precisamente uma semana desde o ataque de pânico de Pedro, acreditando ter visto a assombração de seus amigos na casa de Paulo. Ninguém mais tocava naquele assunto, e até as contações de histórias, em especial as que beiram o inexplicável, ficaram comprometidas. Foi uma decisão unânime entre eles.

Na semana seguinte, porém, lá estava Patrícia, agitadíssima como de costume, ignorando o combinado. Segundo ela, fazia tempo que não se falava em um mistério tão intrigante quanto esse do velho da rua 48.

— Pessoal, sei que a gente combinou de não falar mais sobre essas coisas, mas o que tenho pra contar é realmente bizarro. Um colega meu da faculdade estava num barzinho e presenciou uma coisa sinistra que, por pouco, não virou confusão e quebra-quebra — Patrícia falava com uma expressão constrangedora (por quebrar o acordo), mas sem conseguir esconder o brilho de excitação nos olhos.

— Tá, seus bostas, dá pra ver na cara de vocês o tamanho da curiosidade. Eu vou descer e ficar no sofá jogando no celular, é o melhor que faço. Quando acabarem, me avisem que eu subo e a gente faz alguma coisa. Mas saibam que tô puto, ok? — Pedro falou enquanto saía do quarto de Patrícia e descia irritado para a sala.

— Cuidado lá embaixo — Paulo falou com um tom provocativo, olhando de lado e sorrindo discretamente. Pedro não deu bola e desceu.

— Você foi ignorado com sucesso — Phael falou tentando conter uma risada.

— Pronto, gente, eu vou contar. Tentarei reproduzir exatamente como ouvi. Quer dizer, como eu li, porque, na verdade, ele começou me contando, mas teve um compromisso e depois me enviou a história numa mensagem. Esse meu amigo costuma falar como se estivesse narrando um suspense, acho que algum dia ele vai ser um roteirista ou algo do gênero — Patrícia comentou olhando nos olhos de Phael e Paulo. — A história começa assim...

"No bar, o clima até que estava agradável, com as pessoas de sempre lamentando os problemas de sempre. Vou explicar tudo com o máximo de detalhes possível para que você entenda que não se trata de uma história fantasiosa. Tudo o que aconteceu aqui foi exatamente do jeito que vou relatar.

Aqui estou narrando do meu ponto de vista de um acontecimento que, honestamente, me deixou inquieto. Ponto de vista esse que partiu de uma mesa no canto esquerdo do corredor que dava para a entrada do banheiro do boteco, um lugar escuro, mas que, coincidentemente, dava pra ver tudo o que acontecia no local.

Quase todos por lá interagiam. Claro, uns mais e outros menos. Eu estava sozinho na mesa, tendo próximo a mim estava um casal que, por tão sem noção que era, quase foi expulso por atentado ao pudor. Em situações como essas eu até que tento, sem muito sucesso, ignorar comportamentos primitivos, mas não dá. Pelo amor de Deus, porque eles não arrumam logo um quarto? Seria menos constrangedor para eles e pra mim.

No balcão, que fica do lado esquerdo de onde estou, uns três metros à frente, estava uma mulher. Dizer que ela estava insinuante era o mínimo. De vestido vermelho e salto alto preto, parecia estar pronta para a caça, como dizem. Assim de costas, só dava pra ver que era um mulherão de uns trinta anos. Mas aí se ela era uma *femme fatale* ou uma prostituta, não tenho certeza, noto apenas que ela perscruta suas redondezas de forma quase promíscua em busca de uma noite, digamos, mais produtiva.

Não muito longe dela, também no balcão, estava um homem alto e bem vestido. Sua dificuldade em olhar fixamente para as coisas ao seu redor me fez deduzir que aquela dose de uísque já deveria ser a décima da noite. Todo rabo de saia que passava por ele recebia cantada, sendo só uma questão de tempo ele ficar ainda mais embriagado e pegar o primeiro dragão que aparecesse.

Perto da sinuca, outro casal achando que isso aqui é um motel.

Entre tacadas desengonçadas e baforadas de um cigarro, estavam lá cinco amigos. O mais alto deles era o da vez, tentando encaçapar uma bola aleatória. Todos pareciam ter saído da faculdade, pois portavam cadernos e mochilas.

Na mesa ao lado da sinuca dava pra ver uma mulher aparentemente depressiva. Ela devia ter lá seus quarenta anos, acho. Seu semblante não era dos melhores, cabelos levemente despenteados e maquiagem tão borrada que parecia ter ficado inconformada com o segundo lugar em um concurso de *drag queens*. A coitada compartilhava com o vazio da cadeira ao lado mais um copo de uma mistura de vodca com frutas vermelhas.

Passando o olhar investigativo pelo resto do bar, vi um homem elegante. Já falei que meu sonho sempre foi ser detetive? Seria muito legal. Ok, ok. É melhor eu tentar manter o foco na história. O homem estava visivelmente estressado, levando consigo uma pasta de couro preta e tiras marrons na lateral. Um funcionário de escritório contábil buscando afogar suas frustrações num boteco qualquer.

Vejo também os garçons, que não param um instante, ficam pra lá e pra cá numa dança sincronizada. Um deles estava levando um prato com batatinhas e o que parecia ser um filé à parmegiana. Já falei que adoro parmegiana? Bem, ao chegar numa mesa onde estavam três mulheres, entregou, além do prato, um bilhete e uma bebida, apontando para o cara do balcão. Claro, aquele pseudo Don Juan ainda estava achando que ia conseguir uma gata, mesmo bêbado daquele jeito.

As garotas eram bonitas, uma loira, e duas morenas, conversavam como se estivessem no quarto de uma delas, super à vontade. O tipo de grupo de amigas que não sai necessariamente para se dar bem, estavam apenas curtindo a amizade e a maior prova disso foi o que aconteceu com o bilhete, jogado no lixo no mesmo instante em que fora recebido.

Como não tinha muita coisa pra fazer naquele dia, decidi ficar mais um pouco. Pedi outra rodada de petiscos e mais uma cerveja. Naquele exato instante, entra no bar um senhor baixinho e magro, vestido de preto e mancando de uma perna. No meio do caminho ele esbarra com quem estava indo na direção contrária: o cara do balcão. Absolutamente sem cerimônias, o velho começa a falar:

— Você, príncipe da Disney... um cara alto, de cabelo caído nos olhos e porte atlético, tem problemas com a mulher, a filha é rebelde e por fim nunca conseguiu realizar o sonho de ser um escritor de sucesso.

O homem olhou para o velho tentando a todo custo focar a visão, sem conseguir, ao passo que o velho continuava com a falação:

— Desconta a frustração da vida no vício da bebida.

Nesse instante, o homem se armou para dar um soco, mas repentinamente parou, aparentando estar trêmulo e sufocado. Sem reação, o velho se antecipa:

— E ainda faz o uso de comportamento agressivo para compensar o que não faz na cama.

Todos no bar caem na gargalhada quando ele se vira e começa a falar com um dos amigos da sinuca.

— Tá vendo algum palhaço aqui, seu metido a playboy? Com essas roupas de marca, cabelinho penteado para o lado, com amiguinhos igualmente esnobes. Esses cigarros que você acende um atrás do outro não vão impedi-lo de perpetuar o câncer que persegue sua família desonrada.

Ninguém entendeu nada. Aquele velho era uma máquina gratuita de ofensas. Enfurecido e com olhos flamejantes, o cara pegou o taco e partiu pra cima do velho, todavia, foi impedido por seus amigos:

— Não faz isso, cara, ele é só um velho ranzinza.

Foi então que o homenzinho se dirigiu para o balcão. Ficou lá sem pedir nada por um tempo, apenas sentado pensativo, quando uma jovem se aproximou.

— Nem venha dar sermão. Não tenho a menor paciência pra ouvir merda de gente como você — ele fala.

— O que você quis dizer com isso, seu velho caquético?

— Oh, ela é respondona, não surpreende ser tão fracassada. Só de olhar esse rosto de perua, roupas e joias de grife, que com certeza ganhou da família ou do último otário que foi pro altar.

— Você só sabe falar dos outros. Se acha mesmo superior, né?

— A maioria daqui eu falo o que as aparências me contam, mas eu superior, nunca. Todavia, o que será que aquele estudante que você mandou para a cadeia dando falso testemunho deve estar pensando da senhora nesse instante, hein?

A coitada cambaleou para trás, parecia desnorteada... foi aí que ela bateu violentamente com o copo no balcão e saiu irritada chamando-o de louco. Não demorou e o velho desceu do banquinho, seguindo em direção à saída do bar.

Entre um passo cansado e outro, um barulho vindo do banheiro o distrai – parecia outro casal nas preliminares. O susto o fez desviar do caminho e esbarrar num casal. Eles se desculparam ao mesmo tempo em que o velho os chamou de estéreis.

— O quê? O que o senhor falou?

— Dois imbecis, nunca foram capazes de cuidar um do outro, ainda bem que não podem colocar um filho no mundo — essa última frase ele falou virando na direção dos dois. — Tão bonitos, e tão cheios de pecados. Terno e gravata de grife, óculos e relógio caríssimos, sapato social brilhando, só não mais do que a cara de pau.

— Seu velho filho da puta, como ousa...

O velho o interrompeu antes que ele terminasse a frase e falou encarando a mulher:

— Vestido de coleção italiana, colares e brincos de dar inveja. Inveja que só não é maior do que a que sente da grama do vizinho.

— Quem o senhor pensa que é?

— Falei alguma mentira? Pensar que a impossibilidade de ter filhos foi uma providência divina, é ser muito ameno, sabia?

O velho estava em fúria e qualquer um que ficasse em seu caminho seria alvo de suas ofensas. E o mais curioso, todos pareciam ter um certo medo dele. Após irritar pelo menos metade dos clientes daquele barzinho de beira de estrada, ele finalmente vai embora. Dez minutos se passaram, entre discussões, copos e garrafas quebrando nas paredes e cantos de mesa, além de perguntas aos quatro cantos sobre quem era aquele senhorzinho irritante. Muitos estavam incrivelmente chateados com as coisas que ouviram. Chateados como ficam crianças mimadas ao receberem um "não".

Alguns diziam nunca o terem visto na vida. Outros questionavam se o velho, sequer tenha visto alguma vez na vida. Seus olhos estavam cobertos por uma névoa.

Era inegável o clima tenebroso deixado pelo velho naquele bar, uma presença sombria e desconhecida."

Depois de um momento de silêncio de Patrícia, Paulo quebra o gelo:

— Caramba, ele era cego? Que tosco... é sério isso?

— Sim, mas como ele sabia a descrição de todo mundo no bar? Tem coisa errada aí. Não é possível. Cara, ainda bem que Pedro não ficou pra ouvir essa história, até eu fiquei com medo desse velho, desse bar, da rua 48... enfim, de tudo. Deu por hoje, vamos jogar alguma coisa — Phael falou.

— Pois é, mas eu ainda não terminei a história — comentou Patrícia. — Pelo que ele me falou, o dono do bar conhece esse velho de tempos atrás. Tanto que dez minutos após a saída desse senhor, o dono voltou para o balcão, e o bar estava um completo alvoroço. Sem saber bem o que havia acontecido durante sua saída para o banheiro, a única alternativa foi perguntar. Sem hesitar, um dos clientes falou que um velho baixinho, magro, vestido de preto, mancando de uma perna e, pelo que todos diziam, cego, disse coisas sem sentido para os clientes, na mesma hora que o dono interrompeu "Como assim, gente? Vocês estão loucos? É o velho da rua 48, ontem mesmo eu fui à missa de sétimo dia dele. Adorava aquele senhor, o cara era uma figura!"

A MULHER DE AMARELO

Os vestígios da chuva da noite passada ainda estavam no parapeito da varanda, quando ela, descalça e vestida com um pijama listrado aproximou-se preguiçosamente. O suor que estampava a roupa de Marta era um prenúncio do inferno que seria o seu dia depois de uma noite como aquela.

A cama até que parecia bem aconchegante sete horas atrás. Uma falsa promessa, devo dizer. Para falar a verdade, a culpa nunca poderia ter sido dela. Não depois do calor abafado causado pela chuva de verão, da ausência de ventos e, é claro, da repentina falta de energia ocorrida no momento em que Marta se jogava em cima do edredom para dormir.

A cada passo que dava na varanda, sua raiva aumentava. Quem diria que às cinco e quinze da manhã o céu estaria sem nenhuma nuvem e com uma brisa deliciosa dando bom dia como em um belíssimo filme de romance?

— O inferno era só pra eu não dormir, né? Agora tá aí, como se nada tivesse acontecido — a mulher resmungava, observando as gotas d'água que saltavam da tela de proteção e caíam em sua camisa.

O crepúsculo era agradável aos seus olhos e o sol ainda não brilhava no horizonte. Ela estava a quinze minutos de começar suas rotinas matinais e tinha tempo mais do que suficiente para respirar fundo e observar a vista do décimo segundo andar.

"Filha, você está tomando seus remédios pra dormir? Quando é que eu vou conhecer meu genro? Como anda o trabalho? Tá precisando que eu vá aí limpar o apartamento?" As perguntas da mãe ainda vagueavam em sua cabeça.

Havia uma quinta pergunta da qual ela não conseguia se lembrar, mas estava com tanta preguiça, que não se deu ao trabalho de achar o celular para ver. Como já era comum de acontecer, Marta leu todas as mensagens antes de tomar banho para dormir na noite passada, mas se esqueceu de respondê-las.

Com os braços apoiados na estrutura de metal e os olhos ainda parcialmente abertos, ela ajustava seu corpo para uma posição que não incomodasse tanto sua coluna – dolorida pela noite maldormida – quando algo chamou a sua atenção: uma mulher na parada de ônibus a olhava diretamente.

— Esse prédio é novo e nenhum dos apartamentos virados para o sul, além desse, está ocupado. Com certeza essa mulher está olhando pra mim — Marta decidiu ignorá-la ao perceber que estava falando sozinha. Desviou o olhar e começou a observar tudo aquilo que havia influenciado sua decisão de ir morar lá. Para falar a verdade, foi o aluguel, mas ela gostava de se enganar quando pensava em assuntos financeiros.

Exceto pelo prédio, todo o quarteirão era tomado por telhados de casas. "Deus me livre morar cercada por prédios, já pensou você nua no quarto e ter uma pessoa no apartamento da frente te olhando?", era a sua frase padrão toda vez que o assunto surgia numa conversa entre amigos.

Olhando as casas, ela observou o de costume: a gatinha e seus dois filhotes, que viviam mudando de lugar pelos telhados; os cachorros nos quintais; a sujeira na frente do lava a jato e os pombos programando suas peripécias.

Quando sua visão voltou a subir, ela percebeu que a mulher continuava olhando para ela. Era um olhar penetrante, que a deixava inquieta. A desconhecida vestia uma camisa amarela e sua calça se parecia com um jeans bastante gasto e acima do seu tamanho. Um chapéu preto e um par de sandálias de couro completavam a vestimenta. Entretanto, o que mais chamou a atenção de Marta foi algo que a mulher segurava com esmero nos braços: um pacote de pano que poderia ser uma criança pequena.

O que é que essa mulher tá queren... Interrompendo seu pensamento, surgiu o som de um ônibus. Ele vinha da direita para a esquerda na mesma rua em que a mulher se encontrava. O motorista diminuiu a velocidade gradativamente e parou no sinal de trânsito. Marta olhou de volta para a mulher, que continuava fitando seus olhos. *Nem pra conferir se esse é o ônibus que ela está esperando essa megera para de me olhar, que coisa estranha.* O sinal abriu e o ônibus retomou velocidade até parar à frente dela.

Ele ficou naquela posição por alguns segundos. Foi então que Marta aproveitou para continuar sua observação. Olhou as duas igrejas, que ficavam uma de frente para a outra, e que ela nunca conseguia distinguir se eram da mesma religião ou não. Observou os prédios em construção e suas telas verdes. Olhou o cemitério, o mercado e as placas das lojas ainda fechadas.

Antes que pudesse continuar, o som do ônibus a distraiu pela segunda vez. E para completar, ninguém desceu dele, e muito menos a mulher subiu. *Vai te lascar, que merda é essa?* Marta pensou enquanto via o ônibus seguir seu caminho, mas a mulher misteriosa continuava na mesma posição olhando-a. *Ok, foda-se essa mulher, eu tenho mais o que fazer*, praguejou dando as costas e foi até o banheiro da suíte.

O banho era para ter sido revigorante, mas não foi. A água fria, que era a única maneira de acordá-la, não a acordou. Marta saiu do banheiro cambaleante e seguiu pelo corredor até a cozinha.

— É, tô precisando fazer umas comprinhas — se você estivesse lá, iria ter uma ideia do que ela estava falando. A verdade é que os armários e a geladeira só tinham coisas a fazer. Nada pré-cozido ou pronto para consumo. A saída então foi abrir um refrigerante velho, tomar um gole fazendo careta e, ignorando o resto da casa que já estava parcialmente iluminada, voltou para o quarto. Com o restinho de coragem que ainda tinha, se dirigiu à varanda.

O apartamento possuía uma suíte e um outro quarto que ela usava como escritório, contendo duas estantes cheias de livros; um banheiro social, que mais parecia abandonado; uma sala, uma cozinha e uma área de serviço que, de tão bagunçadas pareciam um cômodo só. Além de uma varanda na sala e a outra pequena no quarto, da qual Marta estava novamente observando a tal mulher misteriosa.

Sem largar do braço o pacote que parecia uma criança e sem que nada fosse capaz de distraí-la, a mulher da parada de ônibus continuava firme e forte na sua missão de assustar Marta. *Agora é sério, por que essa mulher está olhando? Será que eu estou nua e não percebi?* Checou a própria roupa e chegou à conclusão de que a mulher deveria ser apenas louca.

Cansada de tentar entender o que estava acontecendo, voltou para a cama. *Ainda são cinco e trinta e cinco, vou cochilar um pou...* e caiu no sono rapidamente enquanto o pensamento se diluía em sua mente.

"Marta!" Uma voz a chamou pouco tempo depois.

— Sai daqui, Jon, sua vigília terminou — ela respondeu com uma frase que só faria sentido numa história de George R. R. Martin.

"Ei, Marta. Acorda!", a voz persistiu.

— Hã?? Ok, tô acordada. — Ela ainda não tinha se dado conta de que estava sozinha e que aquela voz só poderia ser coisa da sua cabeça. — Caralho, tô atrasada — falou pulando da cama. Eram sete e meia e ela pegava no trabalho às oito.

Marta trocou de roupa – a que ela havia vestido estava completamente amassada agora –, pegou a bolsa, a chave do carro e saiu do apartamento às pressas. Passou na frente das outras três portas de apartamentos do andar, todos desocupados. Havia poucos moradores no prédio e, nenhum além dela, no décimo segundo andar. Marta só respirou quando se sentou no assento do carro.

— Ok, vamos lá. Respira — falava sozinha tentando manter a calma. Deu ré, esperou o portão abrir e saiu do prédio.

Ela trabalhava num estúdio de design e sua função era basicamente avaliar o resultado da arte, considerando todos os pontos-chave do *briefing* (peço licença para falar de forma mais técnica: *briefing* é o documento que serve de guia para que o setor de criação produza o que foi solicitado, tendo como base informações solicitadas pelo cliente). Voltando. Eram oito e meia quando ela ligou o computador, colocou os braços na bancada e pôde, finalmente, respirar aliviada. *Quem precisa de banho frio para despertar quando se tem a adrenalina de estar completamente atrasada?*

Havia saído com tanta pressa que até se esquecera da mulher da parada, inclusive, passou pela mesma rua e não se deu conta se ela estava ou não lá. Só se lembrou da mulher quando já estava no escritório. *Meu Deus, devo ter passado do lado dela e não percebi. Será que ela me reconheceu?* Marta refletia sobre isso enquanto olhava um site de notícias locais. *Melhor nem pensar nisso.*

A aprovação de uma peça de sinalização que era para ter chegado ontem ainda não estava na sua caixa de e-mail, e isso a deixava irritada.

— Eu corro pra chegar aqui no horário (ou quase) e nem posso fazer meu trabalh... oi, Silvinha, tudo bom? — uma colega de trabalho passou por sua mesa enquanto ela resmungava.

— Tudo, amiga. E aí, o cliente disse alguma coisa da peça? — a colega perguntou, e ela apenas negou com a cabeça em resposta.

Tédio. Sono. Preguiça. Marta seguia olhando os posts de notícias. "Caso de agressão a animais choca moradores locais.", "Julgamento dos envolvidos em latrocínio termina em confusão.", "Filha de moradora de rua assassinada brutalmente segue desaparecida."

Gente, isso foi no meu bairro. Como não fiquei sabendo? Com os olhos arregalados ela falava sozinha procurando mais informações sobre o caso.

"Mulher com idade entre 35 e 45 anos foi encontrada morta na manhã da primeira quarta-feira do ano. Seu corpo estava aos pedaços dentro de uma casa abandonada..." Enquanto lia a matéria, ela sentiu seu corpo tremer. Ela não sabia explicar, mas, de alguma forma, não conseguia tirar a mulher da parada de ônibus da cabeça.

— Cacete, um esquartejamento praticamente do lado de onde eu moro e não fiquei sabendo? — uma expressão de total perplexidade estampava seu rosto enquanto conversava consigo mesma.

"'A brutalidade do crime assusta, mas a covardia de fazer isso para sequestrar a filha de uma pessoa tão querida por quem mora no local é revoltante.' relata um morador que conhecia a mulher e sua filha. O culpado está à solta. O crime, que muitos estão chamando de 'Esquartejamento e Sequestro na rua da Casa dos Doces' segue sem solução."

— Cacete! — Uma voz a assustou.

— Que susto da porra, Leo. Não faz isso, cara. — Era Leonardo, um de seus únicos amigos na empresa. Ele havia chegado por atrás da cadeira e ela o reconhecera apenas pela voz, porque continuava olhando a tela do computador.

— Fiquei sabendo disso... É lá perto da tua casa, né? — ele comentou aproximando-se da lateral da mesa, onde Marta deixava uma pilha de *briefings* aprovados e devidamente assinados para comprovação.

— É sim. Acredita que já faz dois dias e só hoje que fiquei sabendo diss... — de repente gritou e saltou da cadeira. Não foi um salto qualquer. E o grito também não. Foi daqueles capazes de assustar uma sala com quarenta corretores da bolsa de valores, todos falando ao mesmo tempo. Lá não havia nem a metade disso, mas o susto foi de iguais proporções.

— Calma aí... o que foi? — Leo perguntou.

— Não foi nada, desculpa aí, pessoal. — Marta tinha se assustado com a camisa amarela de Leonardo, igual à que a mulher da parada de ônibus usava.

Cacete, porque essa mulher não sai da minha cabeça? Que diabo, pensava inquieta, com um sorriso amarelo no rosto e olhando para o amigo, que comentou qualquer coisa que ela não conseguiu entender, e seguiu para a mesa dele.

— Ok, vamos ver se algum outro site fala mais sobre isso. — Ela quis saber, se arriscando a buscar pelo nome popular do caso. Para sua surpresa, um blog já falava sobre o assunto, e seu título era "Esquartejamento e Sequestro na rua da Casa dos Doces. Um Caso Sobrenatural?"

Marta abriu o link e logo percebeu que se tratava de um site amador. Por instinto, ela começou a analisar a diagramação do layout. *Fundo preto com fonte branca? Gente, alguém ainda usa isso? E essa foto estourada no topo? A última vez que vi uma imagem com uma resolução dessa foi anos atrás, num jogo de Mega Drive.* Pensou dando um risinho de desaprovação.

"É bastante recente, mas vocês já devem ter ficado sabendo do assassinato brutal da mulher da rua da Casa dos Doces, certo? A verdade é que ninguém sabe o nome dela, apenas que ela era um doce de pessoa e que vivia nas ruas, alimentando-se do que as pessoas de bom coração lhe davam, e que andava pra lá e pra cá com uma criança de aproximadamente um ano. Porém, o que vocês não devem saber é que esse caso é muito mais intrigante.

Vou direto ao ponto: segundo algumas testemunhas..." um som interrompeu sua leitura, era o e-mail com a resposta do cliente que Marta estava esperando.

— Isso não é hora, cacete... já já eu olho, esse e-mail pode esperar cinco minutos — Marta comentou olhando para os lados com medo que alguém estivesse escutando.

"Vou direto ao ponto: segundo várias testemunhas, por volta de uma e meia da manhã uma mulher magra, branca e de aproximadamente um metro e sessenta de altura foi vista andando pela rua paralela à rua da Casa dos Doces. Quem é que anda sozinha essa hora da noite? Você pode estar se perguntando. Eu também. Mas para completar, ela estava completamente nua e caminhava devagar, carregando uma faca na mão. Ninguém sabe de onde ela veio, se saiu de uma casa ou de algum prédio. Nada. Absolutamente nada. Ela simplesmente dobrou a esquina, parou por alguns segundos numa parada de ônibus e entrou na rua.

Vendo aquele acontecimento incomum, a vítima tentou chamar a sua atenção, sem sucesso. Deitada de onde estava, numa calçada com uma coberta improvisada, a vítima pegou a criança no braço e seguiu andando em direção à mulher que, por sua vez, ignorava os chamados e seguia caminhando para uma casa abandonada na qual só tinha caixas e coisas velhas.

A vítima insistia em entrar em contato com ela, e aparentemente não conseguia ver a faca na mão da mulher. Foi então que decidiu entrar também na casa. Segundos depois, ouviu-se um estrondo seguido por barulhos abafados e pancadas. Foi possível ouvir também o choro de uma criança, que foi interrompido rapidamente. Alguns minutos se passaram e o que se viu foi ainda mais inacreditável. A tal mulher branca saiu da casa, com um pacote em seus braços que parecia ser a criança e vestia a roupa da vítima, uma camisa branca meio amarelada, jeans comuns e um chapéu escuro. Ela andou de volta para a parada, ficou lá mais alguns minutos e sumiu misteriosamente. Esses acontecimentos foram relatados por moradores das redondezas. Alguns moram em prédios próximos, outros em casas. E entre eles há até um morador de rua que não reagiu por medo que lhe acontecesse algo também. Isso tudo foi relatado à polícia, mas dado como fantasioso demais. Devem estar trabalhando com alguma linha de investigação, mas ignoram completamente os testemunhos. Uma mulher magra, branca e de um metro e sessenta de altura é tudo o que se sabe."

— Caralho. Que história estranha. Será mesmo que isso aconteceu desse jeito? — Marta comentava consigo mesma, completamente abismada com a possibilidade de tudo isso ser realmente verdade. — Então a tal mulher de amarelo da parada de ônibus é a suspeita? Eu a vi hoje de manhã. Meu Deus do céu!

— Martinha, você checou teu e-mail? Temos que correr com essas alterações — comentou seu chefe.

— Beleza, vou providenciar isso agora mesmo — falou nervosa, fechando a aba do navegador e abrindo, finalmente, o e-mail do cliente.

O dia se passou e ela, atarefada como nunca, não deu mais atenção ao assunto. Só durante o almoço que ela comentou rapidamente com Leo, que respondeu:"Calma, vamos por partes". Na hora, ela não entendeu, mas depois de vê-lo fazendo um gesto com o polegar e o indicador dobrados girando, percebeu que era uma piada. Tratar um esquartejamento desse jeito deixava Marta irritada. Ela ignorou e depois disso, voltou a trabalhar, só lembrando novamente da mulher misteriosa quando estava parada no trânsito olhando uma criança com sua mãe.

— Ainda não acredito que isso tudo possa ter acontecido sem eu nem perceber ou ficar sabendo depois — ela falava consigo mesma enquanto olhava com carinho o garoto e sua mãe na frente de uma padaria.

— Boa noite, sr. Hilton — ela cumprimentou o porteiro ao entrar com o carro.

— Boa noite, dona Marta — ele respondeu. Pouco antes, ela até olhou a parada de ônibus e nada da mulher.

Estacionou o carro e pegou o elevador. Já era tarde, pois havia ficado duas horas a mais no trabalho aguardando um contato do chefe. A cada andar que subia, lembranças surgiam em sua mente. Memórias recentes ou fantasias de uma imaginação fértil? Ela não sabia, mas na sua visão ela estava descendo no hall e passando pelo porteiro que cochilava. *Que lembrança estranha.* Mais um andar e outro *flash* em sua mente. Ela passando pela porta de vidro do condomínio. *Que merda é essa?* Mais um e lá estava ela fechando a porta de saída do prédio e caminhando no escuro da noite. *Caramba, devo estar muito cansada pra ter pensamentos como esses.* O elevador parecia subir em câmera lenta quando mais uma lembrança surgiu. Ela estava tirando a própria roupa e andando nua pelo meio da rua. *Cacete! Fiquei tão impressionada com a história que estou me imaginando nela,* pensou. *Caramba, sétimo andar ainda? Alguém tem que ajustar a velocidade desse elevador,* continuou.

Oitavo andar e outra lembrança, essa fez Marta dar um passo para trás. Ela estava virando a esquina da rua da Casa dos Doces e andando em direção à casa abandonada.

— Moça, você está precisando de ajuda? — uma mulher falou, mas ela a ignorou. Marta não tinha controle sobre o que estava acontecendo, só acompanhava de dentro da mente da assassina. Ela entrou, andou alguns metros e ficou parada de costas, com a faca na frente da barriga, numa posição que a mulher não conseguisse ver. — Ei, moça — ela falava aproximando-se. — Você precisa de alguma — sem deixar a mulher terminar de falar, a assassina virou-se e enfiou a faca no estômago dela. Depois repetiu o movimento quatro vezes. O sangue da mulher espirrava na barriga branca e nua e Marta via tudo através daqueles olhos pulsantes e cheios de ódio.

Quando seu corpo caiu no chão, a assassina viu um pacote em cima do balcão velho. Parecia uma criança, quieta e silenciosa. O único som que se ouvia era a respiração ofegante da mulher em intervalos cada vez menores. Ela desviou o olhar da criança e virou-se para o rosto dela, aquele olhar suplicante deixava Marta aflita. Num impulso enfurecido ela pegou um serrote enferrujado que estava na última prateleira de um armário cheio de ferramentas e montou em cima da mulher. Marta não conseguia mais continuar assistindo àquilo, embora também não fosse capaz de se desconectar daquele devaneio. A assassina pegou o braço da vítima e quando apoiou o serrote na parte interna do cotovelo, Marta fechou os olhos e deu um grito, pouco depois sentiu seu corpo sendo suspenso lentamente. Ela estava novamente no elevador. *Meu Deus, o que foi que aconteceu aqui? Devo estar ficando louca,* refletiu enquanto o elevador parava e a porta se abria. *Eu deveria começar a escrever histórias de terror. Depois de todos esses anos e só agora descubro que tenho criatividade.* Soltou uma gargalhada.

Marta saiu do elevador, passou pelo corredor e seguiu em direção ao apartamento. Ao entrar, viu a bagunça que estava a sala. Quando digo bagunça, estou sendo bastante otimista, porque quando ela acendeu a luz e viu o amontoado de coisas ensanguentadas pela sala, as partes do corpo por entre as cadeiras da mesa e o sofá, a camisa amarela com manchas vermelhas que tomavam quase toda a sua superfície, ela pensou que estivesse num açougue.

— Isso não pode ser real. Não pode ser real. Não pode ser real — ela repetia a frase à exaustão.

— O que é que não pode ser real? — seu vizinho do décimo andar entrou no elevador e fez a pergunta, apertando o décimo oitavo andar, que era onde ficava a área de lazer.

— Não, nada. Só tava pensando alto — respondeu nervosa, comemorando estar de volta ao mundo real. — Até logo — ela falou ao perceber que o elevador estava no décimo segundo andar.

— Tchau, Marta.

Ela saiu apressada e com vergonha por não lembrar o nome do vizinho. Quando dobrou a esquina do corredor e abriu a bolsa para pegar a chave, ouviu um som de mensagem. Era a sua mãe. "Filha, quando é que você vai me responder, hein?"

Marta pegou a chave. Colocou-a na fechadura e começou a responder as mensagens.

"Eu não estou tomando mais os remédios."

"Não estou namorando."

"O trabalho vai bem."

"E não estou precisando que a senhora limpe meu apart..." ela nem chegou a mandar a mensagem quando viu que a sua sala estava do jeito que ela sempre deixou. Nenhum sangue espalhado. Nenhum membro cortado pelos cantos. A boa e velha "bagunça arrumada" de Marta. Ela terminou de escrever e enviou a mensagem. Na mesma hora sua expressão mudou. *Caralho, mamãe é foda, é claro que não sou sonâmbula,* pensou enquanto olhava a quinta pergunta. Foi então que respondeu "E eu não sou sonâmbula.". Ela seguiu andando para a suíte.

Intrigada com as mensagens da mãe, com a visão que teve do esquartejamento e com a loucura sanguinária que estava em seu apartamento, ela entrou debaixo do chuveiro, pois um banho quente acalmaria um dia agitado.

A água caía tranquilamente em seu rosto. Tranquila também estava o resto da casa – meio bagunçada, porém, tranquila. Pela expressão de Marta, o banho poderia durar uma eternidade. A água relaxava seu corpo como uma massagem e o preparava para dormir profundamente.

Ela saiu do banheiro e se jogou na cama, sem coragem de preparar nada para comer, ela só pensava em dormir. Deitada, checou pela última vez o celular e colocou no criado-mudo. Olhando para o teto, Marta refletia sobre o dia e sobre o mistério da mulher da parada de ônibus. Ela até considerou se levantar e verificar se ela estava lá, mas desistiu.

Caramba. Não pensei que essa história fosse entrar assim na minha cabeça. Só espero que ela não me tire o sono. Duas noites sem dormir, ninguém merece. Esses foram últimos pensamentos antes de pegar no sono.

Não sei se acontece com você, mas pouco antes de conseguir dormir profundamente, uma infinidade de pensamentos desconexos passa pela cabeça e parece não querer deixá-lo cair no sono. Com Marta não foi diferente e, naquela noite, um desses pensamentos foi de poucos minutos atrás, de quando ela tentava achar a parte de cima do seu segundo pijama favorito e foi obrigada a pegar uma camisa qualquer no guarda roupa. Pena que ela não tinha nenhuma outra na cor amarela que combinasse com o *short*.

A ÚLTIMA PÁGINA

O dia havia sido exaustivo e a única coisa que ela queria naquele momento era ler o último capítulo do livro e dormir. E então, Carol uniu todas as suas forças, se concentrou e respirou fundo olhando aquela capa preta com Charlize Theron encolhida e com cara de quem teve uma vida repleta de sofrimento.

Carol sabia que, para finalizar a leitura de *Lugares Escuros*, seria preciso direcionar a sua mente até conseguir colocar de lado todas aquelas planilhas da estratégia de mídia da concorrência urgente que seu chefe estava participando. Então mirou o olhar a Tot, o centro de todas as atenções e mimos de Carol, que respondeu correndo e girando em sua direção.

Ela adorava aquele pug. Em especial, por ele ter sido o último presente da sua falecida avó. Essa raça, caso você não saiba, com o menor dos estímulos ela fica logo agitada. Enlouquecida de verdade. Tanto que o colo da Carol agora era uma pista de dança dos anos 1980, tamanha era a festa que ele fazia. E, graças a ele, Carol sabia que seria impossível o seu mau humor persistir por muito mais tempo.

— Ok, Tot. Ok... pare, você venceu — ela fez carinho nas suas orelhas falando como se ele fosse capaz de responder na nossa língua pátria. Já aquela bolinha bege de focinho escuro inclinou a cabeça e arrastou a mão dela para que ela continuasse fazendo carinho. — Você é muito safado, sabia? — Ele devolveu o olhar com um sorriso de língua para fora. E então, voltou a curtir o momento, tremendo a pata traseira da forma histérica de sempre.

— Eu não aguento mais essa vida, Tot. É sério — ela falava observando toda aquela manha e entusiasmo. — Já sei. Já sei. Eu deveria ter pensado nisso na hora que escolhi fazer faculdade de propaganda — ela falou em resposta ao olhar denunciador de Tot, que dizia "A escolha foi sua", "Lide com isso" ou algo parecido.

Não demorou muito e Carol se levantou, colocou ração no pote, substituiu a água dele e seguiu para o banheiro. Um banho quente e demorado era a segunda coisa que ela mais desejava naquela noite chuvosa. A primeira era terminar o livro. Uma história que já estava mexendo com seus nervos.

E assim ela o fez.

Depois de algumas horas deitada nas posições mais desajeitadamente confortáveis, ela avançou trinta páginas e terminou o livro. Paralisada na página final, refletia sobre a história de Libby Day e sobre como ela persistiu em tentar descobrir o que acontecera na noite que traumatizara sua vida.

Carol permaneceu no lugar por mais alguns segundos. O quarto estava à meia-luz. O móvel que ficava debaixo da TV mantinha à risca o clima bagunçado do quarto. Na frente da cama, o tapete de sempre, branco meio amarelado e com pelo desgrenhado. No chão estavam duas meias e a camisola que ela ignorou para usar seu *short* e camiseta favoritos para leitura. E Tot, claro, dormia ao seu lado na cama – depois de muita luta enquanto sua dona mudava de posição.

Ela então virou a última página e o livro se fechou no seu colo. E bem à sua frente, na janela do quarto, uma silhueta. A sombra de um garotinho.

Tot acordou com o grito estridente. O susto foi tão grande que o coitado saltou da cama direto para o chão e, no mesmo instante, começou a latir. Porém, aquela estranha sombra permaneceu lá. Era possível ver as formas do seu corpo esguio: as costelas salientes, os ombros ossudos e protuberantes, os braços e mãos nodosos e os longos cabelos balançando ao vento. Carol continuava gritando e o cachorro acompanhava, do jeito dele. Ela fechou os olhos e, ao abrir, a silhueta já havia sumido, então ambos pararam de gritar.

— Tot, não estou ficando louca, estou? Você também viu, não foi? — ela perguntou, mas o cachorro estava muito mais assustado com a reação dela do que qualquer outra coisa. E ele apenas latiu em direção ao que ela estava olhando.

Ele corria para um lado e para o outro do quarto. Depois parava e caminhava nervoso em círculos.

— Venha cá. Já passou. — ela tentava acalmar o cachorro, mas o que queria mesmo era que alguém contasse que aquilo tudo era coisa da sua cabeça.

Demorou, mas ela conseguiu relaxar. O final do livro voltou à sua cabeça como um *flash* e aquela aparição deixou de atormentá-la.

***

— Carol, tenho uma ótima notícia. Lembra da concorrência que participamos no começo do mês? Passamos para a segunda fase.

— Ótimo! Que coisa boa, chefe. — Foi sua resposta, tentando ao máximo esconder toda a ironia. Já fazia três semanas desde a primeira aparição e ela estava fazendo o possível para que a vida voltasse ao normal. Naquele momento ela só queria estar longe dali, tinha coisas para resolver e não eram relacionadas ao trabalho.

As horas pareciam não querer passar, mas enfim faltavam poucos minutos para as onze horas, e ela precisava correr para se encontrar com o amigo de Diogo no café.

As mesas e cadeiras, dispostas como peças de xadrez num tabuleiro, lotavam o mezanino da área externa do estabelecimento e Carol apressava o passo. Ela escolheu uma mesa, afastou a cadeira do canto e se sentou. A pedra de mármore estava morna do sol das dez da manhã. Estaria quente, quase insuportável, se fosse verão, mas os ventos da primavera a deixavam amena. Ela a limpou e logo em seguida fez sinal para o garçom se aproximar.

— Um expresso, por favor?

— É pra já, senhora — ele respondeu, meneando com a cabeça e voltando para dentro.

Carol sabia que havia ido ali para cumprir um objetivo e só sairia quando o concluísse. Ela pegou o notebook e o colocou em cima do jogo americano extra, previamente retirado de uma mesa desocupada e aguardou. Diogo chegou logo em seguida.

Aquele acontecimento inusitado no seu quarto, com a aparição de uma sombra ou silhueta, como queira chamar, foi apenas o primeiro de uma série, e ela precisava descobrir do que se tratava, por isso, concordou com a ideia de Diogo, seu amigo, em se encontrar com uma pessoa especialista em coisas sobrenaturais.

— Especialista em coisas sobrenaturais? Então ele deve ter uma graduação e um MBA, certo? — ela indagou, sabendo a resposta que iria receber.

— Vai te lascar, Carol — Diogo retrucou, sorrindo.

— Ei, Diogo, falando em coisa sobrenatural... E aquela garota que trabalhou em parceria com a gente na agência? Ela era tua amiga, não era? Acho que era Marta o nome dela. Dizem que ela estava possuída...

— Carol, eu acho que não. O que dizem é que ela estava envolvida com a morte de uma moradora de rua e o desaparecimento da filha, ou filho, sei lá. O lance foi muito tenso e parece que ela é sonâmbula, enfim... não sei bem.

— Ah, entendo.

Glub, o celular de Diogo alertou uma notificação.

— Olha, vou indo, beleza? Estão me chamando da agência e o combinado era vocês conversarem sozinhos e ele já deve estar chegando.

— Nem sei como te agradecer.

— Relaxa, compra um livro pra mim na *black friday* que tá tudo certo. — Ambos sorriram e o amigo de Carol voltou para a agência.

O tal contato de Diogo havia marcado o encontro às onze e Carol chegou pontualmente nesse horário. Ela estava uma pilha de nervos.

***

Enquanto aguardava, Carol relembrava as outras duas situações em que o vulto havia aparecido no reflexo de vidros conforme virava a última página de algum livro. Na segunda vez, ela estava no corredor que dava nos quartos da casa de Patrícia, sua melhor amiga. Parada com o livro na mão esquerda e o rosto parcialmente coberto com a direita. Seus olhos, trêmulos e espantosamente abertos, se moviam da esquerda para a direita lentamente enquanto ela absorvia os momentos finais daquela história tenebrosa. *Caixa de Pássaros* estava prendendo a sua atenção do início ao fim e ela não aguentava mais de tensão.

Patrícia terminava de se arrumar para que ambas pudessem sair. Elas já estavam atrasadas e aquela noite de sábado prometia – era esse o plano, até o fatídico momento em que a coisa apareceu pela segunda vez.

Carol estava com os braços segurando o livro próximo ao rosto, e havia um espelho antigo à sua frente. Com os olhos fixos na leitura, ela chegava à última linha e lia a frase até o ponto final. Sem acreditar no desfecho da história, baixou lentamente os braços com o livro e, para sua surpresa e pavor, viu a silhueta novamente no reflexo do espelho. Ela gritou. Mas não foi como uma criança que acaba de ver um fantasma, ou uma mãe que vê as louças do casamento estilhaçadas no chão com o filho dizendo que não foi ele. Nada disso. Foi um pandemônio. Ela soltou a garganta e em seguida arremessou o livro no espelho. Imagine uma ópera com um soprano em seu ponto máximo quebrando blocos de vidro num grande palco.

Depois que o livro caiu no chão e parte dos cacos do espelho despencou, Carol ainda estava em choque. Ao olhar um pedaço grande que restava na moldura metálica que sustentava o espelho, era possível ainda ver a sombra, com as mesmas características, os cabelos se balançando e o corpo esguio.

Sua amiga saiu do quarto correndo a fim de verificar o que estava acontecendo. Por sorte, ambas estavam sozinhas em casa e Carol logo convenceu a amiga que havia sido apenas um acidente.

A terceira vez foi a que mais aterrorizou Carol. Ela já havia percebido a sistemática das aparições, embora achasse a situação bem estranha e dessa vez estava preparada. O livro era *O Adulto* e o escolhera por ser curto e para tentar comprovar os acontecimentos anteriores.

E lá estava ela, nas últimas páginas do livro, sozinha em casa. Tot dormia tranquilamente no conforto da cama da dona, estrategicamente desarrumada e aconchegante. Carol estava na sala, olhando para os quatro cantos da casa enquanto lia palavra por palavra. Ela havia colocado um espelho à sua frente e o celular preparado para filmar toda a ação, pois precisava provar de alguma maneira que aquilo não era loucura. Embora houvesse contado tais acontecimentos a duas amigas próximas, ambas achavam que ela estava apenas muito estressada.

Mas o tiro saiu pela culatra.

Estava tudo pronto. Carol lia a última página vagarosamente, observando o que acontecia ao seu redor. O ponto final chegou e ela não se aguentava de medo. Com os olhos fechados, imaginava se a assombração havia aparecido ou não e se a câmera estava captando tudo como ela gostaria.

Mais alguns segundos e ela os abriu. Uma brecha mínima a permitiu ver apenas borrões; abrindo-os lentamente, percebeu que tudo estava como antes. Exatamente como antes. Nenhum reflexo no espelho.

— Sacanagem. Isso só pode ser sacanagem — falou, olhando para a TV coberta, para as cortinas que cobriam as janelas e para tudo o que ela usou para focar toda a situação no espelho, mas que parecia não ter funcionado.

— Estou ficando louca. Só tem essa explicação — Carol falava consigo mesma voltando para a última página e lendo as últimas linhas novamente. Nada aconteceu e ela não sabia se ficava aliviada por ter se livrado daquilo ou se explodia de raiva por estar parecendo uma louca.

Sem saber o que fazer, surgiu então a ideia de olhar a gravação. Se algo apareceu, o vídeo captou. O desespero a estava levando à loucura.

Código errado.

Código errado.

Código errado.

Você tem mais duas tentativas.

— Ok, Carol, respira — tentava se acalmar, inserindo mais uma vez o código de desbloqueio do celular. — Ok, vamos ver o que gravou.

Ela apertou o botão *play* e começou a assistir à gravação. Tudo absolutamente normal. O ponto de vista era mais ou menos do lado esquerdo de sua cabeça, direcionado para o espelho. Mas o vídeo não captou nada de anormal e isso a enfureceu. Carol abaixou o celular e viu à sua frente a sombra do garotinho. A silhueta tomava completamente o espelho e ele parecia falar algo, mas ela não entendeu porque caiu para trás inconsciente, acordando só algumas horas depois. Pela primeira vez na vida, havia desmaiado de susto.

***

— Esse encontro foi muita idiotice minha, mas vamos lá. — Ela estava verdadeiramente nervosa, e o tal especialista, atrasado.

— Carol... você é a Carol? — um homem baixo, magro e vestido como se tivesse saído de uma casa abandonada aproximou-se timidamente e soltou a pergunta.

— Sim, sou eu. E você é...? — Carol respondeu. Ela não se arriscaria a chamá-lo pelo nome, pois qualquer um poderia se passar por ele e ela estava mais desconfiada do que o normal, dada a situação.

— Sandro, amigo do Diogo… — ele falou sentando-se na cadeira que estava na frente de Carol. — E vou te falar uma coisa, você corre perigo.

— Como assim eu corro perigo?

— Diogo me falou o que aconteceu com você, e sei de onde isso veio.

— Por que eu estou correndo perigo? Fale logo. — Ela retesou-se em sua direção.

— Calma, não chame tanta atenção — Sandro orientou, tentando conter a surpresa de Carol. — Existe uma história que poucos acreditam que realmente aconteceu mas que eu penso ser real.

— Eu não te conheço, mal conheço o Diogo... mas não sei mais a quem recorrer. Ninguém acreditou em mim e, quando tentei gravar um vídeo foi ainda pior — ela começou a chorar. — Não sei mais o que fazer, estou com muito medo.

— Só posso imaginar como deve ser terrível, mas tente se acalmar, pois vamos resolver isso de uma vez por todas. — Sandro agora estava sentado ao lado dela.

Alguns minutos se passaram, quando finalmente o garçom chegou trazendo o pedido dela, e logo estranhou aquele homem maltrapilho sentado ao lado de Carol, uma mulher elegante. Preferiu não falar nada, apenas observou com reprovação. Fazia pouco mais de uma semana que ocorrera um caso de discriminação no café e ele não estava interessado em despertar a ira do dono do estabelecimento novamente:

— Mais alguma coisa? — perguntou.

— Não, obrigado — Sandro respondeu, pegando a xícara e levando às mãos de Carol. — Pra não te deixar ainda mais ansiosa, vou contar logo. Essa criança que está aparecendo pra você é o espírito de um garotinho que foi brutalmente assassinado pelo próprio pai.

— Ai, meu Deus. Que crueldade! — Carol exasperou e Sandro tomava fôlego para continuar:

— Pois é, e ele tem aparecido ao virar da última página de cada um dos últimos livros que você lê porque ele escolheu você para se vingar do pai...você, Carol, é uma pessoa com sensibilidade espiritual e também é bem próxima dele.

— Como assim? Sensibilidade espiritual? — Ela estava assustada. — E quem é esse desalmado... eu não conheço ninguém capaz de uma atrocidade dessas, Sandro. Você está me deixando ainda mais nervosa.

— Não adianta eu falar pra você se acalmar, porque isso provavelmente só vai piorar... o melhor é que eu termine logo de falar.

— Ok, desculpe.

— Esse homem matou o próprio filho num sacrifício para ficar famoso como escritor. Ele já havia lançado outros livros, mas nenhum emplacou. E a promessa de uma bruxa o convenceu a acrescentar seu primogênito na nova trama e eliminá-lo no final. Fazendo isso também na vida real, ele teria sucesso com o livro. Tomado pelo desejo de fama, ele o matou, incinerou o corpo e fez todos pensarem que ele havia desaparecido. Uma tragédia!

— Que absurdo, Sandro, mas o que eu tenho a ver com essa história? Por que o espírito desse garotinho tem aparecido pra mim quando viro a última página dos livros?

— Bom, como falei, você é a pessoa mais sensitiva que o conhece. E o desejo dele é concluir a própria história, matando o pai. A única forma de livrar você da maldição que agora carrega é lendo a última página de um livro na presença dele, o seu chefe, para que o garoto consiga se vingar, e o pai pague pelo que fez.

— Como assim o meu chefe? Você está louco? Olha, essa história está muito estranha.

— Carol, tome muito cuidado.

— Ricardo... é do Ricardo que você está falando?

— Não sei o nome dele, mas você já deve ter sentido uma energia negativa perto dele.

— Energia? Como assim, Sandro? Olha, eu tenho que ir porque o intervalo já acabou, até o meu café esfriou — afirmou. — É o meu chefe, você tem certeza?

— Carol, tome muito cuidado mesmo. Não leia nenhum livro até o final sem estar na presença dele.

Aquelas palavras continuaram com ela enquanto pagava pelo café, atravessava a avenida, e voltava para o empresarial. Antes de entrar no elevador, observou o café pela última vez e, da calçada, Sandro a fitava de volta.

***

Carol não queria acreditar em nada daquilo, mas o convívio com seu chefe a partir dali se tornou um desafio. *Um filho sacrificado? Mas Ricardo nunca teve filho, não pode ser ele.* A menos que ele tenha escondido a história todo esse tempo. Ela se lembrou de que ele era novo na agência e ninguém sabia de onde ele tinha vindo. O dono da agência, sr. Cleber, o havia contratado para assumir o setor de licitações, e a informação oficial se limitava a apenas isso. Mesmo Carol e Cleber sendo próximos, ele não falava sobre Ricardo. A pessoa mais próxima dele realmente era a Carol, e eles se davam muito bem.

Pouco mais de uma semana depois daquele dia no café com o homem estranho, Carol estava novamente numa encruzilhada. A leitura de *O Vilarejo*, de Raphael Montes, estava chegando ao fim e ela não conseguia lidar com o medo em terminar o livro. Faltando apenas algumas páginas para encerrar a história, enfim decidiu falar com Ricardo. E aquela foi a última vez que eles se viram.

Era uma manhã fria e ela o esperava no mesmo café. "Preciso conversar uma coisa com você, é urgente. Não vá para a agência antes de falar comigo, me encontre no café." Com esse recado, e uma esperança tola, ela o aguardava.

— Oi, Carol. O que está acontecendo? — ele perguntou sentando-se à sua frente.

— Ricardo, eu sei sobre o seu filho — revelou, encarando-o.

— Como assim? Que história é essa?

— Você matou o seu filho para ficar famoso.

— Olha, Carol, eu sempre te respeitei, mas agora você está agindo como uma louca.

— Sei que isso pode parecer loucura, mas tem algo acontecendo comigo e tudo indica que é por causa da sua covardia com o seu filho.

— Você está louca, só pode ser isso. E eu nem tenho filho! Carol, não vou perder meu tempo com essa conversa sem pé nem cabeça. — Ricardo levantou-se irritado e começou a sair do café.

— Ricardo, volte aqui — insistiu.

— Carol, não devo satisfação da minha vida pra ninguém — ele falou e saiu.

Quando ele estava na calçada dando um passo para atravessar a rua, Carol o chamou de assassino, dizendo que ele não ia se safar (ela cuidou de não falar alto, apesar de estarem praticamente sozinhos). E, para infelicidade dos dois, ou talvez só dele, Ricardo olhou para trás e perdeu o equilíbrio, ficando na rota de um carro. A velocidade não era suficiente para matá-lo, mas o impacto do seu corpo na grade da calçada oposta ao café o fez perder a consciência na hora. A pancada na cabeça que o fez perder os sentidos foi o menor dos problemas, o metal do cercado penetrou suas costelas e abdome, expondo as vísceras como num filme de terror alternativo.

Carol gritou, mas não foi de tristeza ou horror. Foi uma mistura de felicidade e surpresa – e mais tarde ela teria vergonha da reação –, mas, enfim com o seu pai morto, possivelmente o espírito do garotinho iria ficar em paz e ela, livre da maldição.

Uma multidão se aglomerou ao redor do corpo de Ricardo, terrivelmente exposto aos transeuntes. A espera pela ambulância foi longa, que só chegou quase uma hora depois.

— Que demora, meu senhor — uma mulher que observava o corpo reclamou com o paramédico.

— Minha senhora, nós estávamos atendendo um chamado aqui perto, uma *Dobermann* matou a dona e uma amiga da dona, estraçalhando as duas. Quando chegamos lá, quase fomos atacados por ela também.

— E eu sei lá o que é Dóbeman! Isso não é desculpa! Esse homem já deve estar morto pela demora de vocês — a senhora rebateu.

Em seguida, a polícia também chegou e Carol finalmente foi liberada para ir para casa. E como a mulher havia falado, não houve muito o que os socorristas pudessem fazer, Ricardo já estava morto.

Os depoimentos levaram todos a acreditar que fora um acidente e as câmeras pelas redondezas também comprovaram o fato.

***

Chegar em casa parecia uma jornada sem fim, mas ela conseguiu. E assim que fechou a porta, correu para o quarto e pegou o livro. Os últimos parágrafos foram devorados com ferocidade, tanto pela expectativa acerca do final da história, quanto por saber de uma vez por todas se estava realmente livre da maldição.

Quando fechou-o, ela estava perplexa. O desfecho do livro havia tirado sua cabeça do lugar. Minutos depois, se deu conta e procurou o reflexo nos espelhos e janelas. Nada. Absolutamente nada. Uma constatação reconfortante de que sua vida poderia voltar ao normal. O custo disso foi alto, entretanto, não se sentia tão culpada assim. *Ricardo era uma boa pessoa, mas teve o que mereceu.* Esse foi o seu último pensamento antes de pegar no sono.

***

O sol bateu na janela anunciando que estava atrasada para o trabalho, novamente. Mesmo com os acontecimentos do dia anterior, Carol fez questão de ir à agência e prestar condolência aos seus colegas de trabalho. Chegando lá, percebeu uma atmosfera diferente. Não era apenas de pesar, mas de espanto e preocupação. Ela se aproximou de sua mesa para colocar a bolsa e cumprimentar os seus colegas, quando uma revelação surgiu de uma conversa na mesa ao lado. "Cara, eu não acredito que Cleber pôde fazer uma coisa dessas com o próprio filho", uma amiga falava baixo para um outro colega. "Ele matou o filho pra ficar famoso... A denúncia é recente e parece que ele fugiu para o exterior."

Nesse instante, Carol pegou a bolsa de volta e correu para o elevador. Ninguém entendeu o que aconteceu e também não questionou, se ela não estivesse conseguindo lidar com tudo aquilo era totalmente compreensível.

Meu Deus, como eu fui injusta com o Ricardo, ele morreu por minha causa, Carol chorava copiosamente no elevador. Pessoas entravam e saíam em outros andares e ela apenas chorava. Colegas do prédio tentavam falar com ela, mas ela não reagia. Quando o andar do estacionamento chegou, saiu pela porta correndo em direção ao carro e seguiu para casa em alta velocidade.

Chegando lá, outro problema, a maldição poderia ainda estar com ela. Curiosa e com o coração querendo sair do peito, correu para a estante reunindo coragem para ler mais um livro até o fim. Pegou o mais fino que viu pela frente, *Um Estudo em Vermelho*, de Conan Doyle.

Agora não era só o choro ou o coração batendo forte no peito que a afligia, e sim o pânico. Pânico de folhear as páginas e perceber que todas estavam em branco.

Carol pegou outro livro, *Deuses Americanos*, também em branco.

O Hobbit, em branco.

Desventuras em Série – Mau Começo, em branco.

Ela não sabia o que fazer além de gritar em desespero. Seria aquilo um pesadelo? Ela precisava saber. E para isso ligou para sua melhor amiga.

— Patrícia, amiga, você pode vir aqui agora?

— Claro, o que houve?

— Quando você chegar eu te conto, mas vem logo.

— Ok, estou indo.

Assim que ela chegou, Carol mostrou-lhe o livro:

— *O Hobbit*, legal, você vai me dar de volta, é? Fui eu que te dei, lembra?

— Eu sei, leia em voz alta.

Patrícia começou a ler, mas sua boca se movia e Carol não escutava nada. Ela apenas via os movimentos dos lábios silenciados.

— Eu não estou entendendo — Patrícia falou olhando para ela. Essa frase Carol ouviu em alto e bom som.

— Amiga, você ainda tem aquele audiolivro contigo?

— Tenho.

— Tá no teu celular?

— Tá.

— Me empresta. — Carol tentou ouvir, mas não escutou absolutamente nada.

— Amiga, me conta logo o que está acontecendo — Patrícia perguntou, apreensiva.

— Acho que fui amaldiçoada.

— Como assim, Carol, tá louca?

— Não, amiga, é sério. Os livros estão todos em branco pra mim. Quando você leu uma história eu não consegui ouvir. E audiolivros também não.

— Amiga, pare de frescura, viu?

— Eu tô falando sério! Foi a maldição do garotinho, filho do dono da agência, e eu jurava que era o Ricardo, meu chefe. Depois da morte dele era pra ter quebrado a maldição, só que terminou que não era ele, e sim o Cleber, o dono da agência.

— Amiga, não estou entendendo nada. Você pode estar em estado de choque por tudo o que aconteceu. Já já passa, relaxa.

— Ou eu posso estar amaldiçoada... ou louca... ou os dois. Amiga, o que vou fazer sem poder ler um livro, me diz? Ai, meu Deus! Fui eu que causei a morte de Ricardo! — Ela começou a chorar.

— Assiste aos filmes. — Esse comentário foi acompanhado de risos irônicos.

— Só não dou na tua cara porque tô me tremendo toda aqui — Carol falou enxugando as lágrimas. Ambas sorriram e o clima começou a ficar mais leve.

— Calma, bebe água, é sério — Patrícia falou levando a amiga para a cozinha e tentando animá-la, mas igualmente preocupada com o seu estado mental.

***

O tempo passou, mas para infelicidade de todos, a maldição não.

Aos poucos, a vida dos outros voltou ao normal, menos a de Carol.

Os livros eram páginas em branco agora, assim como seu futuro sem eles. Entretanto, onde ela estava agora nem daria para lê-los, mesmo que pudesse. As amarras daquelas jaquetas brancas não davam mobilidade alguma para a leitura.

O OUTRO QUINTO ANDAR
PARTE III

— Cara, pensei em chamar alguém da sua família, mas eu sabia que você ia ficar muito puto comigo, por isso desisti na hora.

— Onde estou? Como assim chamar alguém da minha família?

— Edgar, você teve uma crise. A gente estava jogando videogame e você de repente falou: eu não sei terminar a história. Depois começou a gritar a mesma coisa: EU NÃO SEI TERMINAR A HISTÓRIA! Várias e várias vezes. Parecia um louco, e depois apagou. Você teve um pico de nervosismo, como se algo dentro da tua cabeça tivesse te assustado ao extremo, e aí você meio que apagou e voltou, como um computador reiniciando. Isso foi uns cinco minutos atrás mais ou menos. Graças a Deus você acordou. Você precisa se cuidar, hein, velho?

Edgar olhou ao redor e notou que realmente estava na casa de Tomás. A TV no canto da parede parecia implorar para que alguém a tirasse da inércia. Na tela, um jogo de tiro com dois personagens cheios de armas nas mãos, mas que ele não conseguia identificar qual era.

Sua cabeça doía ao ponto de sugar as suas forças, uma sensação muito parecida com a primeira vez que ele voltou daquele inferno, quando o seu grande amigo vestia uma máscara horrenda do próprio rosto.

Ele não conseguia raciocinar direito, mas sentia que aquela sala estava estranha, de uma maneira que ele não saberia explicar nem em um milhão de anos. Como se os seus olhos a conhecessem, mas os outros sentidos não. O sofá era o mesmo, o tapete era o mesmo, a casa inteira era a mesma, mas ele não se sentia confortável. E sua cabeça doía. Como nunca antes.

— Velho, minha cabeça está um caos. Eu não lembro de muita coisa dos últimos dias das últimas horas nem lembro como vim parar aqui. E-eu estava num corredor, entrando de porta em porta, tinha sangue no chão e estava escuro. Tinha umas pessoas estranhas, um carro pegando fogo, um fantasma de um velho sentado no chão. E um papel. Cadê o papel com as coisas escritas? Eu preciso voltar lá e salvar o Estefano.

Edgar fitou o amigo, tentando distinguir se aquilo era sonho ou realidade. E ali estava o Tomás de sempre, com a cara lisa de quem acabou de se barbear, com uma camisa xadrez azul e preta de manga longa dobrada até metade do antebraço e botões sofrendo na frente da barriga, uma bermuda cargo preta e as velhas sandálias com Anakin Skywalker estampado em um dos pés e Darth Vader no outro. Tomás estava acima do peso, mas parecia que todos sabiam disso, inclusive as suas roupas, menos ele.

— Calma, cara. Calma! Você está ficando estranho de novo. Vamos por partes... nas últimas semanas você tem falado muito desse lugar aí — Tomás falou tentando acalmar o amigo. — Depois que você foi visitar o Téti aquele dia em que a enfermeira ligou, ficou estranho. Dias sem dormir, como se estivesse vivendo num inferno — completou.

Imagens surgiram na mente de Edgar. Ele estava na própria cama virando para um lado e para o outro sem conseguir dormir. Na lembrança, os dias passavam rápido, sendo uma repetição de um após o outro. Ele parecia automatizado, especialmente quando estava na companhia do amigo. No trabalho, era um pouco diferente, embora também parecesse um robô. No quarto do hospital, ele concordava com tudo, como se estivesse fazendo o menor esforço possível. Um parasita. Uma máquina no modo de economia de energia. Edgar estava finalmente começando a entender os apagões.

— Você passou vários dias assim — Tomás continuou falando. — E foi piorando. Principalmente depois de ter se trancado no banheiro do quarto do hospital, agindo feito louco. Cara, o que está acontecendo?

Esse tempo todo ele estava tentando lidar com a dor de cabeça, mas não obtinha sucesso algum.

— Cara... honestamente eu não sei — comentou, abaixando a cabeça.

— Olha, andei pesquisando sobre esse lugar aí que você vem mencionando.

— Que droga de pesquisa, velho. Eu tenho é que voltar lá, e só posso com o papel — Edgar afirmou, se levantando e sentando, a tontura o forçou a recuar.

— Calma, velho você não está legal. Pelo amor de Deus! — Tomás repreendeu o amigo, implorando para que ele ficasse quieto nem que fosse por um minuto. — Olha, deixa eu falar o que eu encontrei, é sério.

— Tá, tá... só até essa tontura passar. Dor chata da porra! — respondeu.

— Beleza, você se lembra do aluno daquela faculdade que espancou o outro no banheiro até a morte? — Tomás perguntou.

— Sim, e daí?

— Teve aquele cara do estacionamento da clínica, um tal de Samuel e aqueles quatro amigos malucos que não paravam de falar do velho cego no bar da rua 48... — Tomás respirou fundo. — E sobre esses quatro ah, meu caro, o buraco é ainda mais em baixo.

Sem deixar Tomás terminar, Edgar interrompeu:

— Claro que eu lembro, o que tem eles, você vai falar?

— Velho, se você me deixar continuar, eu falo.

— Foi mal, diz aí — Edgar falou, ainda com uma mão segurando a testa.

— Me lembra de contar como esses quatro amigos enlouqueceram, tá?

— Beleza, mas continua.

— Então, eles estão todos internados. E não só eles, tem também aquele cara que desde pequeno acha que todas as outras pessoas da Terra são fantasmas e ele é o único sobrevivente, um tal de Daniel. São muitos, tem aqueles dois casos recentes em que uma mulher matou uma moradora de rua e escondeu a filha e a outra que foi investigada pela morte do chefe e que enlouqueceu por que não conseguia mais ler nenhum livro. E tem aquele — e Edgar novamente o interrompeu.

— Puta que pariu, você tá fazendo minha cabeça doer mais ainda. O que têm eles, pelo amor de Deus? — Edgar estava furioso. — Se eles forem apenas doidos, e daí? É como dizem, cada doido com...

— A sua mania. Tá, tá. — Tomás estava impaciente. — Eu vou direto ao ponto. Todos eles falaram uma coisa que você tem comentado muito ultimamente e só me toquei hoje mais cedo. Todos falaram de um tal de "o outro quinto andar" e "o antigo estacionamento".

— Como é que é? De onde você sabe disso? — Edgar perguntou tentando se levantar pela segunda vez, caindo sentado novamente com a mão esquerda na têmpora.

— Velho, não força a barra, porcaria! Você não está legal — Tomás falou aproximando-se dele. — Eu vou explicar, mas fica quieto. Sabe aquele casarão perto do bar da rua 48, que a parte da frente é um estacionamento? Aquele que às vezes tem mendigos à noite e tal?

— Sim, sim. Onde uma vez a gente viu o fantasma de um garotinho?

— ISSO! Lá mesmo — Tomás não conseguia disfarçar a emoção de os dois estarem na mesma página, finalmente. — Dizem que o estacionamento é só fachada para o lugar parecer abandonado, mas tem uma clínica psiquiátrica lá, cara. Daquelas bem pesadas.

— Será, velho? Não sei não. Que é possível é, mas será mesmo que isso iria ficar mascarado por muito tempo? E a polícia? O governo? — Edgar falava impaciente. A tontura ainda estava muito longe de passar.

— Bom, se for do interesse deles, acho difícil que fechem. Você sabe que quem se mete com gente grande se dá mal, né?

— Mas como você ficou sabendo dessa história? — Edgar quis saber.

— Bom, lembra de quando surgiu o lance do bar da 48? Do velhinho cego e tal?

— Lembro.

— Então, aquilo foi só o começo. Algumas semanas depois do que aconteceu, o dono do bar se matou.

— Caramba — Edgar franziu a sobrancelha.

— É o que dizem. Mas pesquisei sobre o caso, é claro. E descobri que os quatro amigos ficaram viciados na história e perseguiram o cara para saber a verdade sobre o velho. Sobre ele ter voltado pra atormentar os clientes do bar naquela noite. Mas — ele fez uma pausa arregalando os olhos para Edgar — como não conseguiram o que queriam, enlouqueceram. Perderam a cabeça mesmo. E mataram o dono do bar. Um horror, cara.

— Caralho! — Edgar retesou-se no sofá.

— A loucura parece não ter sido um empecilho para eles fazerem parecer que o cara se matou. E ainda tem gente que acha que ele realmente tirou a própria vida. Já outras, não. — Fitou, encarando o amigo. — E, depois disso, os quatro ficaram descontrolados. Parecia que estavam possuídos. Tanto que precisaram ser internados logo depois. As famílias ficaram arrasadas.

— Velho, que tenso.

— E é aí que entra o tal do "antigo estacionamento" — ele comentou lançando um olhar de suspense para o amigo. — Dizem que eles foram levados pra lá.

— Como você sabe de todas essas coisas? — Edgar perguntou.

— Eu andei pesquisando! — comentou, sentindo-se orgulhoso. — Quando os casos começaram a aparecer, fucei na internet, nos lugares mais profundos daquela maravilha tecnológica. E, é claro, falei com pessoas. Gente que conhece gente. Lembra como eu sou, né?

— Cuidado, velho. Você pode acabar se dando mal.

— Que nada. São fontes seguras.

— Olha, a dor de cabeça está piorando.

— Aguenta aí — Tomás interrompeu Edgar.

— Sério, cara, minha cabeça está me fodendo. Me arruma um remédio, por favor?

Tomás levou pouco mais de cinco minutos para encontrar um analgésico na bagunça da sua gaveta de remédios, e então pegou a água voltando para a sala. Isso foi tempo suficiente para Edgar checar seus bolsos em busca do papel e perceber que não estava mais com ele. Procurou também nas gavetas do seu arquivo mental, mas elas pareciam estar todas vazias. *O que aconteceu comigo naquele lugar? E o que aquele tal de Rui estava querendo dizer? Continue a história, continue a história. O que porra é isso? E você, Estefano, eu ainda preciso te salvar, amigo.*

— Aqui, finalmente achei essa porcaria de remédio. — Tomás voltou da cozinha com um sorriso constrangido no rosto.

— Antes de você continuar, me diz uma coisa... como está o Téti? — Edgar perguntou colocando o comprimido na língua e engolindo com um pouco de água.

— Ed, ele continua na mesma, cara. Você sabe que eu não tive oportunidade de conhecer ele tão bem quanto você, mas eu gostava dele e tenho certeza que ele vai acordar qualquer hora dessas. — Tomás então fez uma expressão de dúvida. — Mas, como assim você deveria saber disso melhor do que eu, não? — concluiu.

— É, eu sei, minha memória está uma merda — Edgar falava tentando esconder a gravidade da sua perda de memória. — Sobre o Estefano, assim eu espero. Espero mesmo que ele acorde qualquer hora dessas. Mas deixa eu te contar uma coisa acho que sei como tirar ele daquela situação.

— Hã? Como assim? — Tomás pareceu verdadeiramente surpreso. — Os médicos dizem que não dá pra acordar alguém do coma.

— Eu sei, mas, você se lembra do Poeira, aquele gato que ele tinha? Um gorducho cinza?

— Sim, nunca gostei daquele bicho. Cristo! E nem sei porquê — Tomás falou.

— Nem me fale. — Edgar se ajustou no sofá. — Mas olha, entrei num lugar que parecia outra dimensão, o tal quinto andar que você falou agora há pouco.

— Tá brincando, né? — ele falou, assustado. — "O outro quinto andar"? — continuou, mas dessa vez fazendo um gesto com as mãos, como se estivesse colocando aspas imaginárias na frase em frente ao seu rosto. — Ok, agora isso está ficando interessante. — Tomás aproximou a cadeira e sentou-se novamente. — Conta aí.

— Bom, quando a enfermeira de Estefano me ligou dizendo que ele havia acordado, nem acreditei, especialmente por ela ter falado que ele só acordou para escrever algo numa prancheta e depois voltou para o coma, o que é ridículo, claro. De qualquer forma, corri para o hospital e conferi com os meus próprios olhos o papel e ele tinha sido escrito realmente com a caligrafia do Téti. Mas a melhor parte só veio quando eu li até o final.

— Como assim? — Tomás já estava na borda do assento da cadeira. A empolgação com a história sobrepôs o interesse dele em continuar contando como descobriu o caso do hospício. E então, Edgar continuou.

— Eu fui pra outro lugar. Parecia o mesmo hospital, mas os números dos quartos ao invés de 502, 503 e assim por diante, eram -502, -503 etc — Edgar comentava se dando conta de que não fazia a menor ideia do que poderia ter acontecido com ele nos dias em que ele esteve fora de si. Da primeira vez, ele ficou "fora" por cinco dias. Da segunda, com certeza foi muito mais tempo, mas ele não arriscaria perguntar para não parecer idiota pela segunda vez em menos de um mês.

— E tinha sangue por toda parte. Era escuro, cara. E frio também. Da primeira vez não tinha ninguém, apenas um quarto com uma chaleira que chiava pra caramba. Tinha também uma droga de um prisma que brilhava e, acredite, uma coruja telepata que surgiu de uma janela fantasma — comentou. — E de lá fui pra outro lugar, onde vi o gato e o Estefano. Cara, o rosto dele estava assustador... Parecia que ele usava uma máscara bizarra com as próprias feições dele.

Nesse ponto, Tomás já estava com metade das unhas dos dedos das mãos roídas. Edgar respirou fundo e continuou:

— Da segunda vez, havia vários quartos e, em cada um deles, tinha uma coisa mais louca que a outra. Era realmente terrível...

Edgar estava um tanto feliz com a reação de Tomás, não que ele quisesse que o amigo tivesse medo, mas que apenas acreditasse e confiasse em tudo o que relatava, e talvez assim fosse mais fácil libertar o amigo das garras daquele gato. Quem sabe até irem os dois para aquele lugar. Uma ajuda, de qualquer nível que fosse, seria muito bem-vinda. Ele, então, continuou.

— Foi horrível, cara. Pra começar porque da primeira vez que falei com a tal coruja, ela achou que a *minha fala* era grotesca e alta. "*Não fale, apenas pense. O jeito de se comunicar do mundo de vocês é muito barulhento.*" Ela falou isso dentro da minha cabeça, você acredita?

— Caramba... conta mais! Conta mais! — Tomás estalava os nós dos dedos e esfregava as mãos em círculos, como se estivesse lavando-as debaixo de uma torneira. *Acho que o Edgar enlouqueceu de vez*, pensava, com um riso escondido.

— Enfim, ela saiu do quarto pela mesma janela e não lembro bem porque, mas ela disse que não iria me ajudar a resolver meu problema, que eu teria de fazer isso sozinho. Depois vi Estefano vivendo com o gato, o que morreu, lembra? E acho que ele tá mantendo o Téti vivo pra não ficar sozinho naquele lugar.

— Eu não entendo nada de coma, mas essa história está bem louca. — Tomás deu um riso nervoso como se estivesse duvidando do amigo.

— Bem, depois que eu vi o rosto do Téti eu sem querer voltei pro quarto, pra "vida real". Foi uma sensação traumática.

Edgar parou por um instante e olhou para baixo, evitando olhar o amigo. Naquele momento o seu maior medo não era ser incapaz de salvar Estefano, de tirá-lo das garras daquele parasita. Mas sim de parecer um completo louco. E ele estava fazendo exatamente o contrário.

— Você deve estar me achando um lunático, né? — perguntou, ainda de cabeça baixa.

— Nada, velho, agora fiquei interessado. Se isso não for verdade, dá pelo menos pra lançar um livro com a história.

— Cara, você é ridículo — Edgar falou e retesou-se no sofá. — Então peguei o papel e falei novamente o que estava escrito; quando me dei conta, estava lá novamente, só que não tinha mais chaleira, nem prisma, nem coruja, janela, cama... nada. Estava vazio. O corredor continuava igual, mas havia mais salas e entrei nelas.

Edgar contou nos mínimos detalhes o que aconteceu da segunda vez em que viajou para o outro quinto andar. E dessa vez, sem medo de parecer um louco. Talvez por estar se sentindo melhor da náusea, ou talvez por um sentimento que ele não conseguia explicar, de estar dividindo com outra pessoa toda a energia do que havia passado naquele lugar maligno.

Os cinco dias, e também o outro período de tempo que na verdade ele não fazia ideia de quantos dias ou semanas tinham sido, eram um mistério para Edgar. Um apagão, um momento de loucura que não tinha nenhuma lembrança a não ser a de que estava fora da realidade, presenciando acontecimentos que vão além da sua compreensão.

Enquanto contava tudo para o amigo, ele forçava a memória, desenterrando tudo o que podia do cemitério de lembranças recentes, mas só conseguia recordar até o momento em que estava com a Rebeca no quarto do hospital, logo depois da ligação; e se lembrava também do médico o na porta do banheiro. E nada além disso.

— E então apareceu aquele cara todo destroçado, arrancando o olho, uma coisa tenebrosa, me pedindo para eu terminar a história, foi aí que eu voltei e me dei conta de que estava aqui com você — Edgar concluiu.

— Interessante. Parece que tem alguma coisa aí, cara... você disse que das duas vezes que foi pra lá, isso aconteceu quando você leu o que estava escrito, certo?

— Isso.

— E notei agora que você falou desse cara destroçado aí, que, aparentemente, você voltou quando passou por uma emoção muito forte. Da primeira vez, viu o rosto mascarado do Téti; da segunda, pelo jeito, voltou porque esse cara falou diretamente contigo, te assustando até as suas próximas gerações.

— Eita, faz sentido, cara. Não tinha reparado nisso. E, meu velho, se você tivesse visto as duas coisas, tenho certeza que desmaiaria na mesma hora. Especialmente quando esse cara apareceu da fumaça. "Eu sou o Rui, termine a história". Não entendi nada, mas fiquei muito, muito assustado.

— Como é que é? — Tomás falou colocando as mãos na cabeça.

— O que foi, cara?

— Repete o que você disse.

— Eu sou o Rui, termine a história?

— Você tá falando sério? — Tomás se levantou da cadeira assustado. Edgar se afastou surpreso.

— Sim. O que foi, cacete? — Edgar respondeu.

— Cara, tenho uma amiga, a Gabi, e acho que ela era amiga desse Rui aí da sua história. Quando você falou aquilo mais cedo parecendo um louco eu não tinha me ligado, mas agora até que faz sentido. Ela me falou um tempo atrás que estava na casa dele quando tudo aconteceu. Estavam lá uns amigos, o tal cara e ela passando um tempo juntos, jogando conversa fora e brincando de adivinhação quando ele se irritou, disse que iria sofrer um acidente e saiu de casa puto da vida, morrendo logo em seguida. Adivinha de quê? De um acidente. O impacto com o caminhão o matou na hora. Se encaixa perfeitamente com o que você presenciou lá, não é?

— Verdade, Tom. Tem coisa aí — Edgar falou tentando pela terceira vez se levantar, mas sem conseguir. — Desisto, é melhor ficar deitado mesmo.

— Fica quieto, porra. Você vai terminar piorando — Tomás falou juntando as sobrancelhas e olhando com uma cara feia para o amigo.

— Sim, fala mais sobre o manicômio e o que você acha que deve ser a relação com o que eu vi naquele lugar.

— Cara, é que tipo... existem várias pessoas lá, mas essas de quem falei ou são acusadas de atrocidades, ou são pessoas completamente insanas, que nem os remédios resolvem. Gente que em outra época seriam lobotomizadas assim que entrassem lá. Eduardo, o estudante que espancou um colega até a morte, gritava palavras de ódio. Quem conviveu com ele sempre disse que ele achava que as pessoas sempre o perseguiam, faziam bullying, mas que era apenas coisa da sua cabeça. Não vi o banheiro da faculdade, mas quem viu disse que parecia um ringue de vale tudo depois de uma luta.

Edgar não sabia das histórias com esse nível de detalhamento e a cada descoberta ficava mais impressionado.

— Nem preciso falar do caso da moradora de rua. Cara, aquilo me assustou muito — Tomás falava balançando a cabeça em negação, como se estivesse sem coragem de continuar.

— Sim, foi uma covardia. Dizem que até hoje ainda não encontraram a criança. Você sabe se ela assumiu que fez mesmo aquilo? Dizem que tarde da noite ela ainda aparece em paradas de ônibus, será?

— Credo! — ele parecia assustado. — Deixa de tuas coisas, cara. Ela foi pega tendo um surto num encontro entre amigos. Não sei quem estava com ela, mas Marta, acho que é esse o nome dela, teve uma discussão com uma amiga e disse que faria picadinho dela, do mesmo jeito que fez com a "mendiga". O pessoal riu na hora, mas um dos amigos dela, que já desconfiava, ligou para a polícia e falou o que aconteceu. Fizeram teste de DNA e confirmaram que foi ela, mas foi alegado insanidade e ela passou a ser "tratada" num hospital que ninguém nem sabe onde fica. Desconfio que ela esteja lá, pagando pelo que fez da pior maneira.

— Eu não sabia desse encontro com amigos, e nem da internação dela, mas aquele caso me deixou noites sem dormir. E o lance da parada de ônibus é sério tem gente que vê ela lá à noite vestida de amarelo e com um pacote nos braços, e isso assusta — Edgar falou, já se sentindo um pouco melhor. Com as costas apoiadas em duas almofadas no braço do sofá, ele olhava o amigo nos olhos, perplexo com tantos casos estranhos de loucura, mas sorrindo das porcarias que saíam da própria boca.

— Mas o mais estranho — continuou Tomás —, com certeza é o caso da Carol, a publicitária que não conseguia mais ler livros. Ela contou uma história mirabolante sobre o fantasma de um garotinho que a estava amaldiçoando para que não pudesse mais ler livros e, para se livrar, precisava matar o pai desse garotinho que, aparentemente, tinha assassinado o próprio filho. Aconteceu que ela foi acusada de provocar o acidente que matou o chefe dela. Não deu em nada, mas ela enlouqueceu porque não conseguiu se livrar do que achava ser a maldição. Não sei direito a história, mas ela foi internada e deve estar sedada também naquele lugar.

— Fiquei sabendo desse caso — Edgar relembrava os nomes dos casos, tentando entender se existia alguma ligação com os espaços em branco no papel.

— Pois é, tem vários outros casos. Mas o mais incrível é a semelhança entre eles. Os de loucura e os sobrenaturais. Pelo que você falou, existem pessoas ou almas ou sei lá o quê, presos nessa outra dimensão e não quero nem imaginar o que aconteceu para eles estarem lá. O porteiro, a mulher da garganta, as três amigas, o cara da campainha — Tomás falou se levantando. — São histórias surreais.

— Pois é, e tem o coitado do Rui também — Edgar adicionou.

— Exatamente. Ao mesmo tempo, existem esses casos de loucura, que, querendo ou não, também estão em situações desesperadoras. Igualmente presos.

— É muita loucura para um dia só.

— É — Tomás comentou sorrindo. — Olha, vou fazer um suco, você quer? Na volta te conto como descobri sobre o hospício no estacionamento.

— Se você trouxer um pra mim, com certeza não vou fazer desfeita — Edgar falou e, mesmo depois de presenciar acontecimentos que poderiam ter feito qualquer um sair correndo atrás do psicólogo mais próximo, ele sorriu junto. — Vai e depois me conta.

Edgar sentiu pena. Como se tivesse absorvido tudo o que lhe acontecera no inferno. Ele sabia que todos agora dormiam debaixo de um edredom de terra, com minhocas e vermes caprichando numa massagem calmante antes de pegarem no sono. Porém, seus espíritos estavam presos dentro de todas aquelas portas, sem expectativas de serem libertados.

Ele sentia pena também das pessoas envolvidas nos casos de loucura que Tomás havia lhe contado há pouco. Aquilo era demais para sua cabeça. E então parou e tentou respirar. Parecia que havia desaprendido a fazer isso, mas conseguiu inspirar e exalar calmamente.

Ele pensava na possibilidade de os onze espaços terem alguma ligação com os casos que o amigo lhe contara sobre o tal manicômio, mas não conseguia chegar a nenhuma conclusão. Onze portas, com casos sobrenaturais. Onze espaços para nomes não preenchidos.

Ao voltar para si, viu seu amigo se levantar e seguir em direção à cozinha. Notou algo que havia passado despercebido, ou que talvez tenha aparecido ali apenas agora. No pé da cadeira havia um papel dobrado. Será que tinha caído do bolso de Tomás? E se fosse o papel com os escritos de Estefano? Se fosse, porque o Tomás mentiu dizendo que não sabia onde estava? Ele não sabia a resposta para nenhuma dessas perguntas, entretanto, estava disposto a descobrir pelo menos uma delas. Mesmo aturdido, se levantou e o pegou nas mãos, então suas suspeitas se confirmaram.

O papel! As palavras quase transbordaram da sua boca, mas ficaram só no pensamento. *Eu não acredito nisso! Será que ele estava mentindo esse tempo todo? Estava com ele esse* TEMPO TODO*? Cacete! Preciso voltar agora mesmo!* Sem esperar mais um minuto sequer, Edgar aproveitou o barulho do liquidificador para falar em voz alta as palavras e, em segundos, estava novamente no inferno.

Como da última vez que esteve lá, Edgar saiu do quarto sem porta e viu vários outros. O primeiro interditado e do terceiro em diante repletos de insanidade. Eram os casos estranhos como o acidente de carro, o elevador e o atropelamento. *Será que também são lutas pessoais ou isso é apenas uma parte do inferno?*, pensou, confuso.

Mais à frente, outras portas, e ele não lembrava mais em qual havia entrado quando foi atraído pelo barulho da chaleira. Em sua memória havia apenas a sensação de dois ímãs de polaridades opostas. Sua cabeça estava horrível.

Dessa vez não estava acontecendo da mesma maneira, mas ele sabia onde deveria ir. Se pedissem que ele explicasse, não saberia como. Então seguiu pelo corredor até uma porta à qual não precisou checar o número, pois em algum obscuro lugar de sua mente, sabia que havia ido até a penúltima porta, quando encontrou o Rui. Ao chegar nela, ele checou o nível da própria coragem e viu que não tinha muita – na verdade "nenhuma" poderia ser uma palavra muito melhor.

Ele não queria reviver aquele inferno, embora também não conseguisse evitá-lo e, com a mesma sensação de alívio que um suicida tira as mãos do volante e as coloca nos olhos para não ver o que está para acontecer, ele entrou.

O quarto era realmente o mesmo, a chaleira no chão, o prisma, a cama, o quadro de aviso, e todo o restante. Edgar aproximou-se do prisma e pegou-o nas mãos. Ele sabia o que estava fazendo, só não sabia se estava realmente preparado para encarar aquilo novamente. Ver o seu amigo com o rosto daquele jeito e sob o domínio do gato pela segunda vez seria demais para ele.

"Você de novo aqui?" Um pensamento o invadiu e o fez recuar. *"Não precisa falar nada, nem pensar nada. Só quero falar uma coisa, já que você veio aqui tentar salvar o seu amigo."* Ao ouvir isso, Edgar fechou os olhos e tentou ao máximo manter a mente vazia. Ele só queria escutar o que a coruja tinha para falar.

"Existe um demônio sob o domínio desse gato"... Ela falou em sua mente. *"E ele não vai deixar você salvar o seu amigo. Estefano só continua vivo para alimentá-lo. E em contrapartida, o bicho pode continuar vivendo com o seu dono sem ter que ir para o inferno. Quando morrem, todos os gatos vão para o inferno. Quer dizer, voltam para lá. O coma permite que o demônio sugue a energia de Estefano aos poucos, sem matá-lo. E, ao mesmo tempo, realiza o desejo do gato de não ficar sozinho nesse lugar."*

Eu não sei porquê você está me ajudando. Não sei se isso é verdade e não tenho tempo pra questionar mas, muito obrigado. Vou libertar o meu amigo. A morte é o melhor caminho para ele. Edgar olhava para a parede na qual outrora havia uma janela, com névoa invadindo o quarto e na borda uma bela coruja-do-ártico havia conversado com ele da primeira vez.

Edgar não sabia o porquê da ajuda, especialmente depois de ela ter falado que ele teria que se virar sozinho, entretanto, ele sentia-se agradecido. *Toda vez que eu falo com essa coruja, imagino que estou ficando louco.*

"*A loucura é uma camisa branca. Para uns ela é de malha e confortável. Para outros, de botões, com amarras de couro e fivelas reluzentes.*" Outro pensamento surgiu atropelando seu raciocínio.

— Mas que porra foi isso? — perguntou surpreso, mas não houve resposta. A coruja não estava mais em sua mente. Ela não estava mais lá. E nesse momento se sentiu como os guerreiros da *Caverna do Dragão* quando o Mestre dos Magos sumia de repente sem dar-lhe respostas.

Foi então que Edgar pegou o prisma, respirou fundo e de repente já estava novamente na casa de Estefano, sendo mais uma vez o espectador da rotina do amigo. Ele agora poderia observar melhor o local que, aparentemente estava do mesmo jeito da outra vez. O sofá de dois lugares no meio, um tapete na frente com uma mesa de centro velha em cima. Ao lado esquerdo, uma poltrona marrom e na frente da mesinha havia um móvel com uma TV. Com tudo o que normalmente alguém decoraria um móvel desses: várias quinquilharias, um dispositivo de transmissão de TV por assinatura, além de videogame, vários jogos e um controle sem fio. Ao lado, havia um corredor que dava para a porta da casa e se estendia até a entrada da cozinha no lado oposto. Atrás da poltrona, duas portas que deveriam ser os dois quartos da casa; por fim, atrás do sofá, uma mesa com quatro cadeiras.

Duas coisas em particular chamaram a sua atenção no móvel de TV, coisas que ele não havia notado da primeira vez, mas que o deixaram instantaneamente feliz. Ao lado de um quadro vermelho vazio, havia uma garota de brinquedo com cabelo azul. Ela vestia jeans, uma capa de chuva amarela e um par de galochas da mesma cor. Se Edgar não estivesse delirando, aquela era a Coraline que ele havia dado ao amigo num aniversário. Ambos adoravam aquela adaptação da obra de Neil Gaiman, embora discordassem em alguns aspectos do roteiro. A surpresa foi seu amigo ainda tê-la consigo mesmo depois dos problemas entre eles. A outra era um peso de papel rosa semitransparente em formato de gota com um rosto sorridente na frente. Era um Poring, um monstro do universo de *Ragnarök*, jogo que ambos passavam horas on-line se divertindo. Aquele objeto também havia sido presente de Edgar para o amigo.

Fazendo-o fugir do momento nostálgico, Estefano apareceu na porta do quarto e andou em direção à poltrona. Ao sentar-se, ele olhou para o controle remoto da TV que estava na mesa de centro, em cima de um livro branco, que na hora Edgar percebeu que era o seu *Mr. Mercedes*, de Stephen King, que ele havia emprestado a Téti. Ele pegou o controle e ligou em um canal de notícias. A repórter falava sobre uma história horrenda, um acidente de trânsito. Estefano estava arrumado para ir trabalhar, e o seu rosto continuava da mesma forma, ou seja, como uma máscara. A cena não assustou Edgar da mesma maneira que antes, mas ainda assim era terrível e lhe causava calafrios.

O que aconteceu em seguida pegou de surpresa até o Edgar. Era o Poeira, que passava correndo como se alguém estivesse com o seu sachê de comida favorito nas mãos, e pulou na direção de Estefano. Mas o que ele mirava não era comida alguma, e sim o controle remoto. Ele o acertou em cheio, derrubando-o no chão.

O homem não notou na hora, apenas estranhou a TV mudando de canal sozinha. Percebendo o que aconteceu, levantou-se para pegar o controle e voltar para acompanhar a notícia, aí a chaleira começou a chiar, o que o fez desistir de ver a notícia e desligar a TV. Antes de se virar em direção à cozinha a fim de fazer o café, ele escutou uma voz. Era um "não" bastante sonoro que assustou ambos: o homem e o gato.

— E aí, cara... não vi você entrar — Estefano falou com uma expressão de surpresa. Surpreso também ficou o Edgar, com uma constatação amedrontadora, aquilo não era uma máscara, e sim o rosto do seu amigo. Os músculos da face não conseguiam se mover corretamente, dando-lhe um aspecto fúnebre. E, ao falar, as feições pareciam estar descontroladas, como se forçassem o rosto a sorrir. Uma felicidade artificial, manipulada. — Me acompanha num café? A água acabou de ferver.

Edgar fez que sim com a cabeça, tentando agir naturalmente, mas um simples menear não foi suficiente. Estefano ainda esperava a sua resposta.

— Quero — Edgar respondeu. E só então o amigo assentiu e fez um O com a junção do polegar e do indicador da mão esquerda, com um sorriso forçado maltratando as bochechas e seguiu em direção à cozinha. Edgar não sabia lidar com aquilo, pois era como se algo estivesse controlando o seu amigo. As suas suspeitas se confirmaram e o que a coruja falou em sua mente era verdade, afinal. O animal havia se tornado um parasita.

Com Estefano ocupado, talvez fosse mais fácil acabar com tudo aquilo e fazê-lo acordar ou, em último caso, morrer. O que Edgar não admitia era sair de lá e deixar o amigo naquela maneira e nas garras daquele demônio. Mas como fazer isso? Ele não fazia a menor ideia.

O chiado aumentava, assim como a vontade do bicho de voar no pescoço de Edgar. *O tempo está passando... o que eu faço?* Edgar olhava cada detalhe do ambiente tentando ter uma ideia de como acabar com aquela ilusão, de como salvar o seu amigo.

— Cara, faz tempo que a gente não se vê, por onde tem andado? — Estefano perguntou.

Já sei, Edgar pensou, e a ideia veio em razão de uma lembrança de quando vira aquele local pela primeira vez. De quando o bichano esbarrou na parede e a desintegrou em pequenos pedaços.

— Por aí, ando meio ocupado com uns projetos — Edgar respondeu.

— Que legal — Estefano falou sem muita emoção e nem interesse. Normalmente ele teria perguntado sobre o que era esse projeto, ou há quanto tempo ele existia, mas a amizade não era a mesma fazia algum tempo.

Foi então que Edgar aproximou-se da mesa da sala. O gato estava à espreita, observando cada movimento. Com as patas dobradas e a parte debaixo do corpo encostando-se ao assoalho, ele analisava os passos do intruso. Para o Poeira, Edgar era um intruso naquele momento. Ele estava nos domínios do bichano. No inferno que ele mesmo criou para manter seu dono sempre perto. Edgar aproximou-se de uma das cadeiras e fingiu esperar, entretanto, o animal sabia que ele iria aprontar a qualquer momento.

É agora ou nunca. Edgar pensou, pegando as costas da cadeira e levantando-a acima da cabeça. Olhou o gato – que agora estava inquieto, andando para um lado e para o outro – e bateu a cadeira no meio da mesa.

— Ei! — Estefano gritou da cozinha quando ouviu o barulho.

O jarro da mesa voou no chão, e junto a ele, suculenta verde-escuro com pontas que pareciam tentáculos de uma lula, a favorita de Téti. As madeiras do topo e das pernas se transformaram em pedacinhos, iguais aos da parede da outra vez, como se o cenário estivesse se desfazendo. O chão estava tomado por partes de madeira, de vidro e dos tentáculos que pareciam bolas de gude, que iam se desfazendo em partes menores e menores, até quase desaparecerem.

— Cara, você enlouqueceu? — Estefano perguntou, chegando à passagem entre a cozinha e a sala. A expressão agora era de terror.

— Você está vendo isso? — Edgar perguntou.

— Vendo o quê, cara? Que você quebrou uma das minhas cadeiras e a mesa? — Estefano não estava achando nada daquilo estranho. Coisas quebradas formando fragmentos menores não pareciam ser uma novidade para ele.

Os cantos da boca do gato se inclinaram discretamente para cima, como se estivesse sorrindo. Edgar então olhou para o amigo, que esperava uma resposta.

— E aí, cara? Que droga foi isso? — ele falou aproximando-se da mesa. Edgar notou que ele agora mancava, e segurava uma das pernas com a mão.

Sem pensar duas vezes, Edgar pegou uma outra cadeira e arremessou no móvel da TV, que caiu e se quebrou em pequenos pedaços.

"RaaAAAHH!"

"RaaaaaAAAAAAHHH!"

Depois de rosnar feito um felino da savana, Poeira pulou em cima de Edgar, na mesma hora em que Estefano caiu no chão gritando de dor. Seu rosto era uma confusão de expressões. Algo estava acontecendo com o seu amigo e ele não sabia o que era nem o que poderia fazer cessar. A sua maior preocupação naquele momento eram as garras do bichano, que tentavam agarrar as laterais do seu rosto.

Iniciou-se uma luta, Edgar tentando afastar o gato e as unhas arranhando as suas têmporas e bochechas. Até a sua orelha sofria com as investidas. Ele sentia o sangue escorrendo pelo pescoço, mas não conseguia se desvencilhar do animal, que rosnava cada vez mais alto.

Edgar sentiu uma dor insuportável no nariz, o gato estava ganhando e acabara de morder seu rosto. Num rompante, conseguiu afastá-lo do rosto e o arremessou na lateral do sofá, que também se desfez.

— Meu nariz, seu miserável! — gritou, colocando a mão e sentindo o sangue, mas percebeu, para sua sorte, que o corte não era tão grave quanto imaginava.

Estefano soltou outro grito. Parecia que ao destruir aquele lugar, Edgar estava machucando o próprio amigo.

Desculpa, mas essa loucura tem que acabar, meu chapa, pensou, pegando outra cadeira.

— Vem, seu desgraçado, vem! — Tomado por um ódio desvairado, Edgar enxugava o sangue que escorria no rosto e pescoço e se preparava para bater no gato com toda sua força. — Não vou deixar você ficar com o meu amigo!

Poeira rosnou mais uma vez, só que agora a sua boca parecia aumentar, assim como os dentes. Por um instante, Edgar recuou, mas sabia que só dependia dele libertar seu amigo.

Aquela miniatura de demônio acinzentada e gorda continuava fazendo sons ariscos e como se alguém tivesse acabado de ligar o seu botão de turbo, ele saltou novamente em direção a Edgar, que estava mais preparado do que nunca. Ele só não contava que partículas de um dos quadros da parede ainda estavam perto do seu pé, fazendo-o tropeçar e impedindo que se armasse contra o bicho. Conseguiu apenas desviar parcialmente de sua investida, que arranhou-lhe as costas.

Edgar gritou e o sangue jorrou na parede como um filme do Tarantino. O corte tomou grande parte das suas costas e fez Edgar cair de joelhos no chão. Uma dor taciturna entortava o seu corpo e ele gemia.

A pancada foi forte o suficiente para derrubá-lo, mas não o suficiente para fazê-lo desistir. Os seus joelhos explodiram em dor ao bater no chão, mas ele se levantou, sentindo o sangue escorrer-lhe pelas costas.

Edgar continuava sem tirar os olhos do animal, mas já conseguia ver que até as paredes estavam com avarias. O mais assustador nisso era a escuridão que se via por trás, como se a casa de Estefano fosse uma maquete construída no meio de um universo de solidão e silêncio. E o gato não parava de rosnar.

— Amigo, pare — Edgar ouviu uma voz. Não parecia muito com a de seu amigo, mas o som vinha de perto dele. *Será que não estou ouvindo direito?*

Antes que chegasse a uma conclusão, o bichano saltou uma outra vez em sua direção. Aquele era o momento de Edgar. De se redimir com o amigo. De salvá-lo das garras de um demônio disfarçado de gatinho cinza e adorável e que agora mostrava sua verdadeira forma.

Ele juntou as forças que ainda lhes restavam e se preparou. Posicionando as pernas como um rebatedor de beisebol ou um jogador de tênis, ou mesmo um lutador, e teve uma sensação parecida de quando jogava com o Estefano.

— Cara, você não vai ganhar de mim — Estefano falava se levantando da poltrona e ficando em posição de batalha. E ele fazia o mesmo. Aquela era uma lembrança carinhosa de quando eram verdadeiramente felizes. Uma partida decisiva. A melhor de três, ou sabe-se lá de quantas, já haviam perdido as contas. Antes do desentendimento, eles sempre jogavam juntos. E, naquele momento, era a vez de *Street Fighter*. Ele estava com Zangief e Estefano jogava com Sagat.

— Ah, eu vou sim. Seu cara de bunda fracote — ele respondeu. A luta prometia ser a melhor de todos os tempos, e realmente foi. E aquela lembrança era a melhor forma possível de dar a força que ele precisava para vencer o maldito bichano. Ele então pegou a cadeira e dessa vez conseguiu acertá-lo.

A pancada foi tão forte que ele voou para o outro lado da sala e bateu na poltrona, que se desfez com o impacto. *"Meu amigo, pare, por favor!"* A voz era realmente de Estefano.

Soltou a cadeira no chão e correu até o amigo. A essa altura, as primeiras avarias na casa já estavam voltando ao normal, mas Téti ainda estava sentindo uma dor lancinante.

— Téti, me perdoa, cara. — Edgar se aproximou em prantos. — Me perdoa por tudo, meu chapa.

Edgar ignorava toda a dor que sentia. Ignorava o aspecto tenebroso do amigo. Ignorava o fato de que tudo aquilo era insano e inumano. E o pior de tudo é que ele sabia que não tinha acabado com a ameaça do gato.

Ali, a poucos metros do amigo, estava o animal endemoniado à espreita, com os dentes à mostra e ansiando para pôr um fim a tudo. Ali, a poucos metros do amigo, estava o que o impedia de morrer, mas que o mantinha miseravelmente vivo.

— Já já tudo volta ao normal e você pode ir para casa — Estefano falou com os olhos cheios de lágrimas, e quem falava era o antigo Estefano, sem o aspecto tenebroso. Sem a máscara.

— Cara, seu rosto voltou ao normal — Edgar comentou surpreso, mas o amigo apenas deu um sorriso de pesar. Era um sorriso triste, mas ele sentia que o seu amigo estava de volta.

— Cara, isso tem que acabar. Você não pode ficar sob o domínio desse animal dos infernos. Ele está te manipulando pra não sair do coma e assim poder ficar nessa rotina com ele para sempre. VOCÊ NÃO ENXERGA ISSO? — Edgar segurava o amigo pelos braços, balançando-o violentamente. — VOCÊ NÃO ENXERGA ISSO, CARA? — disse uma última vez e teve a estranha sensação de que sabia o que Estefano ia dizer, antes mesmo de ele abrir a boca:

— EU PREFIRO ISSO DO QUE A MORTE — Estefano falou.

Um silêncio congelante invadiu aquele inferno. Edgar não conseguia acreditar no que acabara de ouvir. Seria mesmo aquela sequência de palavras uma frase com tal significado? "Eu prefiro isso do que a morte." Ao ouvir seu amigo dizer aquilo, seu coração quase parou de bater. Seria possível alguém preferir uma rotina controlada, sob o domínio de um demônio, que sugava sua energia aos poucos, sem deixá-lo morrer, melhor do que a própria morte?

— A verdade é que eu — uma tosse o impediu que continuasse — tenho medo do que tem do outro lado. Quem mantém a máscara é o Poeira. Ele me quer daquele jeito e, como nesse momento ele parece estar fraco, sinto que posso ter um pouco de controle sobre mim mesmo novamente. Mas, cara, tenho muito medo.

— Mas...

Estefano impediu que seu amigo falasse.

— Não sei se vou para o inferno, cara — Estefano falava em prantos. O gato estava caído, apenas observando os dois.

— Mas tudo isso é uma ilusão, Téti. Não é possível que você não perceba isso.

— Essa é a realidade na qual escolhi viver — Estefano se esforçava para falar. — Amigo, eu não tenho forças para voltar e você pode ter certeza que tentei. Então eu tenho essa escolha, coisa que poucas pessoas têm. Quero que você entenda.

Edgar chorava copiosamente. A dor pungente em seu corpo em nada se assemelhava ao aperto que sentia no coração.

— E sei que você está querendo saber que lugar é esse, se isso é um sonho, se é o inferno ou outra dimensão... e também sobre a carta.

— Essa é a segunda coisa que mais quero agora, já que a primeira não posso ter. Então sim, eu gostaria de saber, meu amigo — Edgar o interrompeu, enxugando o rosto. E Estefano agora sabia (não que ele tenha duvidado em algum momento, mas agora tinha certeza) que Edgar era capaz de tudo para lhe salvar.

— Posso lhe dizer sobre o que este lugar não é. Não é o Purgatório, porque ninguém está aqui para se arrepender dos pecados e ir para Céu. Ele não é o Inferno, porque apesar de parecer uma punição eterna, ainda existem pessoas conectadas à Terra. Ele não é a Terra, porque ninguém aqui pode escolher voltar definitivamente para lá. E ele não é um sonho porque ninguém pode simplesmente acordar.

— Então o "outro quinto andar" é uma dimensão? Uma das dimensões? Um lugar paralelo?

Houve silêncio de ambas as partes, e Edgar sabia que não iria obter respostas, porém, insistiu.

— Já sei, isso aqui é o Nada. É um estado de loucura. Acertei?

Mais silêncio.

— E como eu vim parar aqui? Como foi essa história de eu de repente estar aqui nesse lugar?

— Você é um saco, sabia? — Estefano falou, olhando para Edgar com a cara emburrada de sempre. — Mas acho que pelo menos isso posso te contar.

— Então desembucha logo.

— Ninguém conscientemente deveria conseguir entrar e sair daqui, deve ter acontecido alguma coisa. E agora ela já deve estar sabendo o que aconteceu.

— A coruja?

— Não, ela só estava tentando ajudar — Estefano respondeu, forçando os braços e sentando-se perto da parede entre as portas dos dois quartos.

— Quem então?

— Não importa. Você já passou tempo demais aqui, tem que voltar. Ninguém sabe o mal que esse lugar pode causar em pessoas que vieram para cá conscientemente.

— Minutos aqui são dias lá, não é? — Edgar perguntou, sem conseguir esconder a curiosidade.

— Esse é o menor dos problemas.

— Tá, deixa pra lá.

— Meu amigo, só quero que você saiba que te perdoo, que aquele problema que tivemos não importa mais. Sei que você só queria o meu bem. E nós precisávamos dessa conversa. Somos amigos acima de qualquer coisa. E sempre seremos.

— Eu sei, Téti. Você vai ser pra sempre o meu amigão, seu cara de bunda. — Ambos sorriram nesse momento. E o Poeira de longe ainda arriscava rosnar de raiva.

— Amigo, eu preciso te pedir uma última coisa — Estefano pediu, ainda sem forças —, aqui descobri coisas terríveis, por meio de algo ou alguém que entrava nos meus pensamentos e me contava histórias. Uma delas envolve um amigo nosso. Quer dizer, muito mais seu do que meu, o Tomás. Aparentemente ele também vive sob uma influência do irmão mais novo, que deve estar em um dos quartos, em um dos andares daqui.

— Tom teve um irmão? Ele nunca falou para a gente — Edgar comentou surpreso.

— Pois é, enquanto ele e o irmão ainda eram crianças, Tom arrancou os olhos dele e o matou — Estefano revelou, observando a reação do amigo. — E o pior é que ele voltou para assombrá-lo, e desde pequeno que Tomás o confunde com um amigo imaginário. Ele nunca se deu conta de que o irmão está aos poucos se vingando dele, influenciando-o a fazer coisas terríveis. Até onde sei, ele estava esse tempo todo impedindo que você conseguisse me libertar.

— Mas que filho da puta! — Edgar falou cerrando os punhos.

— Só sei o que acontece aqui e o que me permitem saber. Digo, essa voz me permite saber. O que tenho a pedir é que não faça nada quando voltar, pois em algum momento Tomás vai enfrentar os próprios demônios. Todos nós enfrentamos nossos demônios em algum momento da vida. Ou da morte, né? — ele falou com um sorriso no rosto. Um sorriso verdadeiro. Ambos sorriram. — A morte é o que dá sentido à vida, meu chapa! — continuou, mas a sua expressão já estava começando a voltar a ser asquerosa e manipulada. — Outra coisa, sobre a carta... Não fui eu quem escreveu aquelas coisas no papel, foi...

"Eu te desafio a olhar debaixo da cama, garoto. Eu conheço os teus medos." Edgar ouviu uma voz invadir os seus pensamentos.

— Você também escutou isso, Téti? — perguntou. — Como assim não foi você que escreveu?

Contudo, Estefano não respondia mais, e todo aquele cenário começou a ficar embaçado. Edgar sentiu uma forte dor e, quando acordou, estava numa maca.

Duas pessoas empurravam a tal maca seguindo por um corredor branco de iluminação precária. Não dava para ele saber que lugar era aquele, e a principal dificuldade era a dor de cabeça aguda. A parte de trás dos olhos de Edgar parecia um inferno pulsante.

***

Aquele momento no corredor estava sendo uma sequência direta de sua maior loucura. Curiosamente, o nível de lucidez em seu semblante era o maior dos últimos dias ou semanas. Edgar havia acabado de ter uma crise forte, na qual seus medos estavam aguçados. Em especial, um horror diferente do que vinha sendo apresentado. Ele estava apavorado com algo debaixo da própria cama. Ele gritava e esperneava, repetindo "Eu conheço os teus medos" e "Eu não vou olhar". Parecia uma disputa entre duas pessoas dentro de uma só. Ou de alguém atormentado.

A maca continuava andando e parecia estar chegando a um salão. Porém, antes, eles pararam em uma antessala e esperaram, aguardando algo. Uma autorização que nunca vinha.

Edgar estava com o corpo completamente relaxado e o seu rosto refletia uma paz como há muito tempo não se sentia. Se era espontânea, não dava para saber.

— Cara, você já viu a coruja do chefe? — um dos funcionários que levava Edgar perguntou. Ele era moreno, alto e magro. A pergunta foi em tom de superioridade.

— Não. Como assim o chefe tem uma coruja, é sério? — o outro funcionário perguntou assustado. Ele era baixo e gordo, parecia o uma bola de neve, vestido todo de branco.

— Pois é, cara, ela é linda. Branca com umas coisinhas pretas.

— Que massa. Mas me responde uma coisa. Até quando a gente vai ter que chamar o Luan de Edgar, hein? — o homem que parecia uma bola de neve perguntou.

— Porra, cara, cala essa boca. Ele pode estar ouvindo a gente.

— Claro que pode, mas que diferença faz a essa altura? Esse aí já era.

— Não fala assim. Você sabe que são recomendações do médico até que ele autorize que todos o chamem pelo verdadeiro nome — o moreno falou com uma expressão de pena. — Se é que a gente vai chamá-lo pelo verdadeiro nome.

— Dizem que ele matou a própria família, pai, mãe e irmã esquartejados, quando tinha só quatorze anos. Mas sabe o pior? Ninguém desconfiou que foi ele.

— Fiquei sabendo. Só que não dá pra entender como ele conseguiu esconder os corpos sozinho. Ele pode ter dopado a família... mas, se livrar dos corpos é outra coisa.

— Os restos mortais só foram encontrados recentemente. Parece que ele continuou morando na mesma casa, com uma tia, que depois saiu de casa e o deixou sozinho. Ele devia ter uns dezoito ou dezenove anos quando ela saiu.

— Quantos anos ele tem agora? — o gordinho perguntou.

— Vinte, eu acho. Sabe uma coisa realmente estranha? Ele não se lembrava que tinha sido ele. Tanto que foi ele mesmo que encontrou os ossos e chamou a polícia. De certa forma, ele mesmo se incriminou.

— Então ele já era louco antes mesmo de essas coisas recentes acontecerem?

— Pois é. Dizem que desde pequeno que ele prefere ser chamado de Edgar, tanto que até os amigos o chamavam assim. Mas se liga, até segunda ordem, não devemos nos dirigir a ele como Luan. Vê se não faz merda.

— Tô ligado.

Durante toda a conversa, ele estava com uma expressão serena, com um sorriso no rosto, mas olhar vazio.

— Cara, até hoje tenho pesadelos com a cara assustada que ele fez no dia em que chegou. Quer dizer, quando aquele amigo dele o trouxe para cá. "Devolva o meu papel! Você é o décimo nome, seu desgraçado! Quem é o décimo primeiro?" Aquilo tudo foi inacreditável.

— Foi tenso mesmo.

— Tenso? Aquilo foi horrível, cara. E até hoje eu não sei do que eles estavam falando.

— Ele estava num estado intenso de loucura, se contorcendo tanto que nem parecia ter ossos. E o cara lá disse que o quadro foi gradativo, ele estava bem até visitar um amigo em coma e depois foi ficando cada vez pior nas semanas que antecederam a internação com aquela confusão que você falou — o moreno falava com pesar.

— Eu lembro bem, ele até tentou desligar os aparelhos de um amigo em coma, não foi?

Nesse momento, os olhos de Edgar começaram a ficar inquietos. Mas eram só os olhos. O rosto e o corpo continuavam calmos. "Eu disse para o senhor não deixá-lo com o paciente." Ele viu pessoas correndo de um lado para o outro no quarto do hospital, religando os aparelhos. "Eu sei, Rebeca, isso não é hora. E veja lá como você fala comigo. Levem-no daqui." Os pensamentos surgiam sem dificuldade ou resistência em sua mente.

— Pois é, e esse foi o ponto máximo. Foi exatamente depois da tentativa de assassinato que ele chegou aqui. Foda é que o cara nem parece uma má pessoa.

— A maioria não parece. Você está amolecendo, é?

— Não, cara. Tá louco? — O moreno disfarçou um sorriso e bateu no ombro dele. — Mas quem será que é o décimo primeiro nome?

— Não sei, só espero que pelo menos seja o craque do time — o gordinho comentou quase dando uma gargalhada.

— Cara, sua cadeira no inferno está garantida. Eu só digo isso.

— Eu sei.

— Tédio, que demora — o funcionário magro comentou. E eles continuaram esperando. — Olha, deixa eu te contar outra coisa, você tá sabendo da nova? Parece que estão investigando um cara novo. O caso é de uns anos atrás: quando ele era criança, arrancou os olhos do irmãozinho e o matou. Os pais acobertaram. E dias atrás encontraram uma carta dizendo que ele tinha um amigo imaginário que o ajudava a fazer coisas terríveis. É Tomás o nome dele — revelou, com uma expressão assustada, como se estivesse contando uma história de terror. Os olhos de Edgar continuavam agitados, mas não pareciam preocupar os funcionários.

— Saudades de quando aqui tinha gente que era "só doida". Virou mania ter gente doida e que comete atrocidades agora... Deus me livre! — ele comentou balançando a cabeça. — Olha, ele tomou o remédio hoje?

— Sim, eu mesmo dei. Agora vamos levar ele logo pro salão porque quero mijar, tô muito apertado.

— Falta a autorização. Deixa de agonia.

Deram outro remédio a Edgar e esperaram mais um pouco. Logo em seguida, o deixaram confortavelmente em um dos sofás da ampla e movimentada sala. Ele havia voltado a ter uma expressão serena, com semblante e um sorriso sequelado.

Lá havia pessoas de todos os tipos e vários enfermeiros acompanhando-as. Os móveis pareciam muito com os da casa do Tomás. Edgar achou por um instante que os reconheceu.

Vozes para lá e para cá. Ele identificou alguns nomes. Daniel, Marta, Paulo, Pedro, Phael, Patrícia, Carol, Eduardo, Samuel... todos os nove sendo bem cuidados. Seriam as pessoas dos casos contados por Tomás? Talvez. Ele não tinha como ter certeza. Dopado de remédios, mas conseguindo entender parcialmente o que estava acontecendo, ele observava todos se divertindo, então, sentiu uma vontade de se levantar e andar.

Com um pouco de esforço, já estava de pé. Dois enfermeiros ameaçaram se aproximar, mas, com apenas um olhar, o médico responsável os desautorizou. Não havia necessidade, segundo o gesto que ele fez. Caminhou em direção a uma cortina que parecia cobrir uma parede sem janela. Ao afastá-la um pouco, percebeu uma fenda. Era uma janela, afinal. Ele a abriu lentamente, mas só uma brecha.

Do lado de fora, no que parecia ser um terraço grande e velho, viu uma estrutura dividida por espaços delineados no chão; em algumas delas havia carros. Abriu um leve sorriso, fechou a cortina e voltou para o sofá. "O Antigo Estacionamento". Aquilo surgiu em sua mente como um pensamento. Foi então que se lembrou de uma pendência, seu amigo iria lhe contar como descobrira o lugar, mas ele terminou pegando o papel e depois daquilo não o viu mais. Será que aquilo faria alguma diferença em sua vida agora?

— Morrer deve ser como aprender a voar. Até agora, quem o fez nunca voltou pra contar — um jovem lia em voz alta essas palavras num papel no meio do salão. — Não estou falando de aviões, propulsores a jato, asas-deltas ou outros artifícios não naturais de propulsão. Estou falando do ato livre de bater asas ou da completa ausência da gravidade para a anulação do peso humano — continuou, mas alguém o interrompeu, mandando-o ficar quieto.

— Ainda vou lançar esse conto num livro... é uma experiência pessoal, sabia? — falou orgulhoso.

— Claro, você já nos contou isso umas cinquenta vezes — respondeu o mesmo homem, ele era da equipe de enfermeiros, e o jovem era um dos pacientes.

Sentado no sofá, sentiu suas costas incomodarem. Ele inclinou-se e usou a mão direita para massagear a área logo abaixo do ombro esquerdo, sentindo cicatrizes. Pela dor que sentia, eram recentes.

De lá, ele observava tudo com a expressão vazia que agora estampava seu rosto. Aquele monte de espumas e tecidos envelhecidos impedia que ele encontrasse uma posição confortável. Então, notou que havia sentado do lado oposto ao anterior. Edgar, ou Luan (como preferir) insistiu em acomodar-se, mas aquilo não parava de incomodá-lo, era algo debaixo da estrutura acolchoada principal. Lentamente, forçou o tecido e conseguiu pegá-lo. Era um objeto volumoso, pesado. Parecia um suvenir exótico, algo que ao simples toque despertou-lhe uma lembrança recente. Nem boa e nem ruim. Apenas uma lembrança. Curiosamente, desse tal objeto saía uma luz fraca. Era um prisma triangular com vários nomes escritos em baixo relevo e uma frase no final, que ele não precisou de nenhum esforço para entender o seu significado.

INFORMAÇÕES SOBRE NOSSAS PUBLICAÇÕES
E ÚLTIMOS LANÇAMENTOS

FACEBOOK.COM/EDITORAPANDORGA

TWITTER.COM/EDITORAPANDORGA

INSTAGRAM.COM/PANDORGAEDITORA

WWW.EDITORAPANDORGA.COM.BR

PandorgA